这是一本散文
这不是一部小说

曹云峰 著
Cao Yun Feng

2012
写在另一个世界的前面

写在另一个世界的前面

北京燕山出版社
BEIJING YANSHAN PRESS
YSP

人生几回新奇事,半为功名半为伊
我抹了抹眼角,意飞起了几朵透明的水花,它们击打着我的脸颊,然后留下清晰的纱
孤单的人影飘于窗上,窗下,是潮湖泛起的一丝,春草的清香

图书在版编目（CIP）数据

2012 写在另一个世界的前面 / 曹云峰著 . -- 北京：北京燕山出版社，2013.1

ISBN 978-7-5402-3077-7

Ⅰ . ①2… Ⅱ . ①曹… Ⅲ . ①散文集－中国－当代 Ⅳ . ① I267

中国版本图书馆 CIP 数据核字（2012）第 317191 号

2012 写在另一个世界的前面

作　　者	曹云峰
责任编辑	涂苏婷
责任校对	仲济云
封面设计	曹云峰
社　　址	北京市宣武区陶然亭路 53 号（100054）
网　　址	http://www.bjyspress.com/
微　　博	http://e.weibo.com/u/2526206071
电　　话	01065240430
传　　真	01063587071
印　　刷	深圳市市直机关文印中心
开　　本	710mm×1000mm　1/32
字　　数	180 千字
印　　张	7
版　　次	2013 年 7 月第 1 版
印　　次	2013 年 7 月第 1 次印刷
定　　价	28.00 元
出版发行	北京燕山出版社 YSP BEIJING YANSHAN PRESS

版权所有　盗版必究

目录

序言 /1
雍和宫 /01
廿四有感 /02
灯下小题 /05
换巢鸾凤·一尾鱼 /07
禅 /08
梦 /11
春日故园 /14
塞上春词 /15
题壁 /16
中秋咏 /17
中秋咏 /19
元日随笔 /20
糊涂 /22
看淡 /24
无题 /25
立秋偶题 /26
虞姬 /28
打虎 /30
西坝河 /32
老友访京 /34
千秋岁·兄弟 /35
离亭燕·宝剑吟 /36
西行感言 /37
二十八 /39

2012 写在另一个世界的前面

无题 /40
读书有感 /41
夜半大风有感·乡思 /43
游八大处·口占一首 /45
卜算子·谋食 /46
苏州游 /47
诗赠文明 /49
丹友 /52
秋叶 /53
采桑子·祭刀 /54
思父亲 /55
莫待 /56
见友喜饮一大杯 /57
雨游雍和 /59
中秋前夜 /60
观西霞 /62
生日勉怀 /64
中秋 /65
中秋 /67
菊赏 /68
风雪感怀 /69
登崂山有感 /71
除夕 /74
沁园春·南国游 /75
夜过九江大桥 /77
商丘怀古 /78
南昌怀王勃 /79
梁山偶题 /81
过阳谷县 /82
人生 /83
赠岭妹 /84

岁末寻梅 /85
相亲 /87
车中随想 /89
韩公来访 /90
吃蟹 /92
春夜 /93
日暮即景 /95
孤独 /97
星如雾·君问 /99
饕餮 /101
葬花 /102
晨吟 /105
甘家口 /106
闯关东 /109
十年 /113
鼠年 /114
初夏有感 /115
将不惑 /116
咏蟹 /118
小月 /119
牛年正月 /120
惊闻之后 /121
松山 /122
秋思 /123
读诗后题 /126
中秋前咏 /127
中秋前夜 /128
花期 /129
弄梅 /131
西安 /132
节前眺雪 /139

沁园春·当风起时 /141
西安 /144
问卜 /145
秋晨琐记 /147
万花筒 /149
观前路风云变 /151
厦门 /154
泰山夜行记 /157
灯茶小憩 /163
泰山顶上鸡酒宴 /165
蝶恋花·家 /167
浮生谈 /169
寒晨酒醒 /173
年关到 /174
孝双亲 /177
中大竹 /179
黄花岗烈士陵园游记 /182
太行山 /185
云冈行 /188
秋眠 /190
北口星空 /192
那痴汉是故人 /195
一抹红·猫猫 /197
丽人行 /201
游宜昌镇川门 /203
巴东一夜 /205
晨醒巴山 /207
杜甫草堂游记 /209
三峡 /211
风雨摇铃·献给爱情 /214
一根青丝 /218

雨 /219
真正的美 /220
忆校园 /221
圣诞前夜 /223
爱的淹没 /224
飞逝 /225
优雅 /226
心情 /227
为有春色自影窗 /229
我用光阴爱着你 /231
仲夏夜 /232
宽容 /233
醉夜 /234
秋夜小景 /236
亲爱的 /237
月亮弯腰 /239
毛贼琐记 /240
秋意 /247
人妖团 /248
流年三笑 /249
小鸾 /255
老梁 /262
老张 /273
小元 /281
无心 /295
小青 /307
老白 /318
后记 /328

序言

混沌学理论中有一个概念叫作"蝴蝶效应",大意是说蝴蝶虽小,一次翅膀的小小扇动却可能影响到千里之外的天气;海明威的《For Whom the Bell Tolls》曾经是我很久以前读过的书,虽然印象已经变得有些模糊了,但书中引自 John Donne 的那段文字:"No man is an island,entire of itself; every man is a piece of the continent, a part of the main. If a clod be washed away by the sea, Europe is the less, as well as if a promontory were, as well as if a manor of thy friend's or of thine own were: any man's death diminishes me, because I am involved in mankind, and therefore, never send to know for whom the bell tolls; it tolls for thee."却常常还能闪现在我的心里。它们似乎都在启示我不要以为自己渺小就可以自暴自弃,不要以为别人渺小就可以忽略不计,亦不要小瞧任何一粒你身边的微尘,就如同千万不要小瞧如同微尘般的你一般。

两年前,我曾突发奇想开始对天文学感兴趣,于是去买了些类似《中国国家天文》等天文学方面的杂志来读,但很快那份初燃的星星之火就在辽阔的宇宙面前熄灭了,原因在于当你面对动辄以阿拉伯数字后面如同串糖葫芦般加上十几个甚至几十个的零作为点缀的数字时,你会觉得什么哲学宗教,伟人草民,包括我自己在内,在宇宙里都只不过是接近小数点后面的那个零零零几而已,我们的一切太渺小了,渺小到了几乎可以忽略不计。

然而这个渺小的活生生的自己却又真实的存在于这个时空里的一隅,每天起床吃饭工作休息,闷着头忙忙碌碌地像只无言的蚂蚁,连我自己都在反思,我这个伪蚂蚁所做的这一切到底有何意义?而那些个真蚂蚁所做的那一切又有何意义?

2012 写在另一个世界的前面

我的这本文集其实是三年前自己另一部文稿的延续，记得当时我曾经一时兴起把自己前些年积攒下来的一些文字编辑成了一本小册子，装订了几十本，然后分别寄送给了身边的同学、同事和朋友，本来是闲极无聊之举，送出后便也不再在意，然而想不到的是，此后不久，一个已经多年不见的朋友忽然来电邀约我一起去吃顿晚饭，席间她对我说其实很多年来，她和她身边的许多人一直都是在用一种此人不必珍惜的眼光来看待我的，但当她最近读了我送给她的那本书后，她忽然发现也许她们以前对我的判断过于片面和主观了，而这种片面和主观造成的误解差一点就让我们自此在人生中别过，如今当她透过我的书来重新观察过我之后才发现原来我也是很值得大家去珍惜的，听了她的话我既惊又喜，惊的是一向愚钝的我从来没想到过原来我在这个朋友的心目中竟是个不受欢迎的人，喜的是没想到这一本小小的册子却产生了这样大的影响力，这影响竟足以改变我在朋友心目中的那个不受欢迎的形象。还有一个做生意的朋友，人家本不好此道，但我既然送了他也只好收着，好像随手就又送给了他公司的一名小弟，不想这小弟读完了书竟专门来到我的公司向我致意，说要看看曹哥什么样，问我下一本文集什么时候能出，他很爱看也很感兴趣，我一时受宠若惊，惊到无语。

如上故事还有种种，所有的这些都是我从未曾预料到的一个个小惊喜，由此我也意识到了亚马孙河雨林里的蝴蝶虽小，确是有可能用它那五彩斑斓的翅膀影响到远在北京生活的我的，珍惜那蝴蝶的每一次翼动吧，就如同珍惜自己的文字一样，也许此时此刻不知道在世界的哪一个角落，有一个人也正在等待着这本书里心翼的扇动，情感的传递。

希望他出门时带把伞，因为说不定我的这本书真会带给他一阵酣畅淋漓的春雨。

2012.11.18
于北京方庄

雍和宫

森森危厦郁郁衣，
一番长跪恨难夷。
人生几回新奇事，
半为功名半为伊。

1995.5.5

  二十几岁时早已有了些对异性的似懂非懂的爱慕之心，只可惜大学四年竟在这事上没有一点实质性的进展，或许因为是理工科生的原因吧，思维上虽常常雀跃，行为上却早已经习惯于循规蹈矩，对于出格的一些个事，更是既不会做也不敢想，不像设计班的那些同学，谈恋爱的很多，谈很多次恋爱的也很多，上过床的很多，上床之后不小心又上了医院的也不算个案，甚至还有挺着个大肚子去食堂打饭的女生，这些我们都在校园里喜闻乐见过。
  看来年轻真好，什么都敢干，干了也白干，白干谁不干。
  我却比较笨，也比较真，想着和谁谈恋爱就应该和谁上床，和谁上了床就应该和谁结婚，和谁结了婚就应该和谁至死不分至，所谓"两情相悦，从一而终"。结果呢，执此理念第一次放飞就遇上了下雨，还是场阴晴不定的雷阵雨，才晓得了其实有许多人和你结婚却未见得就是为了和你共度一生，和你上床却未见得就是为了和你结婚，和你谈恋爱却未见得就是只和你上床。
  在"混乱"这件事上，往往男人耍的是"混"，女人作的是"乱"。

廿四有感

廿四悠悠三地身，
山关莽莽几度人。
躬田车水勤俭意，
扫廊求书荣辱心。
生儿自怀仁义度，
读书总在肖明君。
谈笑遥指夕阳晚，
回首山河正青春。

1995.5.21

大学毕业那年我二十四岁，五月时尚在校园里留恋时光。

记得那个十六年学习生涯中的最后一个春天过得很平静，既像黎明前的黑暗，又像黑暗前的最后一线光明。那已经肯定躲不过去的未来到底是黑暗的还是光明的？在心底里，我是糊涂着的，一点都看不清。

学习上，基本已没有了什么功课，毕业设计似乎也不是很难过关，因为大学里大部分可称得上良善的老师们大抵还是爱这些学生们的，除非是你确实搞得不像样子，否则最后都会给你一个呐喊"六十分万岁"的机会的。当然，不过关的情况也有，只不过从此师生之间就似乎都有些丢了脸面的尴尬，这份尴尬如同彼此都遭了蚊咬，即使消了肿很久以后时不时摸起来还会有些痒痒的感觉，只不过于老师而言这份叮咬只是发生在了他们最不经意的脚底板上，而于学生而言却是着实叮在了胸口上。

对于毕业分配，我是感觉很无助的样子，内外无援，左右乏亲，上下无门，除了那几个老师之外就再也识不得半个有北京身份证的北京人了，虽有留京指标却基本上找不到能接收我的单位，于是乎丧气之余，每日里也就只能安排自己一个人坐在教室里的看书了。自觉四年大学，坎坎坷坷，所学甚少，眼见马上就要离校了,俨作亡羊补牢,以求为时未晚吧。

"躬田车水勤俭意,扫廊求书荣辱心。"

"躬田"指的是我幼时在河北农村生活时的一些印象,虽然那时年龄尚小,也许从来没有真正像个农民一样的去耕地种粮,但锄个草,拾个麦的事还是有的。

"车水"指的是1976年以后父亲得以右派平反回城工作,仅剩下我和母亲、妹妹三个人在老家西城生活时的那一段时光。那时母亲身体不好,腰使不上劲,一个人去村中的老井挑水回来吃这事常常是坚持不下来的,于是姨父就帮着想办法用几根本预做房椽的枯木和两个旧车轮子捆扎成了一个可以同时悬挂几个水桶的推水用的水车,每到日落时分,往往就是我推着水车相跟着母亲去村中的水井打水,母亲先把拴好井绳的水桶扔到那深深的水井里去,然后左右打晃着井绳,等水桶打满了井水后,再提上来挂到水车上去,我就负责帮着母亲把水车上那几个一路摇头晃脑的沉甸甸的水桶推回家。

那时的农村还很少有人家用电灯,入夜常常一片漆黑,几年里,母亲就这样独自带着我们两个幼儿生活。家里缺少了青壮男人往往天一黑就无端会生出许多惧色,这惧色多了,我就觉得作为此时家里唯一的男人应该担当些什么,于是琢磨着把那平日里玩耍的红缨枪拔掉了榆木做的枪头,露出了藏在枪杆上端的寸许铁钉,每当上炕睡觉前就把这杆"钉枪"立于卧室门侧,院子里稍有异响,我就抄起长枪,跑到院中张望左右,冲着黑暗大声恫吓,那时的我只有八九岁,如今想起这些事,心里还颇生酸涩。

"扫廊"指的是初到沈阳时,父亲已在大学里教书,母亲也就在大学里找了份打扫卫生的工作,我放学后是常常去大学里找母亲的,帮母亲做些拖地板的活儿,那大学主楼里的走廊东西长约百米,一层楼大约要拖几个来回吧,那时的我已经十多岁了,除了遇到熟人时稍有些不好意思外,主要觉得可以帮家长干些力所能及的事,内心里还是很自豪的,与同龄人相比,我那时拖的地板恐怕是最多的了。

"求书"指的是,从小到大,身边很少有零花钱,虽然自幼喜欢读书,却几乎都是去借读,自己很少买,记得高中时有一次去一位在沈阳金属研究所居住的同学家玩,看见他父亲有一屋子几千册的藏书,很是羡慕,当时就央求着借了本宋词选注,说好快看快还的,回家后关门敛足,猛抄了三天,那可是满满一个大作文本的正反两面啊,后来那同学见我借书也算守时守约,就开始偷偷允我在他父亲的那一屋子书中随意借阅,不过每次只许一册,虽如此我已是高兴得不行了,尽全力做到爱书护书,阅完速还。

后来上大学了,虽然每个月家里给的生活费并不多,但毕竟钱还是掌握在了自己的手里,我开始尽量省下些钱来买自己喜欢看的书,琉璃厂,海王村,隆福寺的古旧书店,我往往能站在书架前一翻就是一整天,能默记的尽量不抄写,能抄写的尽量不购买。记得当时市面上的书价已经开始上涨,我所喜欢阅读的《胡雪岩》《曾国藩》等时髦小说都已涨至几十元一套了，我那点子从牙缝里挤出来的钱是肯定买不起的，就只能借同学买的来读，每读一册我都做了详细的读书笔记，所以至今记住的一些内容也就比较扎实。大学里也有图书馆，学习之余我当然也喜欢到那里去借阅图书，除了小说之外整个图书馆里和我的专业有关无关的我基本上都翻了个大概，不求甚解也好，精读细研也罢，反正乱七八糟读了不少，也算解渴。

　　工作以后，自己可以挣钱了，就有了点暴发户的派头，头几年时就好像做太久了王老五，一认识靓女就要急着做些什么，以补偿些自己曾经失去的什么似的，如狼似虎地把书买了很多很多，一摞一摞的，常常在别人面前显摆，不过如今冷静下来再看，它们基本算得上鱼龙混杂，龙少鱼多。

灯下小题

关南关北定三家,
书里书外论生涯。
一灭心灯乏千问,
静海无风舟自发。
小童无笠听风雨,
新弓得意射鸥鸦。
长风昨夜伏清气,
百年何止一湘伢。

1995.5.26

　　生于冀,长于辽,学于京,故曰三家;年年经山海关出,复入于山海关,故曰关之南北,二十余年里的多少次往返,车来车往,既载希望,亦载乡愁。在沈阳时我思念西城,在北京时我思念沈阳,总之因为希望我选择了离开,又因为思念我选择了回来,终于有一天当我搞不清我自己的希望在哪里,我的思念又在何方时,我就选择了写诗。

　　男儿好读书,大抵八成都曾想着书里的颜如玉,黄金屋,我也不能免俗,自幼杂七杂八,广为涉猎,却越发觉得这书真的是多如烟海,即使穷此生沉溺其中也未见得能从那字里行间抠出个什么美女,搜出个什么豪宅,而到头来却发现对书外的学问竟变得一无所知,此时或许才明白了那《红楼梦》里"人情练达,世事洞明"之论讲的是什么意思。

　　人之进在于业专,退常缘荒嬉,尤其是年轻时,火力壮,精气足,欲望大,向好处看是宜于求进,向差处看则容易好高,我也有同样的毛病,二十岁以前,兴趣广泛,除了"数理化"三样,样样不行外,恨不得其他样样都抓些皮毛在手里,故而琴棋书画,诗词歌赋,拿掉棋,余者七样样样都能唬唬人,然而到如今,仍然样样也只抓了手皮毛而已。故"一灭心灯乏千问"喻做事宜心专,莫做千样求。心静则气沉,心专则标准,相信沉下心来做人,弯下腰来做事的人虽无风以扬帆,必功到自然成。

小孩子往往是不怕风雨吹淋的,一是身体内力旺盛,可阻风寒;二是了无人生经验,不知天高地厚,虽"无笠"却敢"听风雨",我以为这就是"青年"之所以"年轻"的原因。青年人就是应该多些豪气,胆气,英雄气。

多年来,我的座右铭始终是塞缪尔·乌尔曼的那篇《年轻》,至今仍置于桌头,不敢轻弃。

2009.12.8

换巢鸾凤 · 一尾鱼

梦沉寒窗,
惊落三番雨。
横塘已过,
犹自握青衣。
顾瞻旧疮痍,
相思不易此中意,
天知我早无魂可销,
人渐老,
只剩那形影相依。

情意,
随它去。
异乡疲客,
奈何佳人许,
真个弹弹,
百根铁骨,
扶扶一身正气。
想是东海龙门起,
我乃三江一尾鱼。
落英地,
抚今昔,
东风再起。

1995.7.7

2012 写在另一个世界的前面

禅

小儿无齿乱谈禅，
纷纷萤火似蝶翻。
怀公风里闲指月，
始愧流虫小儿玩。

1995.8

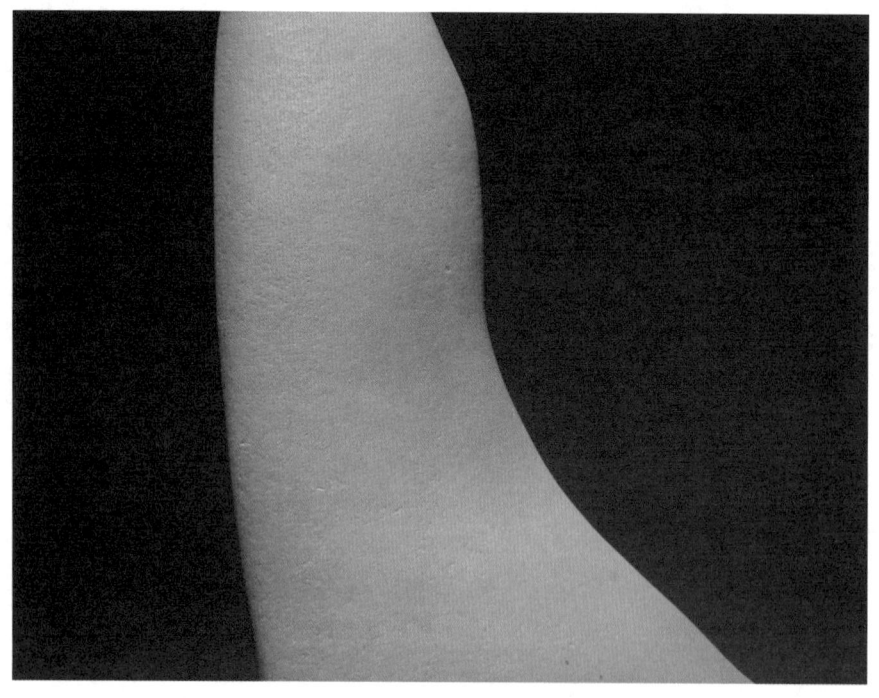

愧于谈禅，忝于大道。

那时大学，正值年轻，二十啷当的岁数最易心神不定。平日里，一众同窗皆博闻好战，既不知地厚天高，又无畏唾沫横飞，无论哪路神仙，何处豪杰，都敢拉过来品评一二，尤其是那些关于人生观、价值观的讨论更为我辈所好，虽都是熄灯后的卧榻磨牙之议，却也常常能闹得彼此间攘臂相噱。

记得当年我溺于禅佛一途较深，因为在那时中国几千年以来能自成体系且仍身康体壮延绵健在的哲学流派似乎已留存不多，自"五四"以降，儒释道三门中本就主张出世的老庄更成了千年的阳春白雪，从来的寂寞小三；而孔孟一脉在先被新文化诸将脚踩入地，腚压三叠后，续被伟大领袖指引下的更新一代革命小将视同豕犬并斩草除根，若不是二十世纪八九十年代南怀瑾先生的《论语别裁》等书籍有机会在大陆横空出世，或许现在的很多中国人都早已不再知道对于中国文化而言，孔子曾经是个"圣人"，而不应该是个"生人"；只有这佛释之学或许有赖于那些久经浩劫仍能屹立不倒的少数寺庙泥龛反而逐渐成了一门百姓们最容易接触到的且也算最有些历史传承的在野哲学，毕竟香不可以明着烧，经却可以偷着念，科学上没有来世，情理上却有恶善。

90年代初，很多在大学里有所求索的年轻人在思想上都仿佛陷入了漫漫长夜，一方面人们不愿以仕途约束信仰，另一方面却又不得不面对假如不违心地选择信仰就不会有所谓光明仕途的残酷现实，于是苦闷与茫然之余大家常常自问心灯何在，默默以求一道光明。

就如同顾城的《一代人》所讲"黑夜给了我黑色的眼睛，我却用它寻找光明"（这诗乍听时像绕口令，再听时像钟声，一共十八个字，也便鸣响了十八声）。

可惜我虽知佛学浩瀚，却不知哪里才是真正的登门路径，所谓"一切有为法，如梦，幻，泡，影，如露，亦如电，应作如是观"，然言及"不取于相，如如不动"又让我颇感无所适从。

那日偶读佛门旧典，有小文一则如下：

马师（马祖）在一处坐，怀师（怀让）将砖去面前石上磨。
马师问："作什么？"
师曰："磨砖作镜。"
马师："磨砖岂得成镜？"
师曰："磨砖尚不成镜，坐禅岂得成佛也？"
马师曰："如何即是？"
师曰："如人驾车，车若不行，打车即是，打牛即是？"
师又曰："汝为学坐禅，为学坐佛？若学坐禅，禅非坐卧。若学坐佛，佛非定相。于法无住，不可取舍，何为之乎？汝若坐佛，却是杀佛。若执坐相，非解脱理也。"

　　马师闻师所说，从座而起。

　　此时之马祖方才醒悟了："坐禅只是修行静思的一种方式，其目的是为了达到'悟'的境界。若想真正的成佛，只坐禅是没有用的，而是要从心里去感悟禅的智慧，仅仅运用一种方法，追求一种形式，就企图找到真理，获得感悟，是不可能的。"

　　读罢此文，似经怀师点拨，彷如茫茫黑夜之中，漫漫长途之上，一群人正手把萤囊，逡巡艰行，忽然间有一轮明月腾空而起，顿时千山万水，一片澄明。

梦

惶惶一梦自东归，
三遣雄师弃甲回。
竟是光阴吹华发，
抑或头遭巧为媒。
潇潇天地戚戚客，
无名世界无名碑。
暂将木牛长安引，
纵浪瞿塘澥潮飞。

1995.11.17

  1993 年曾参加过一次国际设计比赛，恰巧那年学校里就我一个人入了闱，嗨，一时年轻气盛，目空一切，自以为是得很，所以最后失败得很惨，算是给了自己这一辈子都忘不了的一次教训。

  比赛前一天，在后台观摩彩排的选手们便已开始了彼此切磋论剑，当时仅就作品的精致程度而言 MK 的作品"秦俑"就已经给我留下了深刻的印象，记得当时颇惊讶于她搞那玩意儿得花多少钱，而且工艺上是怎么实现的，尤其是那点缀其中的缕缕棕红色的长丝着实扎眼，直到十数年后，当我偶然在广州捡拾了一片被风雨吹落街头的棕榈树的残棕时，才明白，当年的那个创意对于其时身在广东的 MK 来讲或许本就稀松平常，算不上什么奇思妙想。比赛结束后 MK 得了那一届的冠军，自是收获颇丰，我倒好，不但本钱没能收回来，甚至连个有名无实的安慰奖都没能捞到，参加决赛的三十几个人里，有差不多三十个人得了或这样或那样的牌状证奖，而只有我和那余下的几个倒霉蛋得的却是溜光水滑的"鸭蛋"，一时蛋蛋之间虽尚不至于"执蛋相看泪眼"，却真切地感受到了什么是"竟无语凝噎"，再想起爹娘咬牙支援的那一千元制作比赛服装的费用就此打了水漂，就感觉心连着肝脾肺肠胃，在一块搅和着疼痛。

比赛刚完，我就垂头丧气地跑回了学校，自觉没脸见人，遂有了股子破碗破摔的劲儿，虽然这几个月折腾下来身上早已所剩不多，约摸着也就剩下不到一百块钱的伙食费了，却决定破一把釜，沉一回舟，吃光喝光花光才好，于是晚上非要请兄弟们到学校食堂里大餐一顿，结果勾二连三地一算，发现班里、学生会里能来的兄弟太多，怎么办？这点钱哪够一二十人吃的？还好班长 WQ 主动帮我把釜破舟沉之后仍凑不够的饭钱出了，在那一天，这事也让我印象深刻。

那一晚，聚来的两桌子人喝的酒还真不少，记得到最后时我是嚎啕痛哭来着，不知是哭的还是醉的反正到最后我几乎是不醒人事了，是被同学们拎胳膊，拽大腿，抗死猪一样弄上东楼 523 的。

本来我一个理工科学生偏要去参加这种国际性的设计比赛就有些荒唐，没想到还入了闱，而且那年全学院还就被我一个人入了闱，这在有些人看来几乎就是瞎猫碰上了死耗子，我类乎瞎猫，当年的评委就是死耗子。还好，事情发展的结果是我这只瞎猫最终露了原形，虽然也戴了个瓶子底般厚的眼镜去蒙事，可视力基本上还是个零，有些人自此也就松了口气，权当看着我这瞎猫跨界在锣鼓声中耍了场猴把戏。

可我心里却委屈得很，总想着哪天还能证明一下自己。

两年后，1995 年的夏末，大学刚一毕业，我就被单位派去了内蒙实习。不过间隙里我从没忘了那比赛的事，国庆节放假三天，就一个人偷偷坐火车溜回了北京，在宿舍里闷头搞了两天的设计，然后托在京的同学帮忙在节后把设计图送了出去，第三天傍晚就又匆忙坐火车赶回了内蒙厂里，这已是我第三次报名参加这个设计比赛了，而且不夸张地说到那天为止我也就正儿八经的搞过那么三次设计。

在一个多月的等待之后组委会那边还是音讯皆无，于是乎我就有了"惶惶一梦自东归，三遣雄师弃甲回"的忧虑，自己也开始在反思自己是否真的是"光阴吹华发"，或者"头遭巧为媒"了，那个心情真的是既愁闷又焦虑。

好在写完这首诗后仅仅过了几天，北京就传来了消息，我又入闱了，能有机会再去和全世界二十多个国家的设计师代表一起角逐较量还是禁不住让人有些兴奋，不过对我来讲似乎我想证明的其实就此也已经证明了，今后如何我已经变得有些无所谓了。

几个月后的正式比赛里我得了个铜奖，虽差强人意，自己却还是很高兴的，毕竟这次制作服装的费用是单位领导支助的，即使自己再得个鸭蛋也还不至于平日里就没汤喝了，而且没背债务心情也就放松了，感觉前前后后也没费太大的力气。赛后不出几日，奖金就花得精光光了，那风光经过后的感觉仿佛只是参加了个小游戏而已。

MK 后来在服装圈里风生水起，做了一个自己的品牌叫"例外"，这些年火得很，连我也跟着眼热。WQ 后来留校当了老师，做了书记，现在依旧是这个小圈子里的人物，无论在哪，他总能风生水起。

由此我想到的是人生中遇到的很多事情其实都是有来龙去脉的，既没有无缘无故的成功，也没有无缘无故的失败，如果不是当年比赛前后在我脑海中形成的两个"印象深刻"，或许如今他们两位"神人"也早就在我的记忆里"人似秋鸿来有信，事如春梦了无痕"了。而我呢，如果不是当年失败后的那一份坚持，那一份忍耐，我恐怕永远也不会收获到那一份肯定，那一份信心的，而这份信心对我的人生而言显得弥足珍贵。

春日故园

儿郎怀矢入云来,
九日排龙天门开。
莽苍世界横阡陌,
红粉金香雪里埋。
蝼蚁丛林飞墨雨,
朽木盘根半亭台。
许是人间华佗少,
当持大剑乱阴霾。

1996 年农历正月初一于沈阳旧宅

    刚刚参加工作半年,人也只有在这样的年龄与阅历下才胆敢把自己比作那后羿,可驯九日,可入云霓。
    "莽苍世界,蝼蚁丛林,朽木盘根",反正当时看在眼里的一切一切都似乎黑白分明,忠奸可辨,而今想来,真是够天真,够可笑的。
    想做华佗的人不少,但关键是在悬壶济世,医民疾苦前要先学会医己。

塞上春词

半床书简半窗春,
未闻金鼓月囫囵。
青史无头千年了,
兴衰成败一法轮。
尔曹当知朝夕短,
檐雨吟叮半师尊。
宠辱无缘桃花外,
不惊风雨自由身。

1996.4.29

刚刚工作,陋室小小,无处可置书,遂于床侧沿墙罗叠若干,每当下班无事,周末有闲之时就翻检一二以学习。窗外有树婆娑,乍暖还寒时节,风投月影,柳送春香,不知不觉间读着读着就已月上西窗了。读史总感觉是读不完的,几千年的东西岂是我这匹夫俗人可尽览的?不过读来读去,无论多少事,感觉终归都逃不开的还是"兴衰成败"四字,一轮轮的"你方唱罢我登场"而已。

忽而雷声渐近,新雨淋漓,滴滴答答之声,告诉我,宜珍惜光阴,好自为之。学手艺,我有老师,学文章,我却只能全凭自己,好在春雨有情,孤夜相伴,亦师亦友,一心一意。

古人言:"宠辱不惊,看庭前花开花落;去留无意,望天上云卷云舒。"

附:

《老子·十三篇》言:宠辱若惊,贵大患若身。何谓宠辱若惊?宠为下,得之若惊,失之若惊,是谓宠辱若惊。何谓贵大患若身?吾所以有大患者,为吾有身,及吾无身,吾有何患?故贵以身为天下,若可寄天下;爱以身为天下,若可托天下。

题壁

吾生二十载,
不料可无敌。
而今天不美,
意气无人批。
暂将胡马放,
一梦到昆西。
当有瑶池会,
大鹏逐风起。
我作风中燕,
亦可做一击。

1996.5

即兴题作于集宁小站之 402 室西壁。

集宁乃塞外小城,现称乌兰察布,向以盛产土豆与大风闻名。集宁之土豆个大而整,口感绵糯,品味俱佳;集宁之风四季常刮,且逢刮必大,卷土飞沙之势好似要把天都刮塌,把土豆都刮得起身满地爬。

记得每入夜,窗外就呜呜风起(此处用词非"呜咽",乃"呜呜","呜咽"或指啜泣,"呜呜"好比嚎啕,而那风势其实远盛于嚎啕),自晚至晨,从不歇坠,虽然宿舍门窗紧闭,自己也是两层棉被盖体,却仍一夜瑟瑟,既难却寒意于窝外,更难阻扬沙力透窗缝的侵袭。夜半时分,时常能听到不知谁家门口的破缸烂瓦被狂风吹得沿着大街奔跑喧嚣,游马撒欢,由远至近,又由近至远,先是铿铿锵锵,后是乒乒乓乓,再是稀了咣当,直至扬长而去。

晨起,再看自己,往往是一被子的沙尘,一嘴丫子的沙粒。

中秋咏

之
念故乡

君如明月月如君，
每到中秋思断魂。
且借吴刚三杯酒，
一醉千里桂香心。

1996.9.29

  中秋月明之夜，自是清辉如水，皎皎盈心，悠悠万里，遥思故人。月中有桂，花色如金，所谓"树似慰劳人事忙，透窗时送沁心香"（《载敬堂集》）者是也。
  值此佳节，桂香和着酒香，香香喜喜，天上人间，似都入了那吴刚一怀，既犒其千载伐桂之辛劳，又解其困守蟾宫之寂寞。桂花色金黄，细小如粟，开于秋，素有"秋香"之誉，其香清浓兼具，清可涤心间瞬，浓可布阵十里，故有"十里桂花香"一说。尾句我取"桂香"二字，以喻"归乡"之意。
  周星驰所戏之"秋香"，除无厘头到了美无所据，丑亦无所惧外，倒有一样是没含糊的，就是剧中"秋香"所着之服饰确实多以桂花颜色为主，衣如其人，人衣合一，果然是"春夏秋冬各不同，别样秋香在其中"。

中秋咏

之
念己

一面山河两壁星，
大江南北今月明。
嗟嘘檐下击破缶，
铿锵六载货燕京。

1996.9.27

　　自内蒙调回北京后过的第一个中秋节，于楼下独饮后回宿舍休息，推窗望月，秋星似海，面前的京广中心陡然壁立，卓视苍穹。
　　想起冯谖，想起孟尝，想起离家来京后六年之种种，手执瓷碗，以箸敲之，愚效冯谖，自嘲而已。虽有如击剑之铿锵，亦难消不遇之惆怅。

元日随笔

一年一日入佛门,
了却红尘拜上尊。
我佛亦人人亦我,
人生因果果因人。
轻摇翼橹沧溟举,
半浅洪湖碧欲春。
层楼槛外犹未已,
一棒钟声到太昆。

1997.1.1

自 1995 年开始礼佛,初时源于巧合,后来渐成习惯,每年元旦那一天是必去雍和宫上香磕头的。只不过多年以后,仍自觉孽缘不浅,慧根无生,始终只是个佛家的槛外人而已,似乎入得佛门,方求清净,一出宝殿,心必狰狞,试想这一年三百六十五日,只那一日清净,剩那三百六十四日皆狰狞该有多可怕。

这样狰狞着,跋扈着,疯狂着,也就内疚着,痛苦着,灭亡着,直到有一天当我用心感受到也许许多人与事只有不"争"了才能有"宁"时,仿如当头棒落,大梦初醒。

拜佛之人,无非这两种情况,一种是心生绝望之人,另一种是心藏渴望之人,绝望之人多是去慈悲的佛那里寻找安慰的,似乎一拜之下,佛便能赐给他许多的法力与能量,让本已绝望的他从此觉得别人大概也和自己一样了;而渴望之人则是去万能的佛那里寻找奥援的,他们唯一想的就是如何请万能的佛帮助他们去实现那些仅靠他们自己的力量肯定实现不了的愿望,故而绝望也好渴望也罢,反正拜佛之人未见得都是去佛那里剔除或稀释自己欲望的,相反他们中的很多人去那里其实是想悄悄地把自己的欲望再进行一下小膨胀的,嘿嘿。

　　本来佛要消除的就是人们心中那常常带给人们无限痛苦的"欲",结果到头来他发现也许他就是那许多人心中天下无双无所不能不可替代的"欲",怎么办?佛一时左右为难,难道要他去消灭他自己?

　　为什么佛坐在那里不说话,因为他面对如此众生实在无语。

注:
沧溟:"沧"为天,"溟"为海,合之意为天下。唐顾况有《酬柳相公》诗。

　　　　天下如今已太平,相公何事唤狂生。
　　　　个身恰似笼中鹤,东望沧溟叫数声。

半浅洪湖:喻中庸之道,湖水不深不浅,缓出慢进,方可碧色如春。
太昆:引于《庄子·知北游》"是以不过乎昆仑,不游乎太虚"。

糊涂

二十六岁读罢书,
眼前未见黄金屋。
始悟秦皇愚民意,
太聪明处反糊涂。

1997.3.15 子时

此诗有些牢骚,有些感触,闲来大白话,须听话外音。

自读书以来,所知的始皇帝一生负面消息多多,仿佛此兄打一生下来就没干过什么好事,成天不是砍别人就是被别人砍,不过近来对如上观点又逐渐有些不以为然起来,比如幼时所知因秦修长城,才有了孟女哭夫,才有了陈吴起檄,然反身细想在那个年代若不修长城,则御胡马于阴山之北又有何良策?不劳民役匠修城筑垒,一旦胡马南窥,掠地残民之时该日夜啼哭的恐远不只是那孟女一人。春秋以降,勇武能打架者,秦人也,所向披靡能打群架者,秦国也,以秦人秦国之勇尚不能杀强敌于千里之外,修一长城固已于一隅又有何不可?法子虽笨,有效即可,更何况在我看来秦所修之长城和我国在二十世纪五六十年代自力更生研造出的原子弹在彼时彼代都应称得上是当时高科技领域里的重大突破,可以说要想腰杆硬,当时除了这么干应该再无良策。

再比如书上评说始皇帝焚书坑儒乃暴戾的专制愚民政策,如今看来却也未见得,当时六国寂灭,最需统一思想,可惜张仪早死,再无人可任政协主席之职,李斯虽在,却是个心愚手辣的主,所以干脆来了个痛快的——焚书坑儒,免得大家协商来协商去总不合皇帝心意。人一多,思想就杂,舆论就乱,看似个个聪明睿智,各抒己见,实则你来我往,各有立场,时间长了,国家还得乱,百姓还得遭殃。故而与其天天嚷嚷民主,不如自己做主,所谓一人说了算,大家跟着干,天下还不乱,这就叫封建。

故而,古往今来许多的事看似民之聪明,实为众之糊涂。

反之及己，二十六岁了，也算杂七杂八读了不少书，虽正经儿学问一般，却别样天地一样宽，对学问的自信还是有的，至少不差同龄人很多，然独独于河洲关雎之情，富贵腾达之事，囫囵懵懂，样样不精，从前以为书中自有黄金屋，书中自有颜如玉，可到如今也擢倒了百千本书了啊，怎么就没瞅见一个颜如玉，一座黄金屋呢？

　　可那些读书不多，品格一般，学分沦陷，甚至相貌都堪称完蛋的却一个个如同闯进了桃花源，掉进了桃花潭，遭遇了桃花劫，过上了桃花节一般，女朋友是分着拨轮岗，成着串更换，我在那一边厢卖呆儿看着真的感觉是眼睛花，心缭乱，涎垂干，憾无限，这道理可怎么说呢？

　　所以对于一个人是否能成功来讲所读书的多与少似乎与之关系不大，倒是世事洞明人情练达这两样关系情商的方面影响颇大。

　　清末载沣，乃溥仪亲爹，其子登基之后摄政大局，一时为海内外所厚望，其人相貌清秀，学贯中西，出身高贵，行事开明，既是自号"书癖"勤于向学的文人，也是最早肯尝试穿西服的贵族王公，他曾沾沾自喜于其自撰之联"有书有富贵，无事小神仙"，然而就是这样一个人他不但亲手送走了光绪慈禧，还接着亲手送走了大清的百年江山，让他的儿子成了亡国之君，他有富贵吗？或许有过，不过那也是他祖宗留给他的，他是神仙吗？假如神仙里面也有笨蛋的话那他或许也算是个半仙，那么他读那么多书又有何用？于国无用，于家无用，于他自己也无甚用，看着像个智多星，实则名曰无用。

　　而我不想无用。

看淡

看淡名利看淡情,
看淡江山看淡风,
看淡神仙看淡庙,
看淡春秋看淡冬。

1997.4.24

无题

絮絮悠悠一梦真，
抱柱江头寂寞人。
男儿自古轻言笑，
痴癫岂是为佳人。
杯底风来传万里，
雨过云生润仟村。
心系情天不辨我，
水过流萍莫相寻。

1997.5.20

《庄子·盗跖》有文："尾生与女子期于梁下，女子不来，水至不去，抱梁柱而死。"唐代李白《长干行》诗亦有："常存抱柱信，岂上望夫台。"讲的是两个青梅竹马的青年男女如何经历了在长干里（今南京市）长大，成家，别离，相思的种种生活。

男儿守信，当学"尾生抱柱"，那么女儿当不当学呢？我看也应当学，只是这年头肯学这"专业"的丫头太少了，要么说自己的大腿肌肉不够紧绷，敞开了就合不拢，多年来已经习惯了被别人抱，哪里还会抱着柱子不放松，要么就是大腿肌肉已足够发达，日夜偷偷苦练的不是如何抱紧了一根柱子不放松而是如何多抱几条有钱有权人的大腿直到成功。

我写此诗无意雎鸠，或藏绸缪。

立秋偶题

小巷收雨不收风,
草径藏蛰难藏声。
回眸已忘英雄事,
画眉尚欠美人盟。
夸父头前忽叫渴,
愚公石上叹苍生。
毕竟人人不似我,
生死由来向不同。

1997.8.10 子时

　　画眉说的是好色,夸父讲的是好斗,愚公寓的是好功,男人从生出来大抵就有此三好,只是强弱稍有不同而已,你是不是如此我不知道,我是不是如此我却很明了。

注:
画眉:《汉书·张敞传》:"然敞无威仪,时罢朝会,过走马章台街,使御史驱,自以便面拊马。又为妇画眉,长安中传张京兆眉抚。"
夸父:《山海经·海外北经》:"夸父与日逐走,入日。渴欲得饮,饮于河渭,河渭不足,北饮大泽。未至,道渴而死。弃其杖。化为邓林。"
愚公:北山愚公者,年且九十,面山而居。惩山北之塞,出入之迂也。聚室而谋曰:"吾与汝毕力平险,指通豫南,达于汉阴,可乎?"杂然相许。其妻献疑曰:"以君之力,曾不能损魁父之丘,如太行、王屋何?且焉置土石?"杂曰:"投诸渤海之尾,隐土之北。"遂率子孙荷担者三夫,叩石垦壤,箕畚运于渤海之尾。邻人京城氏之孀妻有遗男,始龀,跳往助之。寒暑易节,始一反焉。

银锭桥南·无名·窗

立秋偶题

2012 写在另一个世界的前面

虞姬

晨醒来作，写给我那学习型的初恋。

沉沉数月梦京西，
蓦然回首共惊奇。
既是持矛学项羽，
然知起舞效虞姬。
云散雨收春归去，
催手敲足叹良机。
两岸春雷忽乍起，
卷土重来问何期？

1997.10.30

一

有人问："爱情是什么？"
智者答："爱情就是那盏照亮生命的灯。"
有人再问："婚姻是什么？"
智者再答："婚姻就是付给这盏灯的电费。"

二

有人问："爱情像什么？"
智者答："爱情就像那在春暖花开的梅雨季节里两岸突然响起的一声声

春雷。"

　　有人再问:"婚姻像什么?"

　　智者再答:"婚姻就像那在春雷过后终将会淋了你满头满脑并满身的滂沱大雨。"

　　三

　　有人问:"虞姬为什么死?"

　　智者答:"虞姬是为了让自己只属于项羽。"

　　有人再问:"项羽为什么死?"

　　智者再答:"项羽是为了拥有更多的虞姬。"

2012.4.22

打虎

雪漫苍霄百雀空，
独留残羽待天明。
满川落花逐流水，
遍地狼烟显大虫。
谈笑仍以书生扇，
起止自由两臂风。
上山全凭酒过胆，
打虎何须待武松。

1998.2.1 虎岁纪念

这一年所历坎坷颇多，春节作诗，诗中难免藏些酒气，含些怨气。

自年初至八月，住宿、工作、爱情，一桩桩事儿皆做了梦幻泡影，酒醒大半，怨极生悲，于是明白了人生在世不能一味谨慎，有些时候，该破该立要有自己的担当，所谓：

无事不可生事，有事不可怕事。
事到万难须放胆，胆到大时莫要脸。

喝碗酒，红红脸，扯掉了些平日里画满了礼义廉耻的面具，或许眼前机遇就为之一变。说实话，就在这一年的秋天，我终于下定了决心去学作生意，这种选择是被动也好，主动也罢，反正心里揣的是一股子饮酒上冈爱谁谁谁的滋味。

武松打虎，初是因为酒后失控而上山，待行至半山，本来心有犹豫，但又恐回头投店过夜为店家所耻笑，只好硬着脑门子愣是往冈上闯，结果呢？果然撞上了老虎，于是豁出去了，也就打死了，自此得了一个"打虎英雄"

的美名，更因此直接就从一介草民提拔成了县刑警大队大队长，而且还由此找到了失散多年的亲哥哥。试想，如果当时他真的被吓回了客店，命或许是安全了，但改日几十个人一起上山，就是遇上老虎，打死老虎，功劳簿上也未见得就会有他的大名，当然如果他一个趔趄再加一不小心被老虎当场摁倒吃了，也稀松平常，因为老虎已经吃了不止他一个，闹不好他不但命没了，估计连名都不会留下，更别谈跟那县太爷要什么抚恤金了，活该自找的。

虽说有的人是天生胆大，有的人是酒后称雄，但不可否认的是胆魄之大小的确是成功人士与平凡百姓在心理素质上的最大不同。记的曾涤生颇精通识人之术，他在评价青年李少荃时曾用了八个字"胆大心细，劲气内敛"，而头两个字就是"胆大"，由此可见胆略之大小于人之格局是多么重要，李鸿章之所以后来能纵横天下多年的原因也许从他老师当年的这句评判中可见一斑。

本事是火药，胆量是雷管，打火机才是武松的那十八碗凉水里兑的酒精，有火药没雷管不行，有雷管没火药更不灵，可有了雷管火药没有打火机一样没法来一声惊天动地的轰鸣。

打虎

西坝河

区区五尺身,
寂寂西坝河。
天高箕斗细,
巷短寒士多。

1998.5.2

  西坝河的平板房(当年单位为我等精心所置之青工流放之所,上以油毡铺顶,下以水泥铺地,左右纸板隔间,四面皆不通风,狼不侵,狗不叫,官不到,恍市外之"逃"园也)算是我曾经住过的最不适宜人类居住的房子,冬天像住在北极,夏天像住在赤道,有过洪涝,有过鼠盗,晚上隔壁那对小夫妻有点儿啥动静我也只能装作不知道,我感觉那两年我就像一副掺了黄连罗根山黄皮的中草药,总是被人放在药锅里咕嘟着,体会着什么是苦,什么是煎熬。
  记得那里也曾经住过不少人,如今回首再看竟没有一个陪着单位熬到今天的,不知道到底是因为当初的那些青年人对单位无情,还是因为我们那伟大单位里的那帮老爷们对我们无义。
  青年们终将也会老去,老爷们却必然先于青年们死去,有的人带走的是两手花香,有的人带走的却是两腿污泥,记住吧,那曾经的或炎或凉或苦或甜的四季。
  我不说你是谁,却并不代表我已把你忘记。

注:
  箕斗:星名,即箕宿和斗宿。《诗·小雅·大东》:"维南有箕,不可以簸扬,维北有斗,不可以挹酒浆。"

西坝河·拆

西坝河

老友访京

正是秋雨扫燕京,
未得知己落花行。
真如一梦忽觉起,
前日今时不分明。

1998.9

  有老友自广西来访,本来说好一定陪他多玩几日的,却不想单位事多,匆匆一面之后就不得不远赴内蒙了,想起几年前大家在校园里篮球架下一起畅谈未来人生时的情景,仿佛就在昨天似的。

千秋岁·兄弟

又是苍秋，
回头二三故旧。
心未老，
气未休，
重摆英雄宴，
再喝菊花酒。
菊花酒，
酒罢菊花插满头。

弟兄杯二盏，
四五小蔬馐。
天亦在，
人亦有，
歌余尘拂扇，
舞罢风满楼。
风满楼，
楼外江山楼内酬。

1998.9.15

离亭燕·宝剑吟

当年豪气未减,
而今宝剑仍寂。
何惧只把情当风,
只把恩仇当雨,
待尔吹散去,
扑剌剌黄花地。

古路依稀远漫,
伤心揾巾偷泣,
英雄泪杯中取,
才知此中真意。
囊不收青龙,
怎知那青龙利?

1999.4.27

西行感言

几日沉醉在漠东,
一去流言诽骂名。
此地鲜羊可壮酒,
青城陋巷少飞红。
接天南俯幽燕地,
回缰北望马如龙。
半壁青山天弓坠,
囊矢听得弦上声。

1999.9.18 于呼市

　　这年年景不好,经济似入谷底,大小生意皆不好做,恰好单位又严命我们这些散兵游勇回营听令,虽左右为难,却也只好先洗洗脚泥上岸了。不过世人都晓得的道理,那北京大营里的位子岂是留着给我们的,早就都分给了那些个有裙带关系的皇亲国戚,贝勒格格们,似俺这等混在京城的平头百姓最多也就是再去辕门外挤个夹缝,捞个残羹,好也好不到哪里,坏也坏不到哪里。心里想想觉着憋屈可又没什么更好的办法,就只好打起铺盖,远赴他乡,到呼市的分公司里去应个一差半职了。

　　说实话,只有在机关和事业单位里混过了的人才能够真切地体会到什么是"拼爹不是梦,拼爹挺管用"。你想有什么作为吗?可以,如果你没有个优秀的老子,你就得先找个稳当的靠山,跟上去,靠上去,贴上去,粘上去,然后争取和领导的屁股最终融为一体,或许有一天你还真能行,否则一切都是白日梦,这就是中国官场的传统,既以能力论英雄,更以关系定输赢。也许最早发现情商比智商更重要的不是美国耶鲁大学的萨洛维和新罕布什尔大学的梅耶,而是中国几千年前的某个靠着"跟,靠,贴,粘"四秘技最终飞黄腾达，官运亨通的高俅式的白丁，写诗讲究的是"起承转合"，升官讲究的是"跟靠贴粘"，看来两者间虽风情迥异，理论上却是基本相通的，不过自古以来大诗人中少有做大官的，大官中却出了不少诗歌爱好者，让人不得不感叹"风骚雅颂小学问，人情练达大文章"啊。

袁子才曾有诗："青山尚且直如弦，人生孤立何伤焉。"也许这就是一个身兼文人和官吏两个角色的人所能发出的最最痛苦的慨叹。其实难道他不晓得"直如弦，死道边，曲如钩，反封侯"的道理吗？他当然知道，只不过当他面对选择的时候，他依旧只会选择那深埋于他灵与肉中的前者。

漠东即草原，蒙人好饮，我也常常喝得醺醺然。不过挺好，远离了京城的尘嚣，烦扰，嫉恨，失意，虽是暂时的痛快，可它毕竟还是痛快。

青城对于一个血气方刚的年轻人来说，有些太过悠闲，太过惬意，太过神仙，那里的本地人中午下班后大多要回家吃饭，下午两点半才再次上班，故而每个人都可以在午饭后美美地睡上一觉。单位里一旦来了远客，酒喝得"咕咚咕咚"响，歌唱得"哩了哇啦"亮，一桌席，能堆三层盘子，垒得赛过小山包，且每次宴后，那山包往往仍有一半屹立不倒，这一半中的大半还必是各种做法粗犷的牛羊肉，只吃了几回之后，我就吃怕了。

只是山城青涩，不似京沪街头动辄美女如云过，这里人少，女人也少，美女更少，偶尔在街头见到美女，总惹得我们几个青工蠢蠢欲动，挤眉弄眼，大呼小叫，似打了针，吃了药，故思昔日昭君之美名恐多古人臆想，以那时内地美女之多，取中平者到此恐也算得上神仙美眷之列。

青城北有大青山，越高越青，草原连绵在上，故而"回缰北望马如龙"，东南向下即集宁、张家口、北京城，故而"接天南俯幽燕地"。

大青山雄卧于北，形似弯弓横置，年年为青城挡北来之凛冽寒风。遥想当年成吉思汗，弯弓射雕，呼喝草原，真让人心潮澎湃，颇有囊中锋镝，难耐寂寞，手撩劲弦，跃跃欲试之感。

二十八

二十八年晓夜寒,
场上风声雨下关。
提心不由生双翼,
挥刃难削百仞山。
眼见长河群飞雁,
舟冲万里天外帆。
英雄岂是功名定,
自在渔樵古今谈。

1999.10.15

　　这年二十八,眼看要抓瞎,对象没搞上,生意也搞砸。生意场不是那么好玩的,对于一个新手来说就如同坐过山车,忽成忽败,败比成多,一年下来,不容易啊。

无题

碌碌金元碌碌人，
人心万态不变身。
长河落日惜命短，
静观天地笑时分。
才高枉负石头记，
家贫不少人上人。
天高地厚吾不知，
玄机全在梦里寻。

2000.5.14 于呼市

忆当年，游于塞外，多有辛苦，个性又强，棱角又分明，于是常常碰壁，颇觉得前无出路，后无退路，徘徊市井，无亲无友，虽吃食上能果腹，于前路上却茫然。

记得当时厂里有一任工，平日里见我憨敏兼具，谦而好学，便时常指导一二。一日，我心不欢，任工问我有何事？

我言："领导近来对我不甚关切，不知下一步工作方向为何？是否领导对我心有不满，抑或另有他图？"

任工言："人在江湖，当心思机敏，但敏则敏矣，亦需有度，否则就是过敏，过犹不及。此中玄机，玄之又玄，众妙之门。"

我一时似有所悟。

友云："蜘蛛的生活是最痛苦的生活，因为它总是处在悬而未决之处。"此时的我就如同那只停在网上待捕的蜘蛛，网在自己的手里，机会却在别人的手里，除了等待之外，我还是只能等待，有谁关心你的"惜命短""笑时分""石头记""人上人"？

读书有感

十年一大变，
不变岂得禅。
多少白旗将，
总因守城垣。

2000.9.4 于呼市

闲来无事，走马街头，恰好看见本书，是美利坚国哈佛商学院所出的一本名为《变革》的书，买来小读后，深有感触，故以诗记之。

念及自己的经历，而立当前，生活事业似乎又都面临着变与不变的选择。真的似乎是十年为一期的宿命，我的人生如同万花筒般在那每次不经意的旋转间都演绎着缤纷的不同，十岁离乡，二十岁赴京，三十岁彻底逃离事业之围城，成为"体制外人"，而这每一次的变化都似乎是我人生的一次洗礼，涅槃或者交响奏鸣，也许在节奏上显得有些舒缓，但可贵的是它保持了那旋律的始终，那旋律只属于我自己，只属于我自己才能敲响的生命之钟，所以我从心底里感谢这些主动或者被动发生的变化，也鼓励自己在将来去主动追求更多更美好更缤纷灿烂的人生。

而与革新变革相对立的是保守和自负，那些不思进取故步自封者终将会被湮没于潺潺历史长河之中，只有那些勇于创业力图变革的人才能真正成为每一个时代的引导者。

君王城头树降旗，妾在深宫哪得知。
十四万人齐解甲，宁无一个是男儿。

如上所言，一千年前，花蕊夫人慨叹的是她老公麾下的那十四万蜀兵为何不战而降，而她老公或许比她还困惑的是为何"我父子以丰衣足食养士四十年，一旦遇敌，竟不能东向发一矢"。只有一个解释，蜀中人民早已经

42 不满足于现状了，吃得好，穿的得暖并不代表人们不喜新厌旧，不渴望改变，所以要么你引导潮流求变革，要么你被潮流推着遭变革，再无第三种选择。

　　那日看了一部台湾电影《艋舺》，觉得里面的老大 Masa 死得比较笨，因为其实他并不是死在了背叛自己的手下"和尚"的手里，而是死在了他曾经不屑的潮流的枪下，潮流是改革开放，合纵连横，枪炮齐鸣，而 Masa 却只愿在艋舺一隅坚守闭关锁国，小农经济，还叫嚣着什么"玩枪的都是下等人"等义和团式话语，那哪有不被社会潮流淘汰的道理？小至艋舺黑道，大至满清帝国，最终被历史所翻篇的原因想想其实都是一样的，不善改变的必然会输给善于改变的，改变慢的肯定会输给改变快的。

　　笨鸟先飞也好，守株待兔也罢，反正持守策者往往就先输了一股子士气，我可不想当个"白旗将"，哪天弄得老婆也跟花蕊夫人似的有此闺怨，那太没劲了。

夜半大风有感·乡思

一

夜半西风起，
星稀偃月低。
乡思别万里，
融融父母衣。
苦乐孤身寄，
风雨一肩提。
凭栏声垂惭，
何日是归期？

二

总肖英雄笑，
山高四海低。
岂知平凡里，
最珍父母衣。
十年无功寄，
思乡君莫提。
孰言男儿孝，
睹物总戚戚。

2001.4.16

幼无旁骛，略知孝义，以为对家长唯命是听才算孝，对朋友肝胆相照方为义，待到经世既久，才明白所谓"孝义"二事的内理其实都是相对的，明知父母不对之命仍唯命是听是为愚孝，已知朋友狼心狗肺之性仍照以肝胆是为蠢义。堂堂中国自古以来就以倡导"孝义"为教育之根，本亦无可指摘，可恨的是有些人以此二字为工具，行的是鼠事，冠的是美名，每每误人子弟。

　　他年教子，此训我当谨记，凡事以"礼"相待，当孝则孝是为大孝，当义则义方为正义，囫囵孝义，如同一屁。

　　2009年，季羡林老先生仙逝，其子季承于翌年出书《我和父亲季羡林》，自此他们父子间的许多恩怨事才被世人知晓，有人说季承不孝，所述事有毁季羡林老先生清誉，我看倒不尽然，只要季承说的都是实话又何关他孝与不孝？季老生前不亦曾有言"富者有礼高质，贫者有礼免辱，父子有礼慈孝，兄弟有礼和睦，夫妻有礼情长，朋友有礼义笃，社会有礼祥和"。

游八大处·口占一首

西山八大处,

而今五人游。

近闻鸟语响,

远见山色幽。

泉飞成野瀑,

花开香自求。

山僧居世外,

何必羡王侯。

2001.5.6

　　那年与朋友趁闲游西山,金,清,岭,红,我。

　　因为忙碌,大家好几年都没放松郊游过了,所以心情似乎都不错,嘻嘻哈哈,沿阶拾级而上,小金逗趣,赌我即景作诗,我边走边吟,很快即有所得,语之诸友,众皆言:"真酸,真酸,想吐,想吐。"

　　此情此景,犹历历在目。

卜算子·谋食

刚清闲几日,
弄梅花几枝,
白云野鹤没玩够,
又要开始谋食。

听涛声渐起,
观风雷如痴。
人生本是匆忙客,
岂容贪欢时。

2001.5.7

苏州游

访友于苏州,景色爽人,口占一绝。

觅友老姑苏,
殷殷山水出。
百里珠玉缀,
老姑焕新姑。

2001.9.12

  初秋赴苏,与文明同游于虎丘、剑池、太湖。
  十二日,经太湖三桥至湖中之西洞庭岛,午憩于渔村小馆,啖太湖三白,乃银鱼、白鱼、白虾,皆鲜美可口,后探幽林屋古洞,系舟三山孤岛,于岛上见识绚烂罂粟数株,造访百年老宅一处,虽仅剩的是残垣断壁,仍可见当年的窈窕风骨,眺烟波水景,忆十年旧事,冀望来日,酒醉而赋。
  姑苏乃得名于城西姑苏山,自古便号"最是红尘中一二等富贵风流之地"。
  所谓"老姑"是指姑苏寿高历远,在我本来的脑海中,它悠久得让我只能把它想象成亭台楼阁,远帆近浦的样子,殊不知一见面却是如此的现代化,干干净净,漂漂亮亮,据说新加坡投资的开发区更漂亮,所以感慨其早已焕然为"新姑"。

2012 写在另一个世界的前面

江南水巷

诗赠文明

得逢六载昔，
颜貌竟相疑。
相见凭一笑，
从来有约期。

2001.9.12

　　文明姓马，与我同龄，苏州吴县人，因生的皮白肉细，光膀子一站几晃人眼目，故得一雅号："小白龙"，是大学时曾经睡在我上铺的兄弟，我俩做了四年的同窗，也结下了深厚的同泽情谊。记得在我曾经最困难的时候，伸手拉我一把的是他，在我曾经最孤单的时候，递我一支烟抽的也是他，在我曾经最绝望的时候，操着一口并不流利的苏州普通话对我说"哥们，想开点"的还是他。
　　如果我问许多人，你还记得当年毕业离京时最后在火车站台上与你洒泪而别的那个或那些人吗？不知道许多人都会作何种回答。
　　我记得那天是文明送我去的火车站，为了让自己不经受送别人先走，自己留到最后才走的孤单感，我刻意提前于许多同学的行期买了回家的火车票。那个早晨我醒来得很早，因为昨夜饮酒宴别的缘故，其他几个同宿舍的兄弟还都在床上睡觉，我就草草地收拾了行李悄悄地出发了，默默陪着我走出宿舍门的只有文明一个。
　　当我们刚刚踏上了北京火车站那长长的站台的时候，我们似乎都还没有感觉到这一刻会有什么异样，尤其是当我们看到十几个不知是哪个大学毕业的学生在站台上围成圈抱头痛哭，涕泪横流的时候，我甚至觉得这样的送别场面未免有点过了。我们之间一直没怎么说话，只是像平常一样抽了几支烟，由于昨夜大家都睡得不够好，俩人就势撸了撸裤腿，有些疲惫地蹲在了站台的边沿，烟灰从手里不停地抖落在那冰凉的铁轨上，当火车驶来的时候，我们知道它们就如同我们的大学生活一样也注定将被那时光的车轮碾得无影无踪。

在火车即将要开动的最后一刻,我才上了车,很快,那火车就开始缓慢地移动,文明也就跟在车厢的外面一起向前走着,自此我们彼此之间就再没有机会说一句话了,我站在车厢里就那么默默看着匆匆跟在车窗外面的文明,一步一步的,直到他突然消失在了我眼前那逐渐向前奔跑起来的车窗里。

坐下后,我掏出了随身听的耳机,想在音乐声里让自己平静一下,恰好第一首歌放的就是王菲的那首《天与地》:

当清风,长夜里飞过
当天空,围着我一个
知不知,谁又再牵挂你
当深宵,无办法敲破
当漆黑,无力理解我
知不知,谁愿这刻有你
……
我讨厌每一次长或短短的别离
会等你我等你无论分开天与地
……

不知道怎么搞得,听着听着,心竟酸了起来,眼泪就此滑落,我知道我就此告别的不只是文明,不只是北京,不只是我的大学生活,我告别的或许是一段我最棒最值得骄傲的青春岁月。

当时,我希望在不久的将来和文明还能再见,却没想到这一等就是整整六年,与整个人生相比也许它并不算长,但与那四年的每一天相比它又显得太漫长了。

诗赠文明

丹友

对炉青茗暖,
逢友夜色新。
弹铗十年客,
无语自深沉。

2001.10.12

  冯谖弹铗乃春秋旧事,其声虽朴,然谖弹之却亦得高山流水之音,孟尝君初是听着不入耳的,但因其度量深沉,也算终有受益。
  如今俺琴也无有,铗也无有,冯大侠的那股子烂铁敲出风流来的本事俺是万万学不了的,假使学了,遇上个肚量浅的,闹不好还得立马被扫地出门,沿街乞讨去,于是乎,学得聪明点,踏实点,有粥喝粥,有铺睡铺,有自行车就蹬自行车,有地铁可达就不再非得开车走二环主路,因为那里实在是堵。
  不爱说话对有些人来讲那就是玩深沉,玩深沉对有些人来讲那就是东施效颦,深沉的人不一定都很深奥,但玩深沉的人却大多很浅薄。常常看见,那莲花座上,学着拈花一笑的人,假装深沉,假装自己是"释迦牟尼",嘿嘿,比之冯谖都差之几千百里呢,居然也敢称师论教,以我看也就配"回家抹抹稀泥"罢了。
  冯谖的优点之一就在于做人蛮坦荡,有啥说啥,缺啥要啥,而且对自己的人生定位很高,审时度势,不拘一格,敢于露锋芒,敢于有所作为,于当今事业之发展确是一很好借鉴。
  那日偶遇丹友,品茗海聊至深夜,其真乃"大山"中之高手,一个人连"侃"三四个时辰下来,嘴不累,心不烦,题不重,一向在嘴皮子上自视颇高的我只得甘拜下风,既无语相陪,只好"自玩深沉"。

秋叶

此情如秋叶，

听风坠婆娑。

劝君惜一扫，

任尔逐烟波。

2001.10.17

    吾畅活三十年，愚亦愚得，拼亦拼得，唯情事无着，大抵六十光阴，一半虚过，一半等着，真奈若何？

    再联系后，其杳如黄鹤，看看廊外已是金风渐起，秋叶婆娑。

    泰翁之《飞鸟集》，亦有"生如夏花之绚烂，死若秋叶之静美"，乃诗翁一种对生命的感激和对自然之美的赞叹。没有经历过"生如夏花"般绚烂的人又何尝能体味到"死若秋叶"般的静美呢？"死若秋叶"是一种对生活的满足，一种对生命的感激，一种由感激和满足而衍生出的豁达。

    对于爱情亦然，单相思也好，双相思也罢，总之有人燃烧过，有人沸腾过，虽然冷了，凉了，累了，但曾经的美好回忆并没有罪过，值得每个人去用它雕刻时光。

采桑子·祭刀

懵懂三十功业期。
宝刀飞渡,
潇潇夜雨,
不待推窗寒入衣。

莫待光阴老来急。
抬头极目,
月淡星疏,
一骑风尘霜满旗。

2001.10.17

思父亲

秋寒叶知衰，
山高风自来。
无语南飞雁，
何似乡情排。

2001.11.11 于呼市

  母亲来电言父亲术后身体仍未康复，体虚乏力，余心中甚忧。出门偶见群雁南飞，一时间雁叫声声，儿心欲碎，与我相比这大雁是多么的自由啊，它们可以排阵成列，悠悠南去，而我呢，却只能伫于这高冈上，这寒风中，托他们捎走我的绵绵思乡之情。

莫待

莫待光阴老，
只身草木依。
一骑风尘里，
宜将幽兰惜。

2001.12

  三十岁的时候，我才开始对"老"进行思考，在此之前，我想的总是如何对青春进行大剂量的消耗，无论是身体还是感情，既得来容易，便从不珍惜。

见友喜饮一大杯

十二年来散作星,
尝把美酒对夜空。
无语岂是无情客,
酒做长河共友朋。

2002.4.14

在沈阳见到了高中同学,逾十年未见,真有些恍恍惚惚,隔尘隔世的感觉,然人依旧,花稍皱,邀我一起去喝酒,男男女女的对席而坐,喧嚷之声渐起。

"兄弟,这么多年你头回回来看看,这酒上你可欠大家一杯。"

"不对不对,三杯三杯。"

"对对,咱们沈阳这儿的规矩,见面先干三杯,少废话,快点喝吧。"

......

第一杯酒下肚,仿佛"面朝大海"摆开了阵势;第二杯酒下肚,顿觉"春暖花开"做足了排场,自己能明显感觉到那酒像一条滑溜溜的泥鳅般顺着喉咙在向下左冲右突地鼓捣着,很快似乎传说中的任督二脉就被这没头脑的泥鳅一下子打通了,那感觉就仿佛犁惯了坑洼不平黄土地的拖拉机"嘟嘟"着一溜黑烟乍闯上高速公路一样——宽敞,敞亮;不过还没等那第三杯酒下成肚呢,我已然在那"高速公路"上来了个壮烈地"车毁人亡",醉得不醒人事。

酒是北京醇,按说度数不高,可杯是啤酒杯,两杯就下去了六两,以我平日的酒量,在没怎么吃菜的情况下敢喝这么多,那差不多就是自己在寻死呢。

记得那天天空灰蒙蒙的,一直下着雪,临走时我们几个人打了两辆出租车,每车都有俩脑袋伸在车窗外顶着鹅毛大雪搅天搅地地吐,一路上唏哩哗啦,惨不忍睹。

对朋友,我喜欢赤诚,没别的本事,我敢喝醉。

现如今敢喝醉的人并不是很多的了。

2012 写在另一个世界的前面

高一一班·沈阳

雨游雍和

记三十一岁生日。

飞雨劫城城色新,
三十一载荡风尘。
碧树葱葱楼台固,
车马济济香火醇。
低首不见家万里,
拾足总向龙门寻。
更喜佳人织云锦,
彩虹桥上望昆仑。

2002.6.25

　　这日是生日,雨后新晴,一个人有点闲,想想又无处可去,索性就去给自己磕头了。雍和宫离家不远,这些年每逢元旦都来的,不知为何,今天特别的还想来看看。或许是逢了阴历十五的缘故,烧香的人还真不少,车水马龙,熙熙攘攘的,连磕个头都得挤着排队。

　　许愿还是老三样:一愿远在老家的父母,亲朋都身体安康——"低首不见家万里";二愿俺的事业红红火火,时不时的来个鲤鱼跃龙门——"拾足总向龙门寻";三愿俺早日也能混个老婆,好开门立户,安安生生地过日子——"更喜佳人织云锦"。

　　记得1995年初来此地拜佛时,善男信女里,年轻人十之有二,2002年再来时,人群中,年轻人已经十之居五,转眼至2012年了,年轻人之多已然如过江之鲫,占十之八九了。原因何在?当今年轻人心无可放之处,身无可投之门,主流教育之现状由此可见一斑。

中秋前夜

千秋明月到十分，
手把长缨酹金樽。
伏虎当有罗汉志，
逐鹿应究广原痕。
小儿坎坷衫著褐，
少年意气剑如神。
嫦娥难耐天寂寞，
示我清辉月一轮。

2002.9.19 作于晨五时

  醒得早了些，再也睡不着，觑着那窗外的鱼白，随手在枕侧的旧纸上写下了这首诗。
  记得幼时虽衣褐食蔬，却志在刚强，从不做有违本分之事，平日里见父母劳作艰辛，内心里更是百倍地珍惜身边的一丝一粟。已经十几岁大的孩子了，尚不知"果丹皮"为何物，一日，同母亲去商场里买些家用，我指着玻璃橱柜里的"果丹皮"问母亲那是什么，母亲觉得我都这么大了，连山楂都还没吃过，就掏出钱来要买给我尝尝，而我却马上拒绝了，并使劲把母亲拉出了商场，说什么也不让她买给我吃。难道当时我真的不想去品尝品尝吗？不是。只是觉得那时母亲的每一分钱都是她加班熬夜车衣车出来的，应该还有更重要的地方等着去使用它，至于那口腹之欲却是最不应该急着去满足的。
  多年以后，当母亲说给我听这件事时我才发现我其实早已经不记得这些了，母亲说当时她刚要买就见我扭头躲开时，心酸得差点哭了，而我呢，现在再听母亲说起的这些旧事，眼睛里也不禁有了些湿润，或许可以这样讲如果幼时的我随着母亲没享到过多少福的话，那只是因为母亲吃了远比我更多的苦，而今的我虽未成家但已经立业，似乎这些年下来该满足的都已满足了，但仍有一样我一直觉得还没能做好，那就是让我的母亲在有生之年能多享受一些人生的幸福。

记得曾有一首许冠杰的老歌《念亲恩》这样唱到：

> 在世间飘泊
> 孤身仿似浮云
> 心底里每思亲添百感
> 父母恩千丈
> 一生把我护荫
> 有若明灯驱黑暗
> 念往昔恩义
> 好比天际慈云
> 开解我赤子之心
> 为我脱厄运
> 枕边解我病困
> 更望神恩多指引
> 父母恩胜万金
> 春晖寸草心
> 推衾送暖舐犊情深
> 尽孝守本分
> 挂念慈亲悲不禁

为人子女者，每每听来，心泪如潮，在你我之身边，记得吗？谁曾为你"推衾送暖"？谁曾对你"舐犊情深"？而又有谁曾"挂念慈亲悲不禁"？又有谁能真正懂得"父母恩胜万金"？

一千七百四十四年前，李密四十有四，写下了能让皇帝掉眼泪的《陈情表》："乌乌私情，愿乞终养"，一千七百四十四年后，许鞍华六十有四，拍出了能让更多普通人一起掉眼泪的电影《桃姐》，艺术形式虽已有了天壤之别，然而讲的却都还是一样的故事，而这故事无论古今似乎都能催人泪下，似乎都能直捣那赤子之心。

观西霞

西山何抵东浮云，
百丈楼上秋雨纷。
读史尽在春江事，
纵横灯火三十身。
荆窗揽秀红拂女，
折戟难酬报国心。
古来先贤皆漠漠，
立马桥头少一人。

2002.10.5

午后凭栏，远眺西山，云飞如浪，恋起龙盘，
清茶半盏，心潮拍岸，此情此景，可以诗鉴。

  此诗可感之处颇多，然最多的还是红拂，风尘三侠中素于众人印象深者，不是李靖，亦非虬髯客，因为古来似李靖般曾怀才不遇的经纬之才多了去了，哪朝哪代不按筐装，而虬髯客亦不过一江湖草莽，翻翻查先生的"飞雪连天射白鹿"你就会发现原来似这等人物竟是如此这般的多如牛毛。唯那红拂真是世间少有，少之又少，招人怜爱。
  原因何在？
  一者漂亮，既是杨素的侍妾当然不会只是个二三流的美女，"观其肌肤、仪状、言辞、气语，真天人也"。
  二者聪明，当公之骋辩也，一伎有殊色，执红拂，立于前，独目公。公既去，而执拂者临轩指吏曰："问去者处士第几？住何处？"公具以对。伎诵而去。能于众人面前"独"目公，既相其貌，又察其言，复观其行，已足见其眼光

与其他婢女不同，自非泛泛之辈，真所谓"美人巨眼识英雄"也，而后其又能利用在杨素身边的有利条件迅速打听到了这"去者"到底姓字名谁，所住旅店门牌号码等，亦足见其聪慧机警。

三者有胆识，这也是红拂之所以是红拂的最关键所在。其对李靖的投怀真如一见钟情似的，是今天下午刚见，一目即已夺情，二更打包准备，三更跑路潜行，四更叩门求见，五更海誓山盟，天刚蒙蒙亮，鸡都还没打鸣呢，人家二人早以夫妻相称，看看这脾性非豪杰不能有，非壮士不敢为，真不知道那一夜李靖到底做了个什么样的美梦，相信那晚在此兄迷迷糊糊，慌手慌脚地为红拂开门之后一定还有半日时光觉得自己尚在梦中。一目之间，二十四小时之内就给自己换了条下半生的路，那叫搏得一个"爽"。反观现在的女孩，还有几个敢如此赌人生的？

路上遇见虬髯客，这家伙居然敢明目张胆地看红拂梳头揽秀，这不让刚得了甜头的李靖搓火嘛，正要上去干一架，却不料红拂"一手映身摇示公，令勿惊。急急梳头毕，敛衽前问其姓，卧客答曰：'姓张。'对曰：'妾亦姓张。合是妹。'遽拜之。问第几。曰：'第三。'因问：'妹第几？'曰：'最长。'遂喜曰：'今夕幸逢一妹。'张氏遥呼：'李郎且来见三兄！'公骤拜之。遂环坐。"

你看看，就那么几句话，一场纷争不但被红拂化解于无形，她还就势认了个干哥，而且在后文中我们才知道这个干哥估摸着还是个能进当年大隋朝百富榜前几名的主，人家不但给了小两口整套的洋房别墅，还外带一干菲佣家丁。

真的，同样都是人，咋差距就这么大呢？眼光啊！

自己定终身，一面定终身，而且定的准，这就是本事啊！

别像现如今好多女孩儿搞网恋似的，见面就上床，方知遇上狼，握手书生样，分手骂声娘。

生日勉怀

多事三十二，
云起月徘徊。
灯下洗长剑，
挥袖貌尘埃。
风卷十年事，
浪打一帆来。
人生何以待，
只争金石开。

农历癸未年 2003.5.15

今日，我已三十二岁，虽是周末，我复于平淡中度过。

上午开车去见了两个客户，午饭草草，只在路边吃了一碗面，下午仍旧去原材料市场比较行情并选样，晚回到公司时已经疲惫不堪，打开沙发，倒头睡去，至二十二时方醒，见窗外月光如洗，薄云翩跹，梧桐小醉，蝉意无眠，遂一个人到楼下小卖部里买了一瓶啤酒，一包花生，一袋方便面，一边烧着开水，一边在些微醉意里开始了那对酒当歌般的吟咏呼啸与慨叹。

十年在外，十年立志，十年做事，不知还能有几个十年？时不我待，只争朝夕，精诚所至，金石为开。

中秋

一

花有开期月有圆，
人生何处无机缘。
开山无路心有路，
青鸟有翼海无沿。
晨烟漠漠生疏雨，
日照悠悠漫远峦。
扬帆一去千秋过，
不见昭君小溪还。

2003.9.12

花期虽短，年年必开，月有亏晦，十五能圆，这就如同人生有"落落"就必会有"起起"，起起落落，缘起缘灭，都属自然之数，看似对立，实则统一。

许多事情的成败恐怕不是客观条件使然，而是主观心态所致。有些路不是开在了你的脚下，而是开在了你的心里，"山重水复"的经历很多人都有，"柳暗花明"的喜悦却是少有人能得到，关键就在于你是否曾经在内心里"疑无路"，只有那些始终心怀疑问的人才能有所探索，有所发现，有所收获。有些路即使如青鸟般殷勤相探，也终会因大海无沿而一事无成，故而很多事的成败既在于双手努力的多少，更在于内心努力的方向。所以人虽小，却有一颗心，心虽小，却可越天地，天地虽大，有时却尽由一皮囊纵横，关键何在？在于志向，亦即志之所向。

明妃乳名皓月，名嫱，字昭君，湖北宜昌秭归人，出于三峡，入选掖庭，以落雁之丽，竟寂锁幽宫，一夕远赴朔漠，从此身在天涯，以平常人的角度来看她作为一个小女人，命运不过又多诠释了一次什么叫红颜薄命而已，即先经历了一场类似超女选秀般的捉弄，又不幸为了另一场政治外交活动而牺牲，然而从另一个角度来看，她在孤助无望的逆境中能主动选择自己的命运，当别的宫女还在对和亲之选哭哭啼啼，避之不及的时候，她却能主动请缨，自愿请命，并从此开始了一个女人那不同凡响并流芳千古的瑰丽人生，不能不说她的智慧与胆略远胜同辈，不能不佩服她凭借如此心志最终改变了她那似乎早已不可逆转的人生。

马东篱著有杂剧《汉宫秋》，据闻是满篇的皇帝"不自由"，昭君"苦命妞"，老得不能再老的老套路，委屈的永远是皇上，薄命的永远是姑娘，只有皇上身边的臣子们才是那"干请了皇家俸"，却不能"安社稷，定戈矛"的一帮废物，你信吗？我反正不信，我只相信君昏臣佞，君草包臣废物，能把老婆送人的男人不是自己身体上无本能就是自己心理上无血性，何关臣子们的事？

从这件事里或许还能分析出两个问题：一方面汉元帝曾自以为很聪明，能狡黠地以宫女替担那公主之责，然而转瞬他就发现了自己是多么愚蠢，只因这自请赴戎的宫女竟"丰容靓饰，光明汉宫。"（《后汉书》卷八十九《南匈奴传》)，本应是自己椒房内的娇娃却要白白送给别人去享用，真的是赚了小孩子，赔了如夫人，你说他窝不窝火？毛延寿虽不算枉杀，但最该杀的恐怕还是他自己，谁让他耍这小聪明，怪不得几年之后，此兄就郁郁寡欢而死；另一方面似乎又在反证汉元帝或许并不像史书上曾记载的那样荒淫无度，否则，此兄既然能夜夜杀伐，怎么就没把个王昭君早点发掘宠幸了去？

中秋

二

人过三十岁如飞,
中秋盈月又一回。
情事无由长和短,
生意所谓有与亏。
前辈如山风筝论,
后浪淘沙钓金龟。
且以清风吹劲酒,
坐待云起奏沉雷。

"风筝论"指前日看见地产界一前辈说做生意要学会借力借势,就如同风筝需借着风力才能扶摇上天的意思,当然红楼梦里也有句"好风频借力,送我上青云。"

意思谁都懂,可不见得谁都能做得。

为什么呢?很明白的道理,风狂的日子是难见云彩的,你就是上了天也不过空空如也,哪有青云可觅?风沉的的日子倒是乌云蔽日,云端随处可居,可一阵电闪雷鸣之后,闹不好你就变成了麻爪烤鸡,故能否攀青云而直上,关键不在云多云少,风大风小,而在于你自己,在于你自己能否把握好那"上"的时机。

菊赏

心有芊芊结，
凭谁默默猜。
回廊弄月影，
犬吠柴门拍。
山南海北客，
绿袖红香来。
言传何用酒，
意会有菊开。

2003.9.21

　　秋收时节，工作困惑，业绩不佳，故作此诗以想象友人来聚，聊解烦忧。总体而言，我这人较为内向，多愿一人默处独坐兼浮想联翩，喜欢与不喜欢，愤怒与不愤怒，常常自己都猜不透。庄子梦蝶飞，佛祖拈花笑，这都是那精神境界里的美事，忒难遇上。颈联，颔联之景二十左右时常有，但尾联却常常只鲜于梦中。

　　西洋美佬本尼迪克特描写东洋日鬼的书《菊与刀》，很深刻地描述了日本人性格特征中菊与刀的暧昧关系，大江健三郎也说"暧昧的日本的我"，记得幼时，我是很沉湎于岛国影视中的那种欲张却弛的情愫描摹的，比如《雪国》《伊豆舞女》，当时都深深地打动了我的心，甚至现如今日本走红的北野武的黑帮片从灵魂中都充满了动与静，情与仇，暗与明，生与死的暧昧关系，尽管后来我逐渐远离了岛国文学的影响，但如今当我又重新审视我的这首旧作时，心理还是有些说不出的似曾相识的味道。

　　时光似雾，转眼朦胧，现在觉得早年的很多事处理的或许过于暧昧朦胧了，因而错失了人生的很多机遇，比如爱情，比如学习，比如事业。

风雪感怀

遇友国利，继辉

十年流水濯江柳，
半日英雄下船头。
多少金沙成鼎柱，
炎凉世事少封侯。
儿女如龙他日事，
岁月如霜今满眸。
有气须向豪中饮，
不醉风雪醉登楼。

2003.12.16 作于天通苑

偶遇一兄一弟，继辉与国利。

很感触于如今国利的形象变化，几年未见，其头上已林稀木疏，腹前也膘肥肉厚，早不见了当年在校园里时的青涩，然而一谈话，人生若只如初见，心里仍复欣欣然。这小子依旧是神人一个，古、今、中、外、玄、道、儒、禅，无不通晓，既通晓又无不明澈。抚而肚忆昔腹，回想起当年我们在校园里高谈阔论时的情景，真让人不得不感叹究竟什么是岁月——对于我们这些裁缝来讲，岁月就仿若人的腰围，从二尺二到三尺一，已经放出来的大多是再也收不回去了。

我欣赏自己的"有气须向豪中饮，不醉风雪醉登楼"。

男人嘛，就得有点豪迈气，喝酒算个糗，高兴了我还曾和师弟满桌排杯斗酒喝。同学们都知道我喝酒易醉，喝的随意，喝的尽兴，一是我确实酒量有限,二是我也学的是"醉翁之意不在酒,在乎山水之间也"。

　　人生路上,多些风雪,那只能算是景致,人生的乐趣在于登楼,如果把乐子都给了路上的风花雪月,那么指定你也登不了几层楼。

登崂山有感

山岛求道仙,
海阔鸥不前。
石虎如云聚,
林空舟半闲。
掌声鸟雀和,
香清老道眠。
渔光薄日落,
山水太虚间。

2004.1.2

　　那年元旦去青岛游玩,顺便去了趟崂山,以前只知道崂山道士的故事,想着那里定是仙气氤氲,风光无限。一路乘车沿海岸东行,真的是景色旖旎,天气无风无雨,海面平静安逸,卜一进山,忽的就见山石巨硕,突兀有致,且石型不似北方诸山大多呈现的斧劈皴样,而是如云如虎,如团如卧,线条以曲为主,恐是万千年来风磨浪打所致。

　　海边泊几只小船,船上却无人。再一拐弯,就看见不远处的丛林中有山门掩映,入得寺观,游人并不多,恰恰衬出了这里的安静与悠闲。拾级而上,曲径通幽,与别处不同的是这庭院里的植被虽在冬季却仍都穿戴绿色,有的叶子竟嫩如新发,而在此时的北京这可是不敢想象的。拍拍掌,树枝上惊起几只喜鹊,吱吱喳喳的并不肯飞远,偶尔还能看见有老道士须发斑白,静静地趺坐园中,闭目养神。

　　攀爬到寺后的半山腰时回首向海面远眺,才突然发现了这里的妙处,

2012 写在另一个世界的前面

原来这山似马蹄铁般略呈凹状，凹进去的部分朝南，其低处略平坦，便修了山门和主殿，其坡处亦舒缓，余者亭台屋舍皆徐徐沿此往上修葺，大体情状约呈背山面海之势，在山之阳可躲过北来寒气，在水之阳可尽收东南暖风，且海面水汽充裕，阳光饱满，虽是冬天，这小凹里的景色竟似春天从不曾离去。

远处，海面一展万里，云雾缭绕，日光既在云雾中穿梭，云雾也在日光中弥漫，那整个大海像极了仙境，海面上仿佛隐隐的宣纸纹般铺撒着粼粼的波光，它们在静静地闪烁着，轻轻地吟唱着，或许这就是传说中的太虚幻境吧，我这样想。

真佩服这些世外之人，会挑地方，别说在这修道，在这修啥不行啊？我记得当初去五台山时就曾感慨过一番那地界的好山好水好风光，后去西子湖畔的龙井茶园时也曾大叹过古人眼光之独到，那可都是宝地啊！此地亦然。

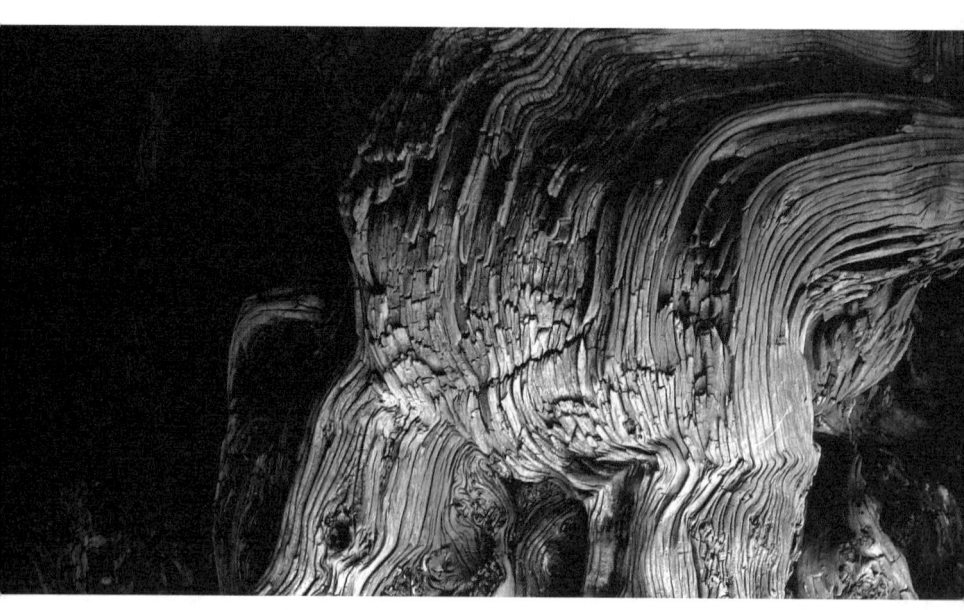

龙藏

狮吼

登崂山有感

2012 写在另一个世界的前面

除夕

> 雷霆散作流星雨,
> 烟花变幻火烧云。
> 明月千里传福愿,
> 合家万户醉如今。
> 似曾相识参鲍宴,
> 天上人间酒一樽。
> 笑谈盛世春意早,
> 正是团圆好时辰。

2004.1.21

  农历猴年除夕,与父母家人团聚于天通苑,这是第一次全家团聚,喜度良宵,可喜可贺。
  日前岭妹喜得贵子,为其取名"为溪",喻"知其雄,守其雌,为天下溪",取自他们李家祖上的《道德经·二十八章》,原文:"知其雄,守其雌,为天下溪。为天下溪,常德不离,复归于婴儿。知其白,守其黑,为天下式。为天下式,常德不忒,复归于无极。知其荣,守其辱,为天下谷。为天下谷,常德乃足,复归于朴。朴散则为器,圣人用之则为官长,故,大制不割。"
  满园烟花,如繁星四射,一时无数,美不暇顾。

沁园春·南国游

予廿四时,
以平常心,
或可何为?
匹马赴南国。
万千山过,
川流冀豫,
翼轸湘赣,
莺飞草长,
水绿山薄,
朵朵木棉花似火。
珠江岸,
看五羊献穗,
越秀娥娜。

古来风物多少?
似花黄蕉绿凭人说。
叹荆襄赤壁,
英雄无数,
井冈竹翠,
老将蹉跎,
大鹏湾畔,
罗湖桥头,
风生水起虎狼多。
逍遥日,

心雄万里，

气壮山河。

2004.3.8 于从深圳回京火车上

  当日生意惨，连月亏损，而家事亦乱。心情实在不佳，只有逃了，一个人风里来，雨里去，跑到广东，深圳。借名考察，实为散心，好在同学不弃，尽享他乡故知之谊。
  人总是要过坎的，关键是你如何去过，与其哭着，苦着，不如唱着，笑着。很多朋友都曾经说我为人乐观，积极，何时见我似乎都意气风发的样子，其实很多时候我是嘴里嚼黄连，有苦不想说。写此词时其实是内心最矛盾，悲观，痛苦的时候，但无论如何我仿佛还是看到了希望。

夜过九江大桥

夜奔九江口,
曾杀老涤头。
英雄何落水?
要做神龙游。

2004.3.8

  曾国藩,初名子城,字伯涵,号涤生,谥文正,汉族,湖南省长沙府湘乡县人,晚清重臣,湘军的创立者和统帅者。清朝军事家、理学家、政治家、书法家、文学家,晚清散文"湘乡派"创立人。官至两江总督、直隶总督、武英殿大学士,封一等毅勇侯。
  当年,太平军西征,攻下了长沙、武昌、九江,清政府慌了手脚,连忙派曾国藩带领湘军前去围剿太平军。湘军果然骁勇无比,出兵不久,便将太平军挤出了湖南、湖北。太平军不得不退守九江,并派翼王石达开出兵救援,石达开清楚自己的实力不如曾国藩,于是想出了一个妙招对付湘军,他派船载着土石沉在了长江进入鄱阳湖的唯一入口——湖口,湘军的船只从长江上开来,因大船吃水太深,进不了湖口,只能停在长江江面,只有小船冲了进去,于是太平军把守住湖口,将大、小船隔离,接着火攻大船,大船失去了小船的护卫,被烧得狼狈不堪,一向自视甚高的曾国藩羞愧得几乎投水自尽。

商丘怀古

漠漠千年古，
悠悠一岁衰。
土中帝王在，
何日圣人来？

2004.3.8

  商丘乃大学同学王琪之老家，名气虽大得很，可惜从前压根就没怎么注意过，更没去过，相传此地为上古帝王之都，史载约在公元前24世纪，帝颛顼曾建都于商丘，不过这事也是史书上说的，自觉生僻得很，就跟颛顼二字一样，仍记得怎么读的人恐怕也不多。
  火车碾着当年商汤灭夏的脚印，隆隆而过，不禁让人唏嘘起在这片土地上曾经的连天烽火，春秋时期宋襄公曾在此盟会诸侯，揣妇人之仁，与诸霸谋和，虽史称"衣裳之会"，招来的却是兵车之伐；唐朝"安史之乱"，安禄山十万大军围攻此地达十月之久，守将张巡等率五千余众死守危城，前后歼敌数万，虽保障了运河粮草之通畅，为唐朝的反戈一击赢得了时间，可惜的是全城军民最后弹尽粮绝，以致捉鼠罗雀为食，鼠雀殆尽之后，终全军覆没；北宋靖康二年（1127年），南逃至此的赵构在此登基称帝，这位字"德基"的赵家老九康王却不想在皇帝宝座上，把自己演练成如肯德基般的快餐文化，他杀忠用佞，力主投降，割地赔款，纳贡求和，种种作为只不过就是为了一件事——皇帝要自己长期做，管甚倒霉的爹和哥。
  穿凿文字，所谓"王"者，一人躺于土上，所谓"圣"者，一人坐于土上，可见二者传世理念之不同，虽然躺着总比坐着舒服，可活着总比死了强，王者留的是尘，圣者留的是神。

南昌怀王勃

少小神怀藤王诗，
夜过鄱阳哪得识。
他年解甲南山日，
文章两岸让君知。

2004.3.8

  记得幼读《古文观止》之名篇《滕王阁序》，曾在其文章空隙处写下了"此古文观止最上篇！"，又"由景象抒发情怀，由广大而致自身，步步环环，一气呵成！"
  而今当我亲身路过这"南昌故郡，洪都新府"，才真正能神游于田，心游于古。
  想一想都觉得神奇，你说人的才华极限在哪里呢？
  曹禺二十几岁就写出了《雷雨》，简直神奇的不得了，而王勃呢，据说写此文时才十几岁。
  网文载："上元二年（675年）秋，王勃前往交趾（今越南）看望父亲，路过南昌时，正赶上都督阎伯屿新修滕王阁成，重阳日在滕王阁大宴宾客。王勃前往拜见，阎都督早闻他的名气，便请他也参加宴会。阎都督此次宴客，是为了向大家夸耀女婿孟学士的才学。让女婿事先准备好一篇序文，在席间当作即兴所作书写给大家看。宴会上，阎都督让人拿出纸笔，假意请诸人为这次盛会作序。大家知道他的用意，所以都推辞不写，而王勃以一个青年晚辈，竟不推辞，接过纸笔，当众挥笔而书。阎都督老大不高兴，拂衣而起，转入帐后，教人去看王勃写些什么。听说王勃开首写道"南昌故郡，洪都新府"，都督便说：不过是老生常谈。又闻"星分翼轸，地接衡庐"，沉吟不语。等听到"落霞与孤鹜齐飞，秋水共长天一色"，都督不得不叹服道："此真天才，当垂不朽！"《唐才子传》则记道："勃欣然对客操觚，顷刻而就，文不加点，满座大惊。"

　　《新唐书》本传说王勃"属文,初不精思,先磨墨数升,则酣饮,引被覆面卧,及寤,援笔成篇,不易一字。"唐人段成式《酉阳杂俎》也说:"王勃每为碑颂,先磨墨数升,引被覆面卧,忽起一笔数之,初不窜点,时人谓之腹稿。"据此可知王勃文思敏捷,滕王阁上即兴而赋千古名篇,并非虚传。

　　我等诸辈,与之相比,类同小丑耳。

梁山偶题

苇叶葱葱水泊平,
黑松翳翳锣鼓声。
自古英雄出绿林,
多少皮囊在庙庭。
明君选将忠良得,
昏王用才邪佞生。
哪朝不念民为本,
少有贤明侧耳听。

2004.3.8

　　水泊梁山位于山东省西南部梁山县境内,由梁山、青龙山、凤凰山、龟山四主峰和虎头峰、雪山峰、郝山峰、小黄山等七支脉组成。
　　《水浒传》的故事就发生在这里。北宋末年,黑小个子宋江结交天下英雄好汉,凭借水泊天险,替天行道,除暴安良,一时声震天下。
　　自古以来,官与寇,朝与野,正与邪既势不两立,又相生相灭,本朝的官就是那前朝的寇,本朝的寇说不定就是那后朝的官。在一个崇强觑弱,恃强凌弱,强者更强,弱者更弱的年代,弱者唯一能做的或许只有一死,要么如阿Q般在肉体上等死而在精神上其实早已死了,要么如梁山好汉般在肉体上死了但在精神上已多活了890余年,总之唯有敢于一死才可换来活的尊严。
　　就如同在电影《赛德克·巴莱》中莫那·鲁道率领着族人与日军浴血奋战时所说:"奋战到死吧!'赛德克·巴莱'!"当影片结尾时赛德克人唱响着那曲《看见彩虹》自豪而坚毅的跨过彩虹桥的时候,我才明白了有一种"死"其实是"生",有一种人叫赛德克·巴莱——真正的人。
　　一时间我泪汹涌。

过阳谷县

金莲非尤物，
西门真畜生。
山中多老虎，
人间少武松。

2004.3.8

  写此诗七年之后，距阳谷县千里之外的京城发生了一件十分不幸的事，某女演员被丈夫杀死了，其丈夫还顺手自己了结了自己，更不幸的是当事情的真相逐渐白于天下之后，许多人或许都困惑于这场夫妻间的惨败到底败在了哪里？是首先该谴责一下丈夫的杀戮还是应该先拷问一下妻子的清白？是应该先探讨一下丈夫当初那为自己埋下祸根的渔色之心还是该先深究一下妻子当初那汲汲名利甘于被渔的功利之图？

  潘金莲，西门庆算是几流人物在施耐庵先生笔下似乎早有定论，不过多少年来替他们翻案的仍时有人在，就比如这可怜的女演员死后仍有不少亲朋同窗为她组织了场声势不小的追悼会，现场三步一岗，五步一哨，仅那一排穿着廉价黑西服叉手而立的傻大个子保安摆出来的偌大排场就足以让人感觉到，狐星虽死，虎风尚存，再看看那些黑衣黑镜黑着来黑着去奔丧如赶场般的明星们一脸悲戚之情溢于黑镜之外，真的是兔死狐悲，物伤其类。

  灵堂有门，门有一联，上联是"懿德流芳如花似梦音容宛在人间"，下联是"此生至爱一路好走慧品感泣苍穹"，其中以"懿德"二字最妙，不知书此联者是有意讽刺还是故意幽默或者本意就是发飙。

人生

人生几十载，
匆匆天地间。
来去无一物，
愿挟风雨还。

2004.4.8

　　小时候我曾无数次地设想过我将如何度过我的一生。
　　一位俄国斯基曾经这样谆谆教导过我："人的一生，应当这样度过：当他回首往事时，不因虚度年华而悔恨，也不因碌碌无为而羞耻；这样在他临死的时候，他就能够说：我已经把我的整个生命和全部精力，都献给了这个世界上最壮丽的事业——为了人类的解放而斗争。"这话听来很给力，很感动，不过他后来瞎了，而且瘫得不能再动；一位中国司机曾经这样循循善诱过我"人的生命是有限的，可是，为人民服务是无限的，我要把有限的生命，投入到无限的为人民服务之中去。"这话听来很诚恳，也很感动，不过他连车都还没开够，就被电线杆子砸没了生命。
　　我呢，虽然也怕瞎，怕瘫，怕被砸，但我从来不羞于奉献感动也从来不惧怕被感动，如果哪一天上苍给了我机会去直面那一切向我滚滚袭来的感动，那么即使瞎了，瘫了，被砸了，我也会笑对风雨，无悔人生。
　　此时，在耳边，隐约有另一位俄国斯基——老柴的钢琴曲声渐渐响起，依稀可辨那应该是他著名的《钢一》，乐曲声由远至近，由弱变强，由理性逐渐变得激昂，由激昂愈发变得疯狂，而只有在那彻头彻尾的疯狂中我们似乎才能看到一线人生圆满的曙光。
　　人生是什么？或许许多人到死都看不明白，其实人生就是一场狂。

赠岭妹

年来风雨度重期，
自古分合本传奇。
平川放手挥鸿雁，
青山跃马战敌檄。
鼙鼓声声家子弟，
寒香阵阵半身泥。
此来无非生与死，
要学黄鹤一声啼。

2004.1.28

  年末，岭妹即将回乡育子，要暂别公司一段时间。几年前我们从零开始创业，共同经历了许多的风风雨雨，到今天一夕暂别，心中怎能不生落寞，况且对于自己今后能否独立支撑公司坚持下去，多少还是有些担心的，不过人愈是挑战，心愈是勇敢，战场上愈是鼙鼓声声，花泥里愈是繁香阵阵。
  没什么好担心的，此生无论混到哪般光景，心里也不应该忘记的是要有勇气告诉世人，我来过，我走过，我经过，此来无非生与死，要学黄鹤一声啼。

岁末寻梅

梅开三两枝，
香识一瞬间。
恍然曾知己，
疏影到今年。
盈盈柔绕指，
淡淡馨比肩。
城深霜锁径，
风劲春满园。

2005.2.11

  大年初一，陪家人去北海公园里转转，虽是寒冬时节，却游人如织，摩肩接踵，团城上恰有梅花展，进去看时，果然檐廊两侧，尽是盆栽的种种梅花，或红或白，或葩或放，未许春风到桃李，先将铁骨试寒香，不过这些终究都还只是盆中小景，比不得那江南的满坡满冈。
  记得上次看梅花已是十年前的事了。为了找工作，一个人下江南，先仪征，后扬州，再南京，工作是有些失望，但溜溜达达，趣事却是不少，扬州的印象不深，只晓得没什么美女，大胆问旁边老媪："美女何在乎？"
  媪笑，答曰："皆嫁美利坚。"
  我亦笑，释然。
  至南京，六朝烟云地，虎踞龙盘城，此时已是囊中羞涩，沿着玄武湖畔一路去寻店家，走了十几站地，打听了不少旅馆，除了那十元一晚的大通铺外，哪个都住不起，后来走得实在累了，到了南大，寻思学校招待所总该便宜些吧，一打听标间起价一百零八，莫说住，就是再往那门里多走一步我都有些自责，正在为难之际忽遇高人指点，原来学生宿舍里有空床出租，每晚仅八元，满意，满意，多谢，多谢。

几个学生在屋中打牌，中间点个煤炉取暖，每人或皮衣，或棉服，虽冻得手中之牌似遭了电击般上下哆嗦，宿舍的门窗却洞开着。

"同学，屋里这么冷，干嘛不关上门窗？"

"为了保持空气清新。"

"难道你们不冷吗？"

"不冷，我们有火炉。"

"我靠，这算哪门子逻辑，吹着寒风烤火炉！你到底是要风度还是要温度？空气是够清新了，可我呢？难不成今晚我要被这清新的冷空气撂倒在此地？"心中愤懑不已。

那晚，我没脱一件衣服，在睡前由于担心自己能否挺得过这江南一夜，临时又去管理宿舍的门房大爷那多借了一床棉被给自己盖上，一身保暖内衣，一身毛衣毛裤，一身羽绒服和牛仔裤，外加两床棉被，当我感觉我已把自己包得比那木乃伊都不差啥了的时候才恍惚睡去，结果凌晨四点不到，还是被那灌窗而进的透骨江风冻醒了，夜色中只好一个人躺在那里眨巴着眼睛数羊，数羊不灵就又数狼，数着数着竟感觉窗外猛扑进来一群被我数的早已不耐烦了的龇牙咧嘴的大灰狼，见此情景，一时间不知是"激动"的缘故还是"急冻"的缘故反正我立马就昏倒在了黎明前的黑夜里。

记得那年中山陵的门票是十元，我是早没银子了，只好找个僻静处，捆扎停当，运丹田气，效草上飞，翻墙越脊，逃票去也。

出来时春意浓浓，满山的梅花烂漫如海，"路尽隐香处，翩然雪海间"。真正古人所谓"香雪海"也。

于是赏梅，闻香，因正值周末，到处游人如织，美女如云，怪不得当年胡马频窥，真一派大好江南。

相亲

此来半月走马灯,
山花秋露总不同。
口有冰寒天下暑,
心有灵犀少关情。
此身竟然如插草,
猛打穷追几场空。
可怜落花多情许,
无意流水自朝东。

2005.7.30

近半月时间，父母、亲朋、同学均纷纷为了我的婚姻择友之事而奔走牵线，撮合搭桥，荷旁柳畔，花前月下，好一番热火朝天的景象，大有此剩男打折促销，挥泪甩卖，赔本也要赚吆喝，生怕砸手里不好办的恐惧情势。

我是当事人，从2004年那簇新簇新的新郎官一下子跌成了无人问津的垃圾股，心情可想而知，毛巾拧到碎，里面都是泪。

于是乎沦落得近于超市街摊水果蔬菜之贩，旧日码头插草鬻儿之状。心里也急得很，眼见周遭同学朋友大都已成家立业，至少也是双宿双飞，而自己呢，被窝未温，就被人拎出来到大街上晾着，真正是可恼，可羞，可怒。

时间久了，又觉得可怜，可笑，可悲。可笑的是有一次我居然搞混了两个赴约人的电话，以为甲是乙，乙是丙，耳闻不如见面，见面才知搞乱，尴尬得连自己都禁不住"破口"大笑；可怜的是父母，花甲古稀之年还得为我这婚事操心受累，大夏天的顶着日头去玉渊潭公园里抄电话，或许找不着媳妇对我而言也算是一种不孝吧；可悲的是即使是如此张罗着，却还是一无所成。

2012 写在另一个世界的前面

于是与父母言我自己会努力解决此事,年底前有所交代。
反思自己,用情既深,动情亦切,却为何于此事上如此不堪。

车中随想

一妻一子一亩田,
种花种果种流年。
野鹤无声批蓑过,
老骥伏枥长日眠。
满坡花黄出闹市,
半盏茶香绕门前。
不问神仙不问古,
胜似神仙胜先贤。

2006.3.13 于上班路上

一边开车,一边写诗用手机记录了下来,都是些自己的切身感受,记得到国贸桥时,把此诗发给了小金。

以前的脾气是喜欢争点啥的,而今发现,能争来头三样就已经相当不错了,这不,脾气也改了。

车行闹市,随感赋诗,人生碌碌,踏踏实实,真踏实否?或非或实。妻行已远,子不可知,田无一垄,花无一枝,果得青涩,流年尽失。京华众生,绝无野鹤栖身之沼;车水马龙,鲜见老骥扬蹄之道。花虽黄艳,多是他人旅伴;茶虽香弥,总在槛外相识。问网上诸君,何谓仙?何谓贤?半痴半傻自成仙,无欲无求便是贤。哈哈,写的是心中景象,梦的是一枕黄粱。

满纸荒唐事,一把辛酸泪,都云作者痴,谁解其中味?

韩公来访

时雨入夜声,
远近与心同。
昨日桃花好,
今宵别样红。
明眸含春色,
玉臂星满瞳。
只因韩公坐,
不敢问闺名。

2006.5.24

  这日雨后新晴,韩公携一女伴来访,问茶小坐。那女孩生得明眸皓齿,言语间顾盼神飞,颇让人心动,不过也仅仅是心动而已,其他地界儿可哪都没敢动。

  宝二爷曾言:"女人都是水做的,男人都是臭泥巴。"这话里话外似乎都有点女权主义的味道,不过也可以理解,任何一个男人若置身于大观园里的姹紫嫣红中久了,难免都会对自己究竟是雌是雄有些分不清,以致研讨问题的立场也变得模糊了。假设真的有一天,把他从那为其独享的园子中拎出来到荣宁二府外头的市井中去走走,或许他才会明白,什么叫无雨不成泥,什么叫无花不招蜂。

  看一个男人是不是君子,是不是骚情,可不是把他扔到女人堆里就行的,所谓泰山崩于前而不惊,美女立于后而不顾,看的就是他那于或明或暗,或顾或不顾时所表现出来的神情与心境。

  记得幼时读《老残游记》,书中有一段说理甚明,可拿来与大家分享:

  ……

子平说："今日幸见姑娘，如对明师。但是宋儒错会圣人意旨的地方，也是有的，然其发明正教的功德，亦不可及。即如'理''欲'二字，'主敬''存诚'等字，虽皆是古圣之言，一经宋儒提出，后世实受惠不少，人心由此而正，风俗由此而醇。"

那女子嫣然一笑，秋波流媚，向子平睇了一眼。子平觉得翠眉含娇，丹唇启秀，又似有一阵幽香，沁入肌骨，不禁神魂飘荡。那女子伸出一只白如玉、软如棉的手来，隔着炕桌子，握着子平的手。握住了之后，说道："请问先生，这个时候，比你少年在书房里，贵业师握住你手'扑作教刑'的时候何如？"子平默无以对。

女子又道："凭良心说，你此刻爱我的心，比爱贵业师何如？圣人说的，'所谓诚其意者，毋自欺也。如恶恶臭，如好好色。'孔子说：'好德如好色。'孟子说：'食色，性也。'子夏说：'贤贤易色。'这好色乃人之本性。宋儒要说好德不好色，非自欺而何？自欺欺人，不诚极矣！他偏要说'存诚'，岂不可恨！圣人言情言礼，不言理欲。删《诗》以《关雎》为首，试问'窈窕淑女，君子好逑''求之不得'，至于'辗转反侧'，难直可以说这是天理，不是人欲吗？举此可见圣人决不欺人处。《关雎》序上说道：'发乎情，止乎礼义。'发乎情，是不期然而然的境界。即如今夕，嘉宾惠临，我不能不喜，发乎情也。先生来时，甚为困惫，又历多时，宜更惫矣，乃精神焕发，可见是很喜欢。如此，亦发乎情也。以少女中男，深夜对坐，不及乱言，止乎礼义矣。此正合圣人之道。若宋儒之种种欺人，口难罄述。然宋儒固多不是，然尚有是处；若今之学宋儒者，直乡愿而已，孔、孟所深恶而痛绝者也！"

于此时，明眸算得上是明眸，君子可算得上是君子否？

吃蟹

青蟹阳澄客,
明月嫦娥家。
敢问雌雄辨,
把酒问菊花。
风尘君有意,
心静了无它。
唯将秋风起,
偕尔共天涯。

2006.10.07

国庆中秋二节,七日连假,却天天忙得无暇休息,除二日、三日陪朋友家人出去散心之外,竟天天仍为生活奔波,年逾三十而忙碌如此,常常黯然神伤,惭愧充膺。

华年流逝,而今竟仍孤单对月,早年所愿所想依稀仍在,现在满纸仓皇犹遥遥无期。

红袖添香,红拂夜奔,红玉击鼓,想来今生也唯有"想来"了吧。却又总不服气,因为既然下了一生的注,就要赌个死去活来,赌个酣畅淋漓。

往来人生几十年,到底一日三餐为什么?大丈夫当求功名立,当学有所成,当历风雨,当为社会之柱石。

又是中秋,购蟹几斤,与家人同醉,赋诗一首。

春夜

室暖春闹早，
经冬有花发。
日落归巢急，
化外岂如家。
色味烹生意，
空静悟活法。
穿石有滴水，
种豆亦得瓜。

2007.1.30 凌晨

　　年节在望，倦作归巢，有盛开的紫色兰花作蝴蝶翩跹状，随门开而扑面来，心就满满得拢了一袭暖意，于是乎，感叹还是有家好啊。
　　购五六蔬菜，烹三四佳肴，有红柿青椒，紫茄黄韭，老蟹陈雕，虽无人相伴，却也自得生趣，洗碗刷盘虽是俗事，雅心做来也算情操，尘空气静难免寂寞，随遇而安便是生活。人生即如一场大功课，要以滴水穿石的精神去做去看待，那么即使今天只是种下了一颗小豆，说不准哪日便能收获一个大瓜，而这其中的关键就是看你是否耐得住那种种耕耘时相伴相随的辛劳与寂寞。
　　何为寂寞？所谓"西风碧树""独上高楼""望尽天涯路""衣带渐宽""消得憔悴""寻他千百度""蓦然回首"之前全是身的寂寞，"灯火阑珊"之后便又多了一颗寂寞的心。

2012 写在另一个世界的前面

日暮即景

远眺西山犬吠烟,
小扣柴扉豕当前。
半盏春螺香满扇,
一川星斗月初檐。
手牵夕霞云为幕,
发妆杨柳心作弦。
自古伶仃出虎胆,
塞翁策马下雄关。

2007.1.30

  记得夏日出游冀北,曾寄宿山村农舍,有主人扫径为炊,殷勤相待,日落时分,彼此又扑扇烹茶,小坐言欢,山谷风清,星月灿灿,心亦灿灿。
  男主人姓罗,长余十二,父母早亡,靠乡邻接济才长大成人,当过兵,做过村支书,跑过山果生意,如今还开办着一家规模不小的农家乐,每年春花开,暑气蒸,秋果实的季节生意都兴隆得很。他讲起早年走南闯北的经历,如数家珍,又因其善习各地土语,忽河南,忽湖南,忽广西,忽山西,皆惟妙惟肖,趣味横生,席间笑音不竭。
  讲到深情处,月在西山听。
  罗兄讲其自幼伶仃一人,因此向无可依,无依无靠便也无牵无挂,无牵无挂便也无畏无惧,既无畏无惧因而也练就了一颗虎胆,当兵时上过老山前线,当官时揍过盲流混蛋,做生意时周游列省,抓小偷,打恶霸,仗义执言,是十里八村都叫得响的一条好汉,可惜冯唐易老,李广难封,好汉易当,孤掌难鸣,自从几年前和县长的侄子就果园承包事打了一场官司之后,虽赢了官司,却得罪了乡吏,从此霉运连连,人家知道你英雄气概,便不和你比谁更英雄，专和你比谁更狗熊，你还没张口，人家已说你骂了人家祖宗，你还没伸手，人家已说挨了你的掌风，你还在纳闷生气，人家已经跑到市里去举报你学的是宁国府里的焦大的作风，退伍后依功卖老，在乡里叫嚣横行。与敌人斗，玩的是真刀真枪，与君子斗，舞的是明刀明枪，与乡吏斗，挨的是黑刀黑枪。没料到斗勇不成，斗智更不行，几番下来，把个罗好汉累得只能叉手于胸，连呼暂停。

我笑言，当今天下大多如此，罗兄何必介怀，塞翁失马焉知非福，当学学那王半山"莫为浮云遮望眼"，学学那毛润之"风物长宜放眼量"。

孤独

孤独本是双刃剑，
左斩妖魔右杀仙。
自古豪侠因求败，
身在极峰心在渊。
战罢东周征西汉，
既得陇兮复望川。
夜盼征尘何日洗，
两袖昆仑一襟天。

2007.1.30

  古人云："人性之所简也，存乎幽微；人情之所忽也，存乎孤独。夫幽微者，显之原也；孤独者，见之端也。是故君子敬孤独而慎幽微。"——汉徐干《中论·法象》。
  在小说《笑傲江湖》里"独孤九剑"乃"独孤求败"所创，堪称武林至尊，一时无人能敌，故思无论哪行哪业能称孤独者境界可见都不会一般。人心亦复如此，能感受到孤独者亦必异于常人，或为明星大佬，或为囹圄巨寇，必为社会之一端，孤独本无对错之辨，对错都出在了拥有它的人身上，有的人用孤独成就伟业，有的人却用孤独捣烂世界。因为无法遏制的欲望，许多的人是通过不懈的努力让自己变得与众不同，让自己变得孤独，直到有一天当他那欲望走到了极致，往往才发现孤独已经把他的身送上了极峰，却把他的心推向了深渊，所谓欲望不宁，孤独不止。
  与孤独共舞的必是欲望，与所得同行的必是所失，与每一次暂停相伴的必将是另一次开始。

2012 写在另一个世界的前面

星如雾·君问

君问,
卿是何苦?
浅淡床头叮咛语,
醒来寻星竟如雾,
也曾枕畔平凡数,
一遭风吹去,
竟是惊鸿湖中渡,
惹人心中苦。

君问,
情为何物?
桃花柳岸断桥头,
执扇如烟萧瑟鼓,
江潮就晚邱如虎,
铸剑池头侠客路。

2007.5.7

桃花柳岸断桥头是钟情,执扇如烟萧瑟鼓是痴情。
江潮就晚邱如虎是怨情,铸剑池头侠客路是薄情。

  俊男靓女不期而遇于断桥,又恰逢了那春日里西子湖畔的柳岸桃花,自然容易情窦初开,一见钟情;
  小扇徐徐,夏雨如烟,两个人,一番事,浓情蜜意之后便得无限缱绻,但到更鼓三催不得不分手之时，犹是痴情难却；

　　钱塘潮信，秋叶知衰，郎别数日，不见翻墙复来，窗外涛声扰夜，窗内孤枕难眠，佳人披衣再起，徘徊于小筑庭园，猛然见那山石卧如黑虎，一时竟惊得花容稍变，幽怨情生；

　　冬风渐起，锦鲤传书，竟是郎本薄情，偏要学那李太白"十步杀一人，千里不留行。事了拂衣去，深藏身与名"《侠客行》，宁相忘于江湖，不教妾生死相许。

　　情为何物？不过如上四物，或悲欢离合，或合欢离悲而已。

饕餮

昨日同学聚会,席间歌酒轮回。
歌声或嘶或哑,酒量或斗或杯。
男女杂陈交错,欢声笑语如雷。
对视已萌老态,回首风难再吹。
抚肚宛然孕妇,唯我大似双胞。
亦醉亦痴亦笑,道是华年渐少。
对镜何堪花黄,英雄两鬓乏毛。
自视男中上品,仍是孤家潦倒。
仿佛席间肉串,肉去光棍一条。
哈哈大笑一声,自言恁不害臊。

2007.5.27

葬花

竹林就晚听葬花,
万千吟雨落平沙。
此去香丘卿故我,
再来春色又成她。
潇湘点点妃子泪,
怡红阵阵雨打芭。
可怜紫鹃人前苦,
半是推来半是拉。

2007.5.27

前日听曲,红楼凄婉,淡然生趣,拊掌喟然。
旭卿此去,再见何年?佳人红粉,命薄如蝉。
唏嘘不已,拙笔悼然,三生石上,再期桃颜。

有感于陈晓旭女士辞世,特作此诗为记。

一

记得当年迷红楼,如痴如醉梦中求,初中时倡结海棠诗社,忝为盟主,结果呢三年下来,成绩下来,中考下来,心情下来,总之除了衣服以外似乎一切都被剥了下来,打击颇大。不过也正因如此,我始与文学结缘,现如今这半酸半咸的泡菜文风就是打那时候习来的。

二

　　与其说陈晓旭在那时是我心中的不二明星，还不如说我对林妹妹的痴迷已经把所有和她有关的一切都和我自己紧紧地联系在了一起，陈晓旭当年写的一些随笔我都曾如拜读《葬花吟》般细细品味，发现里面恍惚着的竟都是那书中"颦儿"的身影，作为《红楼梦》的崇拜者，我曾自私地想过陈晓旭或许只应该属于《红楼梦》，只应该属于林妹妹，而不应该再属于她自己，然而当她一夕绝尘而去之后，我才感到或许正是因为我们当初的那浓浓的期许才让她渐渐迷失了本我，活成了一个游走于现实与梦境之间，浸淫于商海和红楼两界的无限纠结的林黛玉，对她的人生而言不知这是该悲抑或该喜？在这种没完没了的痛苦纠结中，或许尽早的离开才是她所期望的一种解脱吧。

　　陈晓旭的这种离开方式是我从不曾预想到的，如今发生了，想想或许也有它的道理，她演活了林黛玉，以致再也摆脱不了这个角色在她的演艺道路上对她的束缚，无奈之下她选择了下海经商，风生水起之余，却还是发现被笼罩于四周的仍旧是那林妹妹的光晕而非她自己，当全国人民都从心里认为她就是林妹妹时，她或许只能选择放弃自己，做个林黛玉，然而林妹妹是个什么样的人呢？绝顶聪明兼敏感多疑，冰清玉洁兼孤芳自赏，乍看刚强却又深怀自卑与清寂，有时是一面密不透风的盾有时却又是一把锋芒毕露的枪。这与陈晓旭后来所担当的商人的角色要求是相矛盾的，背离的，就如同诗人如果不说真话就不是诗人，商人如果不说假话就不是商人一样，让一个诗人去做一个商人，如果他不是修炼的能移形换影那绝对就是自己在抽自己的嘴巴，如果让国人知道了冰清玉洁的林妹妹如何与客户在金钱上谈斤论两那简直不是一出滑稽戏也算一场大悲剧，由此可见陈晓旭下海经商虽然运气不错但在做人与做鬼之间的修炼或许还不够吧。

三

　　87版电视剧《红楼梦》中的配乐与歌曲始终是我心目中的经典，在我所能理解与欣赏的音乐世界中占有很高的地位，记得大学时也曾细心听过许多西洋音乐大师的作品，如莫贝肖巴柴，柏门李韦舒等，虽觉得这些大师的作品也是各有千秋，然而与红楼梦的音乐相比，似乎后者更能通我血脉，发我神经，壁立千仞，无法超越，或许因为我只是个音乐方面的门外汉吧，或许专业音乐人并不这么看，但没关系我不妨就这么看下去。

　　记得王立平老先生曾在一期电视访谈节目中说，新版电视剧《红楼梦》的音乐创作想超越他的旧版是有难度的，我听了嘿嘿一笑，觉得这些老前辈们的谦虚就是透着那么一股子含蓄的牛气，明明心里很是洋洋，说出话来却显得那么拐弯抹角的得意。新版的结果如何呢？别说"超越"了，我看应该把它归到"超生"里去。

红楼梦成书三百年了,有哪个大家敢说自己的作品超越了它?没有,因为大家都知道珠穆朗玛峰不是一天耸起来的,一时半会儿也塌不下去。

四

幼时的痴迷甚至曾让自己梦想着哪一天也能光荣地加入红学研究会,与同道中人一起同痴同醉,岂不快哉?然荏苒经年之后,却发现如今的这会那会竟都是掌握在了一些这也不会那也不会专会整人的人手里。红学前辈周汝昌老先生在世时就曾多次表示不喜欢"红学家"这个称谓,也不喜欢"红学界"的说法。他说"红学"已经被人用得庸俗化了,帮派化了,功利化了,成了某些个人在某个圈子里用来霸占资源和炫耀资本的工具。听老先生这么一牢骚,倘曹公在天有知,不晓得该是悲是喜,反正我是早已"回首向来萧瑟处,归去,也无风雨也无晴"了。

周老先生以数十年盛名陋室,薄产残躯之勇待《红楼梦》,真雪芹之知音也,其自咏之词亦可鉴其心:

为芹脂,誓把奇冤雪。不期然,过了这许多时节。交了些高人巨眼,见了些魍魉蛇蝎;会了些高山流水,受了些明枪暗钺。天涯隔知己,海上生明月。凭着俺笔走龙,墨磨铁;绿意凉,红情热。但提起狗续貂,鱼混珠,总目眦烈!白面书生,怎比那绣弓豪杰——也自家,壮怀激烈。君不见,欧公词切。他解道:"人间自是有情痴,此恨不关风与月。"怎不教人称绝!除非是天柱折,地维阙;赤县颓,黄河竭;风流歇,斯文灭——那时节畸,也只待把石头一记,再镌上青埂碣!

躬读此词,当有一拜,拜的不是那青埂碣,拜的是那——白面书生,壮怀激烈。

顺带说一句,今人能写旧体诗词的不少,但以我所知所读的来讲周老先生的诗词称得上真正有情有意有才气的大家,960万平方公里之内能越而其上者当凤毛麟角。

五

"可怜紫鹃人前苦,半是推来半是拉。"一句指的是紫鹃在宝玉黛玉二人间的左右为难,怜得是小姐的命,惜的是宝玉的心,推推这边,拉拉那边,虽都是有情人,缘何爱的这么苦。

晨吟

推窗三环路，
和衣四更时。
昼夜车如水，
风雨燕归迟。
而立家何在？
不惑栖何枝？
岂畏夕之死，
只怕朝闻迟。

2008.1.22

夜不成寐，披衣推窗远望，虽是深夜，那三环路上仍旧车来车往，灯明火亮，有感而作。

甘家口

十年红楼梦,
小苑瘦藤春。
默然思逝者,
不见花样人。

2008.2.2

　　这里浮现着的或许是终我一生都将挥之不去的一段记忆。
　　甘家口增光路 21 号院,那由几栋老式红砖楼围就的庭院,庭院里的那几株惨淡经营了多年的老松,老松下那座爬满了常春藤的凉亭,以及凉亭下那依稀闪烁着的当年我在这里徘徊时的消瘦身影,这一切恍如昨日,不禁让我这旧地重游之人感慨良多。
　　邵奶奶早已经走了,带走的不只是她那曾植于后园里的玫瑰丛,她那永远优雅与慈祥的笑容,还有她那天滑淌在双颊的泪水,以及她那个下午给我的最后叮咛。很惭愧,我并没像她当年叮嘱我的那样能好好地生活着,这些年我活得并不够好,情感坎坎坷坷,工作波波折折,不过我活得却足够真诚,就同如在她老人家生前所呈现出来的那样真诚,真诚地面对自己,真诚的面对人生,虽然我的人生有些像那攀爬在凉亭上的常春藤的身骨,时而弯弯曲曲,时而起起落落,但终究它还是在向上,在向着那阳光充足,雨水充沛的地方年复一年地生长着,它所展现出来的不只是它那一身久历风雨后的沧桑,还有那沧桑背后所隐涵着的一种特有的对生命的激情。
　　记得在由狄更斯的著作《远大前程》改编的电影中有这样一个片段:当艾斯黛拉和皮普第一次在萨迪斯庄园里见面时,尽管傲慢高贵的艾斯黛拉从一开始就想尽办法来挖苦和嘲讽皮普是个乡下孩子,皮普却对她一见钟情,当这样两个完全不同阶层的人相遇在一起,那奢侈华丽的上流社会和卑微艰辛的底层民众的完全不同的生活环境所能给儿时的皮普带来的最大冲击就是激励他用一生去向上求同,也就是从此,皮普开始学会了抛弃一些东西,比如纯真、善良、淳朴,再捡起另外一些东西,比如虚伪、傲慢、无情,他竭力想成为一名能周旋于上流社会的绅士,来讨得她的芳心。人生就是这样的微妙,仅从一次偶然的相遇开始,皮普的人生就从此变得和本来大不相同。

有段剧情是这样的,当老太婆郝薇斯向他询问他对艾斯黛拉的看法时,他回答说:

"我看她很傲气,我看她很美,我看她很伤人,我看我该走了。"

那种自惭形秽且无奈伤心的语气和表情相信会给许多与他有相同经历的人以深深的触动。

是的,总有那么一些人的骄傲和美丽是可以用来伤人的,尽管他或她在很多时候也许本心无意于此但仍难掩盖其在内心深处其实是非常得意于自己拥有这样可以用来挥霍和消遣的资本的,而那些曾经被骄傲和美丽有意无意中伤害了的人们也往往像吸食了毒品一样开始变得对那种伤害产生迷离的幻觉,先是刺痛,进而依赖,最终上瘾,就如同皮普一样在自己的人生轨迹上因为要狩猎美丽反而踏进了美丽为他设置的陷阱,仿佛在爱琴海妖塞壬的歌声中逐渐失去了理性,失去了自我和本真,在这两者诱与求,追与捕的游戏中间,或许唯有岁月才能保持旁观者的冷静,而岁月却无言,直到有一天"昨夜雨疏风骤,浓睡不消残酒。试问卷帘人,却道海棠依旧,知否,知否,应是绿肥红瘦"。

皮普在自己的坎坷人生和远大前程的破灭中经历了自我由纯真善良到冷酷无情再到回归真诚的历程,这历程投射在我的身上,仿佛也就是我留在那过去十几年里曾一步一步走过的坎坷小路上的身影。

甘家口增光路21号院,我的萨迪斯庄园,我的曾经。

2012 写在另一个世界的前面

闯关东

风吞长白雪，
冰盖三江红。
百年催人老，
三代闯关东。
盛世谋生计，
乱世出英雄。
而今离乡早，
仗剑上燕京。

2008.2.11，大年初四

近来观看电视连续剧《闯关东》，有感而作。

以我所知，俺那从未谋过面的爷爷是民国时由河北束鹿出发闯关东才到了沈阳的，待到了父亲这一辈儿虽出生在沈阳，却不幸于大学时光荣地成为了右派，被人民群众用喷气式的先进"刑式"又给发配回了河北老家。白色是书生面，黄色是土坷垃，蓝色还算天空，黑色已是命运，在这堪称"多姿多彩"广阔天地里，自此父亲就开始了他那劳动改造思想，指示支使知识的蹉跎右派生涯。

光阴荏苒，岁月如梭。当父亲几乎已经把青春都埋在了黄土地里的时候，习惯于反复革命的人民群众又敲锣打鼓地来到我家，告诉他一句话："你被平反啦。"

一时，泪飞顿作倾盆雨，那叫一个滂沱，鼻涕滂，眼泪沱。

不过，早已经偃旗息鼓的惨淡岁月也悄悄捎给了他另一句话："你被平反啦，其实也就是你平凡啦。"

在不幸、幸运、平凡这三种人生道路中，他或许本来是可以成为那群幸运儿中的一个的,却不料在青年时代就成为了那群不幸儿中的一员。

果然,那一夕的平反所带给他的也不过就是他此生的平凡。

幸运对那一代里的很多人来讲似乎都成了一个梦——此生遥不可及,梦醒时分,就啥也别说了,你的岁月就是一锅人家的小米粥——想吃就慢慢熬吧。

1980年后,我们全家陆续搬到了沈阳。

人在关外,我幼时多听闻的是有关努尔哈赤、皇太极、张作霖、双枪驼龙等黑土地上豪杰人物的故事,反正非雄即匪,都跟单田芳评书里讲得差不多。

记得当年,我还曾风闻着"二王"的传说在沈阳惶惶度日。不久前看北京电视台的"档案"栏目,讲到了当年那场声势浩大的关于东北二王的大围捕,两个近乎被人们传得神乎其神的亲兄弟在中国从北到南掀起了一场惊天动地的警匪追歼战。1983年,我曾因课间嬉闹,不慎折过左臂,当时吊着胳膊,龇牙咧嘴得赶去沈阳的正骨医院接骨头,就在医院大厅的廊柱上第一次看到了通缉令的模样,那时风闻二王又杀回了沈阳,闹得全城戒备,人心惶惶,我年幼胆小,初见此令后,竟顾不上那撕心裂肺的痛,紧催着大夫给我抻吧了两下胳膊后就回家了。

后来二王被毙,据现场擒贼的训犬警员谢竹生讲,二王中的弟弟刚被发现击伤时,曾大声对他喊:

"我是好人。"

谢回道:

"你还是好人呐!？"

为什么二王在死前会说出这么一句话?有人说这不过是二王互相间通风报信的一句暗语,可二王当时就已升天入地,谁知道此论真假。

多年来,我一直在思考着这句不着边际的话的深意,他们明明身负十几命,却还自认为是好人,那么在他们的心目中到底好人的概念又是什么样的呢?

我们当今的法律制度、社会体制和主流价值观目前都仍只注重事情的结果,而不愿帮助人们正视事情的源头和起因,所以在普通人的认知里法与情往往是割裂开的,人们知道的只是法永远应该是在上面的,情是在下面的,法大过情,法不容情。

在我们的电影电视小说等文艺作品里,通常好人就是好人,坏蛋就是坏蛋,好人应该就像雷锋,坏蛋就应该像南霸天。

虽然近二十年来我们在主流观念上略呈宽松之势,但像贾樟柯的《小武》那样比较真实而生动地描写了当代中国底层民众生存状态的电影在中国却仍然受到了一些人士莫须有的抵制,而我却认为那是一部给我最多启发和感动地当代电影。如果是在西方,二王的故事也许早被拍成了电影,但应该不是用来宣扬暴力和凶残的,而是用来叩问法律和反思社会的,就如同阿瑟佩恩导演的《邦妮与克莱德》一样,对恶的反思也许是对善的最大保护。所有看过马丁斯科塞斯的《出租汽车司机》的人应该都会理解那电影里所描写的故事的深刻社会意义,他反映的或许才是最真实的人性,当太平洋的东边早就拍出了那样内涵深刻的作品的时候,或许现在的我们也就明白了如今的中国电影缺了什么,为什么这些年张艺谋冲奥越冲越懊,为什么花了比拍《红高粱》时不知多了多少倍的资金却仍然得不到同样那帮金发碧眼的外国人的一声叫好,很简单,张大导演现如今拍的都是钱,拍的不是心,那么老外们稀罕钱吗?不。

所以在当今中国或许许多人仍只看到了二王的该死,却始终还并不明白他们为什么该死。什么是可悲呢?或许这也算是吧。

就如同二王死前留下来的那句话,当时没有人理解它的意思,至今也没有人愿意去理解它,他们兄弟俩儿堪称可悲!而干掉了他们的那些人呢,除了欢呼雀跃外,也再没有人去思考一下他们俩在那个年代为什么会混丢了命,当时的人们只想要他们俩的命,其他的什么都不想要,这也便是所有人的可悲,以为二王死了,领导高兴了,群众满意了,也就天下太平了,实则非也。

用蘸了血的馒头就能救回儿子的命吗?鲁迅先生早就告诉过我们:不能!

杀戮不是药!是药三分毒!《老子》讲"法令滋彰,盗贼弥多",《左传》讲"大小之狱,虽不能察,必以情"。有时候我在想为什么很多西方国家在刑律中先后免除了死刑,是因为人权?还是因为宗教?还是纯粹就因为人与人之间的感情?或是其他什么原因。

以前人家就说东北是出土匪胡子、强梁草寇的地方,其中佼佼者如东北王张作霖。然盗亦有道,张作霖从蓝把子做起,到胡子头再到中华民国陆海军大元帅,走得也算从草根到枭雄的路子,所谓"乱世英雄起四方,有枪就是草头王"。东北三省在他治下多年,老百姓未见得就觉得比在大清朝,比在大小鼻子治下时水更深火更热,民更不聊生,也未见得绅商各界就以其匪类出身,将永远是匪而待之,终究老百姓需要的不是什么官和匪,需要的不过就是太平与公正。有文记载,张大帅治家严谨有方,其内弟于其身边供职警卫,曾仗着是裙带姻亲,常常在外为非作歹,一日夜间闲极生事,竟以枪击路灯为乐,知者畏其身份也只好忍气吞声,奈何不了,后传至大帅耳中,怒,拍案言:"把他给我毙了!"众皆骇然,以为一时装装样子而已,岂料当晚大帅就亲自执刑了,大家不解:"区区小事,大帅何以如此冷待家人?"大帅言:"汝等在家作孽,伤得不过是我的脸面,在外作孽,坏得却是奉天城的风气。"如此故事,听来未免动容,你说他到底是个该遭人恨的匪呢还是个应被人敬的官呢?我看现如今的一些身居庙堂道貌岸然之人恐怕还赶不上当年的他这个"匪"。

二王的母亲说,她的4个孩子都是孩子姥姥带大的,"文化大革命"时,"保皇派"和"辽沈派"就在大院里武斗,动刀动枪甚至埋地雷,正是哥俩容易学坏的年龄。王宗芳和王宗玮后来使用的枪就是1976年3月从沈阳大北监狱偷的,那年王宗玮才19岁。身高1.85米的王宗玮因为打篮球的特长到内蒙古当兵,学会了打枪,当过班长,退伍后进入了沈阳当时屈指可数的大厂724厂。

"看过那么多报道,只有一个作家说过,'二王'的产生有一定的历史因素。我们觉得写得真好。"

二王的父亲,是年81岁的王家林说:

"以后身体好了,我想和老伴儿沿着我儿当年走过的路走一圈,看看我儿当年怎么生活的,听听老百姓的反映,哪怕是要给人家赔礼道歉啥的,我都能啊。"

《三字经》讲:"养不教,父之过。"如此看来,二王之"不教",乃王家林之过也,那王家林之"不教"又该是谁之过呢?如此弥天大案过后的反思难道就只是老王家一个家庭的事了吗?难道我们所置身其中的这个社会就没有该承担的的责任了吗?难道二王案给我们这个社会带来的唯一进步就是诞生了国家机器里面的武装警察部队吗?

清华吴维库先生说过"在这个世界上,不缺教育,缺教化;不缺教师,缺圣人"。

十年

午后阳台小憩,大年初五。

出来十年在此冬,
天地轮回送与迎。
岁月劳身多磨事,
生计催心少时空。
远观落日惜照暖,
小饮乌茶邀西风。
自在山河由人改,
遍地狼烟助英雄。

2008.2.11

"出来十年"是指离开国营单位的圈养,自己散养创业的这十年,年复一年,日复一日的奔波劳作,真的是感觉有些疲累了,然而一切似乎已经再也停不下来,这种忙碌的生活有时候对我来讲几乎已经成了一种植入骨髓无法剥离的习惯,因为每当我想停下脚步来的时候,耳边就似乎常常有一个声音在响起,仿佛《阿甘正传》中 Jenny Curran 对着 Forest Gump 所喊叫的:
"Run Forrest, run! Run Forrest!"
于是 Forest 开始奔跑,开始甩掉枷锁,开始冲进无垠的麦田,开始把身边的一切(包括爱与恨)都远远地甩在了他身后的风中。
When I got tired, I slept.
When I got hungry, I ate.
When I had to go, you know, I went.

鼠年

平山阔日巍阁远,
灰瓦苍流小处闲。
遥知昨夜湘黔雪,
无意佳节再闻鞭。
乌茗老卷添新绿,
长襟散发少红颜。
而今春风先扫北,
此后梅花再江南。

2008.2.11,大年初四,于天通苑阳台小憩

这年春节,江南逢了场百年不遇的冰冻灾害,而与南方那冰天雪地的情景完全相反的是,在那数十天里北方一直是艳阳高照,春意盎然。新闻里天天都在讲南方冰冻灾害的严重程度以及由此给想回家过个团圆年的人们带来了多少不便,恍惚中竟让我觉得是不是今年的春风特意破了旧例,先绕道北上和中原打个招呼,再掉头南下给江南送去春风细雨。

大过节的,一个人躺在阳台上的椅子里,远有山、河、阁、日,近有书、茶、卉、花,可宽襟,可散发,可箕踞,可自哗,遑论春风索爱,小憩梦里桃花,形与太白,三白共饮,思邀寒山,郊寒互夸,两千年里无今古长幼,三千里地共一枕繁华。

初夏有感

烟雨无数过扬州,
铅华洗尽白染头。
亦曾一唱千帆过,
更多风雪罩西楼。
三十有七无妻女,
四十在望少封侯。
眼见双亲驼松背,
夜到深时泪封眸。

2008.6.6

将不惑

志大才疏无事精，
一样春秋百样情。
月在星前难成梦，
业随流年事半空。
老老少少皆心力，
花花草草岂分明。
人在惑时思不惑，
不惑将来步将停。

2008.9.11

此夜心情不好，灯开灯灭之际，点滴夺眶而出。
"老老少少"指的是父母家人。
"花花草草"指的是婚姻感情。
"人在惑时思不惑，不惑将来步将停"指的是年轻时如遇困惑，往往希望自己能加快成长，以期能自立自强，自己解决问题，想着到了不惑之年自然世事洞明，诸事可定。然而真的不惑之年将到，又人人恐避之不及，因为谁都想挽回的是岁月，谁都想多拥有的是时光。
二十多岁时，初下商海，因天生一副书生少年相，奔波数月，竟无人敢和我签单，怕我嘴上无毛，办事不牢，于是乎天天所盼的就是自己尽快变得沧桑些，老成些，那时有一生意场上的朋友，不读书，年纪轻轻就跟着家里人走南闯北，挖过金子，倒过煤炭，刚三十岁，就已经满目秋风起，一脸老树纹了，结果呢，人家以小学四年级的文化水平愣是搞定了一个北大四年级的女生，而且那女生竟还生得水嫩光鲜，里端外详，前瞻后顾，皆堪称花中上品，一霎时我等闲汉真是羡慕无比。
后来发现，岛国高仓健、北野武，虽都是一脸坑洼的沧桑型男，却都特迷女性，我国的葛大爷、王志文虽貌不惊人，却多年来都是颇有人缘的不老明星，唐国强年轻时曾号称奶油小生，一时风光无两，不想风头一过就迎来了他长达十数年的事业瓶颈期，直至中年，才又凭借塑造了诸葛亮、雍正、毛泽东等艺术形象，成了个演艺界卷土重来，东山再起的模范典型，靠得是什么？将唐老师二十年前后的照片比较可知，沧海桑田二十载，此君不复彼书生。

可当年二十多岁的我憾乏沧海桑田之术，纵使夜夜熬灯，鸡鸣五鼓之后，仍是目锋炯炯，龙精虎猛。

越几年，而立过，磨砺渐多，两鬓频添白发，眼角渐张蛛网，此时不惑之年在望，寒暄之间最不愿听到的已是别人问我的年龄，因为很明显大家的眼光比之以前似乎锋利了许多，岁月痕，不欺人，往往一猜即中。此时心情才真是有了点"自古美人如名将，不许人间见白头"啊。

故而当年是思"不惑"，现在是畏"不惑"，此"不惑"非彼"不惑"。

咏蟹

酒笼青蟹蟹初红,
霜满秋菊菊乍英。
满席金盔挟赤甲,
生为王霸死亦雄。

2008.10.12

这日,邀青年友人于家中吃秋蟹,学着点些许白酒蒸蟹以去其腥,果然有效。席间所饮酒种类颇多,土有花雕,洋有百利等,不过皆是玩味之物,而非迷醉之汤。

园中菊香正盛,秋风过处,仿如缨冠成阵,混似百万雄兵。执鳌啃齿间,膏尽而甲存,几袭红甲,满案折戟,彼等醺醺然皆似英雄回帐,我等便便(PIANPIAN)样是皆觉肚撑。蟹虽生凶相,叱咤狰狞,霸道横行,却终因其味道鲜美,子子孙孙常不能保命。

上马击干戈于宇内,挥斥沙场,点将伐兵,未见得就能成为青史上一大英雄,下马化干戈为玉帛,虽不同而能和,能保一方之百姓,即使叫别人一声道圣老子,被别人叫一声武圣孙子,只作天地间一糊里糊涂小匹夫又有何妨?

细忖"和平"一事,"和"乃天人共愿,多要依赖情商;"平"乃世事同准,当关系于智商,惜哉世间能集此二商于一身者当凤毛麟角也。

小月

寒晨拥小月，
百落自晖清。
他年犹似我，
只在寂中明。
太白月下酒，
东坡酒中情。
天庭本不远，
归来一舱星。

2009.1.12

晨起观小月，为欢能几何？

心里纠葛了人生的很多结与绊，能解开的，解不开的，一下子都让我变得沉重起来，曾经有些话可以对人说，有些话不可以对人讲，但如今肯细细聆听的人少了，模棱两可以致说不清的事反而多了。

李太白的"对影三人"，苏东坡的"舞弄清影"，皆自娱自乐之法，可与神交也。

东坡绝命诗曰：

心似已灰之木，身如不系之舟。
闻汝平生功业，黄州惠州儋州。

我，此生功业又待如何？愿得一程明月，满舱繁星。

牛年正月

大节逢大劫，
一闭复一睁。
痛哉乎师友，
如是我心同。

2009.1.27

今年的央视春节晚会上小沈阳曾"八"着柳叶双眉讲说过一番人生在世的道理，人之一生一死如同眼之一睁一闭，笑余思去，看看身边的许多事，确然有理。

记得维克多·雨果临终曾言："人生便是黑夜与白昼的斗争。"初闻此言时，眼前即有黑白双鱼翻翻隐现，不禁拍案称妙，原来那远在19世纪欧罗巴的文学大师雨果竟也深谙我华夏"万物负阴抱阳冲气以为和"之道，看来古今中外，每个人对于人生的许多看法或许不尽相同，可道理却是基本相通的，亦即生不只意味着如萌芽般的一种开始还代表着如秋叶般的一种结束，死不只是一场磅礴大戏的落幕，还是打开另一把生命之锁的钥匙。

近师患病，远友沉疴，无关也就罢了，然而却都关在了心里，久拂而不能去。

岁寒时节，吾心亦冰。

惊闻之后

鼠年多少事,
家国路不平。
昨夜闻噩信,
崎岖更一重。
人往峰头走,
心向潜渊宁。
争不争皆可,
糊涂亦分明。

2009.2.4

　　前几日惊闻远方一友之弟罹患白血病,年纪尚且轻轻,几年前亦似有一面之识,闻之嘘叹。年前段师傅也被确诊肺癌,让我深受触动,想想师傅为人之平和,之善良,世间少有,可为什么如此好人偏得了这受罪的病。
　　鼠年多事,年初汶川地震,惊天动地,举国同悲,年末师友患病,真正多事之秋。

注:
《南吕》四块玉·闲适·关汉卿
"南亩耕,东山卧,世态人情经历多。闲将往事思量过,贤的是他,愚的是我,争什么?"

松山

僧说风雨如墨盘,
未到淋漓不算坚。
自古柔情出雨后,
从来似水瀑云间。
几番蔷薇丛中现,
多少荆棘路上难。
但得佳人春心许,
何惧偷泉上松山。

2009.7.8

  诗僧贯休曾有《侠客》诗云:"黄昏风雨黑如盘,别我不知何处去?"
然当"风雨如盘"之时,我却知道要去哪里,那就是哪远就去哪里。
  松山位于京之西北,当属燕山军都一脉,主峰大海坨,雄高二千余米,其间沟深壑邃,林木葱茏,游人投身入境,多乐而忘返。有林间木屋数幢,踞坡而立,开窗俯见幽谷,额手一寸光阳,未见还林倦鸟,但闻几许花香。
  是年暑日一游,逶迤直至无路,复攀岩越壑以觅溪之源头,几番山重水复之后方见那遮天林下,乱石丛中现一沙地,有水自沙中汩汩溢出,挖之,水成涓,再挖之,涓成泓,凑残石,围砂堤,则泓成泉,掬来一饮,甘甜清冽无比,遂倾尽随身所携壶中之水,拿来蓄满山泉,翌日归家以之烹茶,心味果然不凡。
  再问:"何为风雨?"
  答曰:"玩儿去。"

秋思

昨日初秋雨,
今宵别梦寒。
倘无山水隔,
喑哑岂如蝉?
自古蝶好舞,
从来抱柱难。
开窗山似海,
卧榻风中眠。

2009.9.5

  初秋的心仿佛刚被攒起来的一张稿纸,虽然吱吱呀呀地撑开了身子,却再难抚平那字里行间的崎岖。
  蝶,悄无声息地飞走了,独留下我一个人夜守在这山与水的缝隙里,在我心的些微哀声过后,刮噪了一夏的蝉也猛然屏住了呼吸,眼前没有海,山便是海,卧榻难成眠,风让我眠。
  耳边有不知何处之歌声,透过层层叠叠的蛛网从风神的指间漫散开来,似乎轻吟着的是——这黑夜亦即黎明,这黎明应由歌声叫醒。

"舅哥"之歌

Hey Jude, don't make it bad
嘿,舅哥,别那么沮丧
Take a sad song and make it better
试着挑一首悲伤的歌然后把它唱的有点喜样

Remember, to let her into your heart
记住哦,一定要把她唱进你的心里
Then you can start to make it better
然后你才能开始变得身心舒畅

Hey Jude, don't be afraid
嘿,舅哥,别那么担心
You were made to go out and get her
你一定要从阴影中走出来然后大胆地去寻找她的模样
The minute You let her under your skin
当你能把她的一切浸入你的肌肤的时候
Then you begin to make it better
那么你就一定开始变得比过去刚强

And anytime you feel the pain
无论何时当你感觉有些痛的那一刻
Hey Jude, refrain
嘿,舅哥,要忍耐些啊
Don't carry the world upon your shoulders
千万别假装你能把整个世界都抗在自己的肩膀上
For well you know that it's a fool
因为你要知道那其实是一种愚蠢

Who plays it cool
唉,那些死要面子爱装酷的人
By making his world a little colder
那些只会把自己的世界变得更冷更酷更糟糕的心

Hey Jude, don't let me down
嘿,舅哥,别让我失望哦
You have found her now go and get her
如果你找到了心上人就应该立刻赶去和她一起在幸福中徜徉
Remember (Hey Jude) to let her into your heart
记住一定要让她进入你的心里
Then you can start to make it better
只有这样你才能体会到更多的快乐
So let it out and let it in

才能像对家人一样可以让她自由进出你的心房

Hey Jude, begin
嘿，舅哥，开始吧
You're waiting for someone to perform with
也许你仍在等一个可以完全依赖的人一同前进
And don't you know that it's just you
可是难道你不知道那个人其实可能就是你自己

Hey Jude, you'll do
嘿，舅哥，行动吧
The movement you need is on your shoulder
你要勇于把自己的生活担在你自己的肩膀上

Hey Jude, don't make it bad
嘿，舅哥，别那么沮丧
Take a sad song and make it better
试着挑一首悲伤的歌然后把它唱的有点喜样
Remember you let her under your skin
记得一定要和她融为一体
Then you'll begin
到那时你的生活就开始变得
To make it better
充满阳光

向伟大的beatles致敬！

秋思

读诗后题

读罢《宋诗三百首译析》，作此附于书后。

少能诗文画亦工，
多以才情坐正中。
怎堪岁月催人老，
今人不好古人风。

2009.9.12 晨二时

想我幼善书画，少能诗文，在同辈中也算是佼佼者，当年无师无恃，全凭自己琢磨自通，父母虽不限制，但也向不支持，及至到我成年之后才发现或许这两样本该是我命中注定的本事的，却悔之晚矣，早已拎起竹板尺，挥起两叶刀，开了裁缝铺，做了小师傅。

现在人不好古，不好才情，既是社会教育之盲误，也是历史发展之忘本，文化教育最重要的就是传承和创新，故而，莫小看三，百，千，那就是传承，莫小看方文山，周杰伦，他们就是在创新。

内地改革开放已三十年，尚出不了一个叫的响的方文山或林夕，为什么？因为新中国成立的头三十年曾断了传承的根。

中秋前咏

一

月满秋千酒满樽,
手拍栏杆梦拍人。
北去重山层层夜,
南来鱼雁日日心。
西厢攘攘张生苦,
高山漠漠流水音。
为有佳人倾城顾,
敢以三生换如今。

2009.9.30

　　风来自塞北,那势头挟哭带嚎,这些日子内外之事纷纷扰扰,以致我彻夜难眠,虽烟抽了无数,终燃不尽那一番番杂念,遂起,披衣为诗。
　　虽知道感情的事不可强求,但终归是付出了便多少有些不舍,这份不舍在别人看来或许一文不值,但在我看来却显得格外重要。舍与得这两件事就仿佛是跷跷板的两端,有的时候人是为了得到而去有所舍掉,有的时候却是纯粹为了有所舍掉而去试着得到,着力点不一样时,坐在那跷跷板两端的人的感受也便有了很大的不同。
　　你虽然可以选择坐在跷跷板的哪一端,但终会发现其实无论坐在哪一端都是一样的,都是起起落落,无非一会儿我跷起了你,一会儿你跷起了我。

中秋前夜

二

四十年来命如潮,
潮头总在沙上消。
柔情似水难自禁,
杳身如鹤画心牢。
疏桐一夜听风雨,
排云万里待良宵。
不叹浮生不作梦,
不把红旗亦头涛。

2009.9.30

花期

夜思花期紧,
辗转三更眠。
梦中楼阶响,
疑是卿夜还。

2010.1.23

  或许是受到母亲的影响,我也素喜绿植,闲暇之时,养花莳草已成了多年来的爱好。无论哪种花草养的久了也便与它生出了感情,我已经习惯了把它看作他或她,看作朋友,看作自己身边的亲人。
  这些花卉日积月累,越来越多,至于今几乎已占满了客厅的半壁,有龟背竹、虎皮兰、芦荟、小叶榕、月季、鸭掌木、金边吊兰、仙人棒、发财树、富贵竹、凤尾竹等。闲暇时一个人置一躺椅,小憩于自己亲手照料多年的花卉丛中,或读书,或饮茶,或与它们相看两不厌,慢慢的,我也就渐渐远离了一个人漂泊在外时往往容易距离自己最近的那种孤单感。
  我越来越觉得花草虽小,却真的是有灵性的,虽不能言,却能相见,虽不能走,却自翩跹。

弄梅

七年真不易，
三载更堪奇。
前有滔天浪，
后有翻江鱼。
夫妻本一心，
岂可隔肚皮。
愿折门前竹，
与君弄梅骑。

2010.1.26

琴瑟不可相鸣，以终其老，张目四望，仅塞命可诠此局。

西安

一

托钵曳刃赴秦川,
半醒半梦乐游原。
贾三包子无二宴,
羊肉泡馍百姓餐。
地里秦皇兵带甲,
池外太真夜夜专。
傍晚夕阳无限好,
怎及红日正出山。

2010.1.26 晨

一

西安虽去过几次了,但感觉还是那第一次的印象深刻。

贾三包子的店铺就凹在那熙攘的鼓楼后街里,嘈杂着各色百货和地方小吃的这条街就仿佛是北京的烟袋斜街,上海的城隍庙,南京的夫子庙,成都的锦里和宽窄巷子一般,一旦进入了就只能前拥后挤着向前,向前,再向前,去看,去尝,去买。眼见这包子铺楼起三层,层层置匾,店门两侧还威风地悬挂着几副楹联,落款又是贾平凹,又是启功什么的,嚆,觑那架势真仿佛土地爷放屁——一溜神气。

俺还是略略吃过些包子的,对于那些传说中的"名包"也略知一二,比如早年去吃过的津地狗不理,不过尔尔,名不符实,近两年又去尝过,似乎略有改进,但除了馅料精到了些外,给人的总体感觉就是饱则可饱,却不堪品味,算是果腹之选吧。又有开封的灌汤包,号称天下第一楼的,场面还可以,但这"天下第一"的字号或许放到千把年前那开封还叫东京的时候或许更般配些，放到如今，就显得有些"羊头狗肉"之嫌了，包子从端上来始，就让人感觉到了一股子平常只能在国营饭店里才嗅得到的特殊味道，那本该为人民服务的服务员们就像谁家宠惯坏了的独生子般齐刷刷地挂了一脸人民该为他服务的神气，这神气随着那盘不冷不热的包子一起端了上来，瘪茄子样的丑陋包子，牛犊子样的服务态度，口味如何呢？只能说是比二班又狠又靠前。

沪上水煎包素著声誉，前年曾与朋友一起在城隍庙的小吃店认认真真品了品，或许这普天下无论哪里的食品一旦快餐化了其最终都会是落得无味无为的结局吧，我只尝了几口就觉得怎么和北京那最爱把闲人糊弄了去吃吃的大食代的味道是一个样的，嘿嘿，也许它的味道已然进步到了无味即是味的境界吧。

说远了，这贾三家的又如何呢？

皮薄，个大，下嘴一包肉，落牙满口汤，还真是与那几家大不相同，其馅料品种也多，记得第一次去吃时，一家人叫了满屉满桌，好几种馅料，逐个品味，直吃到几人心满胃足方休。

既然吃过了这东西南北的各色包包，意思哩咱也算阅包无数。却偶然在北京劲松的小街里发现了一个小惊喜，那里有家不大的小店，叫小豆包子铺，里面的包包虽单一却别有滋味，身形干瘪却入口出香，闲暇之时我常常特意赶过去，点上它二两六个，再要一碗汁浓味重的卤煮火烧，唏哩呼噜地倒进肚子里，抹一把额头微微渗出的细汗，一霎时仿佛感受到了什么是人生的快乐。

西安

二

羊肉泡馍之前在北京就曾吃过的,去西安尝尝主要是想体会一下什么叫真传。

果然不一样的,当在路边第一次点了一碗西安的羊肉泡馍时,真的觉得很有特点,一点红辣酱,几瓣甜蒜,还有热乎乎的浓汤。我本着好奇的心想认认真真的体会一下这西北泡馍文化的博大精深,于是和家人一起沿着鼓楼左右的大街小巷找泡馍馆子吃,光传说中的老孙家羊肉泡馍就分别品尝了三家不同店铺的,由于吃的急了些,那些彷如骰子般大小的馍馍块大多还没被泡开,就一碗碗,一块块的在胃里玩起了叠罗汉,直叠到嗓子眼。

三

秦始皇确实很伟大,看罢兵马俑就感觉当年这哥们的身体和精力真是都不错,能造这么多人,跟甩子似的,以为自己是女娲呢吧!

四

至于华清池，看了看，盛唐之物仅剩下了残坑陋室，一泓清泉。

李太白有诗"云想衣裳花想容，春风拂槛露华浓。若非群玉山头见，会向瑶台月下逢。"

斯人斯景，何年何在？逝者如斯夫。

五

从前以为骊山得多大呢，真的见了也就觉得不过小山而已，类似于北京的香山吧。看过按照历史复原的当年宫苑模型，感叹那场面可真不算小，不过现在古迹已经所剩不多了，盛唐的气象也早已不复。

注：

乐游园：在唐代都城长安东南角。汉代称乐游园。园中有水曲折宛转，称曲江。唐开元年间开凿为池，称曲江池，实为葫芦形小湖。池中碧波荡漾，种有大量荷花。环池建有芙蓉园，池西边是著名的杏园和大慈恩寺。每年春季，上至皇帝，下至百姓，纷纷到此游玩。唐代诗人曾留下无数描述这一园林美景的诗篇。

西安贾三清真灌汤包子馆：闻名全国的"贾三灌汤包子"是陕西省著名清真饮食技师贾三先生创制，贾三灌汤包子，工艺考究，用料精细。选用白面粉制皮，秦川黄牛肉为馅，将牛骨髓原汤打入陷内，以小笼强火蒸出。它"皮薄如纸，馅嫩含汤，调料香浓"，人称"三绝"，被誉为古城第一笼。

牛羊肉泡馍：羊肉泡馍，古称"羊羹"，宋代苏轼有"陇馔有熊腊，秦烹唯羊羹"的诗句。

羊肉泡馍的烹饪技术要求很严，煮肉的工艺也特别讲究。其制作方法是：先将优质的牛羊肉洗切干净，煮时加葱、姜、花椒、八角、茴香、桂皮等佐料煮烂，汤汁备用。馍，是一种白面烤饼，吃时将其掰碎成黄豆般大小放入碗内，然后交厨师在碗里放一定量的熟肉、原汤，并配以葱末、白菜丝、料酒、粉丝、盐、味精等调料，单勺制作而成。

牛羊肉泡馍的吃法也很独特，有羊肉烩汤，即顾客自吃自泡；也有干泡的，即将汤汁完全渗入馍内。吃完馍、肉，碗里的汤也被喝完了。还有一种吃法叫"水围城"，即宽汤大煮，把煮熟的馍、肉放在碗中心，四周围以汤汁。这样清汤味鲜，肉烂且香，馍韧入味。如果再佐以辣酱、糖蒜，别有一番风味。西安的羊肉泡馍馆很多，其中老字号有"老孙家""同盛祥"等较有名气。

先说做，泡馍讲究汤清肉烂，煮汤是最重要的，骨汤和肉汤分开煮，肉先腌制20小时，再煮8～12小时。常见坊上回族煮泡馍汤，一口近1米口径的大锅，下的调料使用50斤的面口袋，装满满一袋，投到锅里煮。讲究的卖家都是把一锅汤卖光就关门，所以味道好的泡馍店几乎都是早上10点开门，下午2点左右就关门了。

吃也是有讲究的，掰馍有掰、撕、掐、揉、搓等12种手法，大小如蜂头（其实隔夜馍馍比新鲜的更好），掰好后要告诉伙计你的口味要求，口重——口味偏重，口轻，干拌——汤较少，口汤——吃完馍碗底剩的汤刚好一口，水围城——汤较多。泡馍端上吃的时候，讲究蚕食，忌使劲搅和，为的是从头到尾，口味始终如一。搭配糖蒜和辣酱，真正的吃家开始是不吃这些的，影响口味，吃到一半，感觉有些腻的时候，吃一颗糖蒜，挑一点辣酱拌在馍中（拌的量以一两口吃完为宜），然后用送的汤清清口，然后继续吃，这样才不影响口味。

味道好的泡馍油很少，主要是汤的香味，吃着也不腻。"羊肉泡馍"，即牛肉和羊肉一块熬汤来泡馍，牛羊肉泡馍以陕西本地牛羊及其骨架、精盐、花椒、八角、草果、桂皮、良姜、蒜苗等为调料，分骨肉处理、煮肉、捞肉、掰馍、煮馍五道工序。一碗好的泡馍，首先须先有一锅煮制成的好汤，好汤的制法当然是商业秘密。而煮肉工艺也特别讲究，先要将牛羊肉反复漂洗，浸泡约5小时，切成约5斤重的大块，再把牛羊肉入锅，下旧调料袋提味儿，大火煮约4小时，肉块入锅，换新调料袋，加盖压实，旺火烧开后煮2～3小时改用文火炖约6小时，待汤浓肉烂，出锅上板备用。

羊肉泡的传统煮法有四种：单走、干拔、口汤、水围城。所谓"单走"，馍与汤分端上桌，把馍（饼）掰到汤中吃，食后单喝一碗鲜汤，曰"各是各

味"。我以为正宗的羊肉泡是煮出来的煮馍，这样食法还不如品尝另一种西安小吃：水盆羊肉。"干拔"有人称"干泡"的，煮好碗中不见汤，能戳住筷子。另一种叫"口汤"，泡馍吃完以后，就剩一口汤。"水围城"顾名思义，宽汤，像大水围城。您掰完馍，把一根筷子放在碗上，伙计便会明白，这是"干拔"。吃"口汤"和"水围城"不用拿筷子表示，因为掰馍大小是和煮法统一的，原则是汤宽馍块大，反之则小，有经验的厨师看到你掰馍大小就知道要加多少汤了。泡馍的掰法讲究。泡馍是特制的，称饦饦馍，一个二两。据说是九份死面，一份发面揉在一起烙制而成。全是死面，口感不好，且不利消化；全是发面，就泡不成了。有的假行家会说掰出的馍要像蜜蜂头，越小越好，其实不然，如上所述，馍大小是和煮法统一的，干拔、口汤、水围城，馍的大小依次如黄豆、花生、蚕豆即可。

馍掰好后，请伙计呈给掌勺大厨，加羊肉汤大火快煮，加牛羊肉、粉丝、葱花、蒜苗、香菜，高级一点的（西安都称为"优质的"）还有木耳、黄花

菜和香干等即可端上来吃了。这样一大碗自己亲手掰好的泡馍,翠绿的葱花、蒜苗、香菜、红褐色的牛羊肉、黄色的金针菜、映衬着洁白晶莹的粉丝、黝黑的木耳、香味四溢,使人食指大动。还应注意的是:端上来的泡馍应是泡馍垫底,粉丝覆成网形,佐以葱花、香菜、牛羊肉摆成鱼形在最上面。如若不然,您完全可以调侃一下老板请的师傅是不是叫南郭。

吃时左手拿勺,右手执筷,泡馍上桌后,把辣子酱铺在上面,切忌搅动,讲究从一边"蚕食",以保持鲜味,一老吃家说这样鲜热之气跑不散,但我寻思搅动过甚,泡馍不成其为泡馍,羊肉汤变成面糊糊才是最可怕的。糖蒜用否,个人自愿。餐后饮用一小碗原汁烹制而成的高汤,以为清口。

客人亲手掰泡馍充满食趣!

节前眺雪

每到佳节倍孤零,
尤是今年自冷清。
一人把盏观暮雪,
寒香在手心在瓶。

2010.2.11

节前买醉,花间一壶,对影相亲,一晌糊突。

踉跄跄回京北草舍,榻卧于阳台之侧。明窗之外,风云涌动,变幻聚合,极目望去,连天大雪正携裹着燕山无边暮色自西向东滚滚而来。

以温水温酒,以温酒温心,以温心问心。

独自一人,既有林教头雪夜山神庙的孤独,也有白乐天"晚来天欲雪,能饮一杯无"的怅惘,年节总过,早已嫌多,冷清常有,最是今宵。

梅花香尽,醉意方浓。

注:

云在青天水在瓶

《洗心禅》里有这么一个典故:唐朝会昌年间,山南东道节度使李翱数次派人请药山禅师进城供养,均被禅师拒绝。一日,李翱亲自登门造访。药山禅师坐在蒲团上,手拿经卷故意不理睬他。李翱愤然道:"见面不如闻名!"说完拂袖而出。这时,药山禅师冷冷地对他说道:"太守怎么能贵耳贱目呢!"一句话使得李翱为之所动,遂转身礼拜,并问:"什么是道?"药山禅师伸出手指,指上指下,然后问:"懂吗?"李翱道:"不懂。"药山禅师解释说:"云在青天,水在瓶!"意思是说事物都有自己的本来面貌,没有什么特别的地方。道在一切事物中存在,你只要领会事物的本质,悟见自己本来面目,也就明白什么是道了。瓶中之水,犹如人的心一样,只要保持清净不染,心就像水一样清澈，不论装在什么瓶中，都能随方就圆，有很强的适应能力，能刚能柔，能大能小，就像青天的白云一样，自由自在。其实，这都是一种淡泊而高远的境界，源于对现实的清醒认识，追求的是沉静和安然，是洞悉人世之后的明智与平和，是用超然的心态看待苦乐年华，以平和的心境迎接一切挑战，奋斗之后得之不喜，失之不忧。告诫我们为人处世应该有一颗荣辱不惊、物我两忘的平常心。拥有一颗平常心，人生的确可以变得平静而从容。可是，生活在繁忙都市中的我们，又有几个人，可以做到像天空中的浮云与瓶中的水那样呢？又有几个人，可以用心来诠释岩石浩然的静态呢？（网文）

沁园春·当风起时

当风起时,
飞雪稍驻,
清辉可枕,
遥谢寒宫兔。
快意恩仇,
走马江湖,
一时风流,
多少人物。
在乎心也,
几番沉浮犹在目,
独自窬西厢,
辗转无数。

醒来未免煎熬,
更不知光阴何处付?
远近皆似梦,
虽佳人畔,
却心紫雾,
自情满心,
竟无人诉。
长夜乏更,
知谁可共听宵鼓。
爱何在?

2012 写在另一个世界的前面

觅觅寻寻，
任千百度。

2010.2.14

情人节，虽然从一早天空就开始簌簌地撒着雪粒，我仍然出门去看了电影《将爱情进行到底》，是徐静蕾和王菲的老公主演的。观毕，在座位上默坐良久，心中诸味，殊不可辨，归至家，夜不成寐，青春仿佛，豆蔻依稀，几乎都快不知道那是什么年代的事情了。

似乎"老徐"是 93 级的那拨大学生吧，和我前后差不多应该也算是一代人，故而现如今她以这部电影表述和思索的又何尝不是代表了我们那整个一代人的所思所想呢？

我算是一个能彻头彻尾地将爱情进行到底的人吗？

对此我曾经有过怀疑，有过迷茫，但终归还是选择了进行时，DOING 着和 LOVEING 着，与其说这是一种姿态，还不如说这是一种病态，总在爱，却总被爱伤害，于是总也看不到未来。

当群众们发现我仍然是一个孤家，半个寡人时，周围所有的亲朋好友似乎都觉得我好可怜，于是乎纷纷伸出援手，白求恩似的支援给我一个，两个，三个甚至更多的可供选择交往的对象，恨不得我们当夜就能苟合，天明就能领证，夜幕再次来临时孩子已经播种。我乐呵呵地一个接着一个的拜访着，其实自己很少觉得自己有什么可怜，反而倒是那种阅尽人间春色的排场让我常常有些不好意思于自己的眼福不浅。然而当有一天我突然发现周围所有的亲朋好友都不愿再为我张罗这件事了的时候，一下子，我才发觉我或许真的是好可怜，不是因为再没有机会去拜访美女们了，而是因为我知道我多年来一直所坚守的 DOING&LOVEING 已经让他们觉得我肯定是病了，而且病得不轻，而且是那种活该被关进安定医院神经科的脑子病，我这种人渣或许是压根就不配享受爱情与婚姻所带来的那种幸福的。

一个说话有些结巴的朋友对我说：

"你你……知知……道 LOVE 是是……是什么吗？"

"我不太懂。"

"你……笨蛋，LOVE……LOVE 其实就是……那……那那么个环嘛。"

"哪个环？干嘛用的？"

"戴……戴……戴你手指头上上……的啊！"

"哦，兄弟明白了，你是不是指 CARTIER 的那款 LOVE 戒指啊？！我买得起可我不知道该给谁戴啊？"

"你赶快找……找……找一个呗，给带上不……不……不就得了嘛，怎么你……你结……结……结个婚这么费劲呐？"

"可我一直没找到一个合适的人啊。"

"找个有……有……有手指头的……不就就就行了，你咋……咋就这么挑呢？"

"嘿嘿，你可别这么说，千手观音倒有的是手指头，我肯给可她愿戴吗？"

"那你……你就先斩……后奏，先干，干，干……了她再说！管……管她是观……观……观音还……还……还是嫦娥呢！"

"啊？！那恐怕不好吧？万一她要和我握手我都不知道该握她哪一个呢？万一将来我俩吵了架，我刚给了她一个耳刮子，她瞬间就还了我一千个五指山呢？"

"我靠，你总想着跟她握手干什么？你就不能拥抱她？你给人家耳刮子干什么？你不知道人家最不缺的就是手吗？你这都想的是什么呀？你简直要把我气死啦，不过在我去死之前还是你先死去吧……"

见这本来说话不利索的朋友忽然就把话说得这么溜了，我一时惊得目瞪口呆，无言以对。假如我的脑子病能把朋友的结巴病治好，得了也算没白得。

其实我没病，真的没病，我只是想将爱情进行到底罢了。

由于我 LOVEING 的时间太漫长了，由本来不见声势的点逐渐连成了颇具规模的线，后来索性又发展成了军威浩荡的面，本来在大家心目中很"平面化"的一个人逐渐被"立体化"起来，俺被大家认为很立体很立体地"花"。

可其实我不"花"，真的不"花"，我只是想将爱情进行到底罢了。

西安

二

暮发燕南晨岭西,
一路寒烟梦依稀。
早知此去无他事,
功名似土花如伊。

2010.3.13

这次去西安,有些匆忙和措不及防,原因是突然就来了生意上的邀请,恰又遭逢了心情上的混乱,所以身虽上了火车,心却一直仍在北京的街头游荡,那一夜的车程竟似许久,既想走得远,可以躲些困扰,又想早些回,放不下的真真正正还就是那些困扰。

后知此行近乎一场骗局,开始时怒了些,后来就又笑了,未成想在西安遇到的友人已经蝶变成传销师了,嘿嘿,就想早些回京。

及至回京,因在外那几天却不曾收到她的一次问候,很生气,登门问罪,问毕,怒了些,后来就又哭了,因为又遇到感情骗子了,嘿嘿,就想早些结束。

别人骗俺也就骗了,人家不过想捞些好处,我笑笑而已,她竟然也骗俺,捞走的却是一颗心啊,俺只好哭了。

似土的功名和如花的伊都可于身边不计,过去了,也就过去了。留下的希望也许只是些暗夜里的浊泪,泪里混了些醉,醉里挑灯看剑,剑在手,问天下英雄是谁?

问完了,才明白,熄灯洗脚不求人,跟谁不是一样睡?

问卜

悟空七十二，
自是大神通。
我过山风蛊，
至今心不宁。
一二三四次，
劳友又伤情。
不事王侯后，
其志自可明。

2010.5.26

  我，真的不是孙悟空，人家能七十二般变化，所谓穷则变，变则通，故能成其大圣，我却不行，多少年来守着的似乎依旧是宁愿竖着死，不愿横着生，结果呢？竖竖横横，终熬成了男中"大剩"。
  还真不行，出来二十年，"负"这鸟东西至今也没"报"成，父母之恩更是无以为"报"，悲摧的是竟连个有身份的女人至今也没"抱"成，更不必谈"抱"那天伦之乐的儿孙了，为此每每遗憾充膺。尤是年来心事波澜，分合无算，本来信心满满的一个人又陷于问卜求仙，总是劳烦国利，倒是国利像那大慈大悲的菩萨一般有邀必来，有求必应，二人你掐我算，通常是黄昏过后以数瓶啤酒始，夜半三更以满缸烟屁止。
  奇哉！自三月至今，每月月初卜，合卜五卦，而"蛊"占其四。
  尤以今日之卜醒目，国利言似乎前面已两得此卦，缘何三得？二人皆惑，商量再卜，换了一种方法，结果更是惊人，居然又得一蛊，看来此卦乃天意也。
  所谓蛊者，事败之极也。
  《左传》载文，晋昭公元年，晋侯有疾。疾如蛊，非鬼非食，惑以丧志。

有问:"何为蛊?"

对曰:"淫溺惑乱之所生也。于文,皿虫为蛊,谷之飞亦为蛊。在《周易》,女惑男,风落山,谓之蛊。皆同物也。"

遂摘爻辞中"不事王侯,高尚其事"之句,作一楹联,乃"不事王侯,分合自古谈笑事;高尚其事,宠辱从来有缘人。"颇合我心,自此心开四宇,斩断从前。

秋晨琐记

枢藤半懒卖西风,
小老得闲买来听。
浅淡弦管藏滋味,
凛冽精神付酒中。

2010.9.14 晨

起床。
方便。
洗漱。
更衣。
星辉未敛,即赴公司。
此时,胃中尚有左右翻腾之苦,想是那昨夜饮酒,混得过了些。
昨,虽一个人勉强睡去,今,却是醒得早。一个人躺在沙发上睁着双眼搜索于眼前的无边暗夜甚觉无趣,心想还不如早些去公司可以打发些时间。
天刚蒙蒙亮,三环路上车行尚少,及至公司楼下,却突然发现糊里糊涂地竟忘了随身带门钥匙,回家去取已进不了家门,这边办公室看来也休想进去,怎么办?
看来只有等同事们来了再说了。
索性,一个人裹了裹外衣仰坐在车里再来个回笼觉。
可是依旧睡不着。
路边是围墙,在渐行渐近的秋意中,张扬了一春一夏的各色繁花翠叶都有了些倦意,点染着的黄,红斑点开始慢慢爬满了它们的绿色衣襟,领袖。秋日的西风向来最是沉得住气的,它深谙夺城,夺天下的道理,深谙高筑墙,缓称王的路数,所以这九月里的晨风虽是秋风,拂在人的肌肤上竟有些让人不舍的感觉,它要带给人们严寒,但先送来的却是一丝慵懒。

我便是那忙里偷闲的小老儿，在这少有的"因"差"佯"错中细细品味着这少有的惬意，这种惬意对我而言或许早已属于一种奢侈，多久没有郊游了？多久没有去看看山野了？多久没有去珍惜珍惜自己了？连我自己都有些记不清了。

"既自以心为形役"，哈哈，我心居然会作了我身的奴隶？

秋栌纠缠着蔓藤，在路旁悠闲的兜售着西风，当某人某时某刻突然意识到对他而言连对西风的体味都要依靠买来的时光才能感受到时，那么真的，他一定真的是有钱了，也一定真的少了些做人的味道了。

风，我买来了，用那少有的空闲，就放在我的耳边，让她们一缕缕的掠过我的耳畔。浅淡中犹如着了墨色，缓急里似乎藏了管弦，藏在里面，倏忽即逝，却又不绝连绵。

酒，我喝了，怎么又喝多了？我不会就此变成了一个酒鬼吧？怎么又喝多了呢？昨夜仅我一人，坐于高台，远眺眉月，怎么就不知不觉间又喝多了呢？或许又在想她了吧，或许这段时间的辛苦稍多了些吧，或许……

万花筒

筒里人生万般景，
旋呼菜绿瞬花红。
面朝西北啜风日，
尝将条面作龙烹。

2010.9.14

  北人以面为主食，因而面食较重其质和量，做面常加时令鲜蔬，佐以生葱、生蒜、芫荽，荷蛋，味重油厚，汤料咸香，主要是驱寒取暖。
  南人反之，因南人以米作主食，面条常为小吃或招待之用，又因南人讲究娟秀小巧故习惯以小碗盛放，不放葱姜，喜放辣酱，一般是挂面，外观和口感对嗜好面条者来说都未免差强人意。
  传统面条以人手巧制为主，活面、擀面、叠面，切面或拉面全以人手，不过南方及北方做面亦有所不同，各具特色。西北拉面，顾名思义以手拉制而成，拉面要做得滑软且有韧性，绝非易事，需面师傅膂力过人，力度得宜，刚中带柔，方出佳品。反观南方面条，却重柔中带刚，爽而不脆，关键亦在做面时的力度，面团和好后，以大竹压之，面团压簿，最后切成幼条。
  记得当年余从商之始，曾寄居京北西坝河，囊中每每羞涩，肚肠自然也就跟着常常窘迫些，两三元一芯的挂面几乎就成了自己餐桌上的常客，清汤，白菜，一小撮食盐，小半芯面，唏哩呼噜一碗下肚，也能出身神仙汗。不过清汤毕竟是清汤，至清则无油矣，对于二三十岁的年轻人讲，吃得再多，如果没有油水，那些粮食也不过就是在肚腹之中走走过场罢了，常常一大碗面吃下去，不消个把时辰就又饥肠辘辘了，出将入相，我那肚子就仿佛是为面条们搭得个戏台，台上唱的还经常是"空城计"。
  心情好时想改善改善，就去买些手擀面，煮熟过水，切些黄瓜丝，再拌些自己炒制的酱料，口感又别有洞天，只不过食杂店买来的手擀面煮的不小心时是最容易糊锅底的，咕嘟咕嘟的一锅，浆糊似的看了也最让人心烦。

再后来,手头略有宽松,下了班懒得再自己生火,几个人就伙着去旁边的小店各点一碗面条吃,胆子大的点牛肉拉面,胆子小的点鸡蛋西红柿面,一个5.5元,一个3.5元,有时候胆子大小与否的衡量标准就是以你敢不敢吃了这顿没下顿为标准的。

肚子饿的时候能在路边小馆子里吃一碗热气腾腾的热汤面那感觉真得就跟吃了龙肉一样香,于穷人而言也算体面得很。

如今有些同事还是诧异于我为何敢在饭刚上桌还热气腾腾时就开始吃,且常常须臾而尽,实在就是那时养成的习惯,因为饿,因为急着填饱肚子,所以哪里还管它烫不烫嘴,久而久之,习惯了。

不过这个习惯并不好,现如今有人管着,时不时的在旁边提醒着我,那感觉似乎又好过吃龙肉。

观前路风云变

停车观云舞,
开卷水墨欢。
风流皆过客,
大家乃自然。

2010.9.18

2012 写在另一个世界的前面

齐白石之伟，能达细微，张大千之大，笔扫山河，此二老不但能雄霸画坛若许载，而且还都曾耘耕花坛多少年，一手描花绘鸟和一手摧花折柳的本事都堪称一流，然如此两坛元勋一旦放诸自然之师面前，似乎顿时都显粗鄙，无论是玩花还是玩画，他们最终都只配给自然端茶倒水坠蹬扶鞍罢了。

人皆过客，不过流尘，粒粒埃埃而已，虽盈荡于天地之间，然时光如掸，轻挥几下，那些风流人物便不知何处去了。

这日开车在外，忽见天际风舞云翻，眼见其浓妆淡抹，恣肆无形，其变幻之奇之妙让我这也算见出几张画的人顿觉人力之殊甚微渺，感叹只有大自然才算是那天地间的头一号大师。

东方传统文化中向来讲究的就是人与自然和谐相处，共荣共生。如筑园、修林、盆栽、赏石等，无不以刻画出自然之美为至境，而弹琴，作画，临书，枰局，也无不以法于自然作为正理明经。

余曾游历于东瀛，蓬尔岛国，竟把个大自然笼络的服服帖帖，葱葱茏茏，家家有绿植，户户有盆景，弹丸仄角亦常常点缀花卉，临街小巷亦时现古迹原生，即使如东京、京都、大阪等现代化程度很高的大都市，也到处都是传统和现代自然相融的景观文明，人在其中游，能不得乐于此境？

反观我泱泱大国，这些年来搞的都是些个什么？记得当年在大北窑尚显荒芜的时代，我曾经供职的伟大单位就在其东北角上盖起了一座圆柱形的硕大炮楼，至今仍被许多不怀好意的人谑称为——中国男子汉，男子汉北侧仅百米之遥的后起之秀央视新楼，或被人讽为行为艺术——拉屎，或被人讽为装置艺术——裤衩，还有那坐落在人民大会堂西侧的国家大剧院，或被人讽为前卫艺术——鸟蛋，或被人讽为下流艺术——扯蛋，至于鸟巢，更是名不符实，有谁见过那纯粹用110毫米厚度的超级钢板围成的鸟窝，一个本来很诗意的名字，毁就毁在了那几万吨钢材身上。潮是很潮了，可潮得没了分寸就会发霉。

东方是东方，西方是西方，虽可以互相借鉴，但切莫以为照猫画虎就可以符合国情。我们知道日本人现在经济疲软，或许兜里没钱，但人家仍保有传统，所以在日本时没见到过像北京这样大肆铺张建设的一个东京，知道中国人现在是很有钱但似乎没了传统，来北京的三环二环随便看看那些个现代化的摩天大厦就大致知道了现如今的中国文化已经流失成了一个什么样的情形，现代在吞噬传统，儿孙在围剿祖宗。

说到传统，又不得不提一下前日看到的一则新闻，继入闱美国有线电视新闻网（CNN）旗下的生活旅游网站评选出的全球最丑十大建筑后，沈阳方圆大厦再次入闱由英国《卫报》评选的世界最丑建筑榜，2012年4月15日，此消息一经发布，就在网上引起争议，细看之后，竟发现它的设计师也是台北101大楼，北京盘古大观的设计者，哈哈，你瞧这几个建筑，一个像断成几节身子的龙，一个像可以申报吉尼斯世界纪录的巨型铜钱，一个像营养不良的竹子在努力想开花节节高，咱们老祖宗茅檐抱背高话金銮时最爱唠的那点子吉利嗑都被这哥们给用上了，照这思路，说不定哪天中国平安保险公司得盖个青花瓷瓶样的大楼，以求"年年平（瓶）安"，中国石油得盖个鲤鱼戏水型的总部，以求"岁岁油（游）余（鱼）"。

  流行是流行，传统是传统，虽可以相继承和发展，但切记不是谁套件长衫就可以自居为国学大师的，至于方圆大厦的设计师说该楼是外圆内方，其寓意是天圆地方，体现了中华儿女对天地合一的传统宇宙观的崇尚等观点，这我懂，我很懂，可我就是觉得它很难看。

  还是回到主题吧，中国文化的核应该是人与自然，而不是人整自然。

厦门

九九重阳之日,又逢9171班同学毕业十五周年,大家相约聚于东海厦门。

十里金门涛头影,
九九重阳鼓浪情。
家家宴首沙中笋,
处处风余傍晚钟。
米酒不醉心自醉,
正山未品色先惊。
而今十五东南聚,
他年二十蜀西行。

2010.10.17
作于返京航班上

到厦门时,一下飞机即被朋友拉去看金门岛,很新鲜,与想象中的还真是有些不同,没想到那么近,那么相似,那么平静。余光中所谓的那"浅浅的海峡"真的是很浅,那浅或许是被压出来的,压着它的是两岸人那割舍不断的很浓很重的情,这情也颇复杂,这边立于海岸的是八个红色大字"一国两制,统一中国",那边远远的也能看见另外八个大字"三民主义,统一中国",三民也好,两制也罢,好在大家都还想着的是一个中国。

第三天,一众人等乘渡船上了鼓浪屿,这天恰逢重阳节,又是周末,无论是摆渡轮上还是屿上的大街小巷都拥挤着四面八方来观光的游客,林巧稚故居、钢琴博物馆、观复博物馆、菽庄花园等,论园林之精巧这些景点自然都比不过苏杭,论海景之妩媚比之博鳌三亚也远逊多多,论西洋殖民遗迹恐又不能比肩于青岛八大关,那这小小的鼓浪屿又是凭什么能闻名遐迩的呢?不得其解。

从前两日的海鲜大宴到屿上的街头小吃,每每都有好客的主人向我们这些远客推荐当地的一款名肴"土笋冻",初见时,颇有些心惊肉跳,类似果冻般晶莹剔透的土笋冻里仿佛活生生的悬着那么几条灰突突的虫子,长约寸许,形如蚯蚓,哎呀妈呀,头回见这么吃的。不过碍于人家的热情,还是大着胆子尝了,口味偏淡,其实类似于北方的肉皮冻,对于我们这些口味重的北方人来讲,虽感官上有些刺激,然味道上尚有不足啊。

岛虽不大,却也宝刹林立,香火鼎盛,素有南普陀之称,傍晚时分钟声和着海风徐来,红尘中的一天复归于平静,岛上金炉亭有一联语可记"清风明月本无价,山远水长别有情"。

那天,参观完福建土楼中的代表作"四菜一汤"后复回到岛上,天色已晚,陈昕带我们去吃当地的客家菜,馆子虽平实,却是地道的客家风味,席间饮得是米酒,度数不高,故容易让人多饮,阿毛前后张罗佐酒之戏,一桌人轮流抽签,签言中者饮酒,一轮轮下来,满席人几乎喝得个个面红耳赤,醉意醺醺,那情景就如同我们又回到了十九年前,初入北服读书时的样子,都光溜溜,赤条条的来了,捧着一颗颗简单干净的心给大家看,不在乎谁高兴与否,也不在乎谁喜欢与否。

在鼓浪屿上游览时我们顺道拜访了一位陈昕前辈亲友的家,据说老先生曾是当年跟随陈嘉庚先生回国的华侨,在老先生家的中庭小坐,人家招待得相当热情,张桌置凳,烧水沏茶,让我们颇有一种到家了似地温暖,老人沏的茶名曰正山小种,其味浓干略涩,红汤,虽不似铁观音般缠口,却自含温心暖魄的那么一种感动。

而今十五周年之际同学能聚于此,还能如此尽兴欢愉,真的是要感谢上苍的厚待了。

回京三个月后,偶与一同学再聊此历,彼说,那日回京后,其有同事颇颇羡慕我们此行,进而喧哗:

"汝辈同窗毕业多年,混沌无为者有甚于尔者乎?"

同学颇怀失落。

我不以为然,劝解曰:

"何谓有为或无为?能去,能玩,能高兴就是有为。你没见那多金者无家,多名者无金,多权者无乐,多忙者无光阴,又有哪个过得是时时刻刻都开心,事事处处皆无愁呢?没有。去了无心玩,玩了无心乐,那才叫真无为,也是真无味。"

所以,感谢上苍之公允,我们每个人都是自己人生的宠儿,好好珍惜现在,努力未来,只要能真诚的过着每一天就是在成就那最有为最圆满的人生。

有川籍同学号召二十周年聚会去她们那里,我欣欣然,跃跃然,恨不

2012 写在另一个世界的前面

得早日成行。

鼓浪屿·品茶

泰山夜行记

京津冀鲁四时辰，小憩德州沽酒樽。
夜壅山门星落寞，泉迭石径月曾新。
三三两两八方客，前前后后观日人。
回马岭前心回马，中天门下天无门。
远眺赤龙巡天舞，近看灯火凑星宸。
小坐寒山思杜牧，大啖葱饼念伯君。
吾本英年何用杖，只因岱岳来一根。
小甥头前回呼舅，老妹身后恨膝沉。
望人松下望人助，云步桥头胜步云。
眼见南天樗霞蔚，十八盘里恨高深。
五步石阶如百米，百米天梯似昆仑。
本来岱宗还宿愿，如今征顶似征心。
南天门下心欲止，日观峰上脚无根。
踉跄长街人初散，浩淼云天日犹新。
人生如夜登岱路，或进或退或逡巡。
畅饮崂山千滋味，醉倒峰头谩红尘。

2010 秋

与公司诸同事乘兴出游泰山。
9时公司上班,
12时尚在午饭,
13时决定出游,
14时选定泰山,
15时小作筹备,
16时起寨拔营,
19时德州小憩,
21时再赴星程,
23时初进泰安,
24时始入红门,
7时登峰拜顶,
9时辗转下返,
12时腰酸腿痛,
14时租车借道而还,
15时拢齐残兵剩勇于山脚下草草便饭,
16时寻店落脚,五分钟不到四壁鼾声雷起,一众人长睡不醒,时有呓语传来"疼,我腿疼。""不爬了,这哪里是爬山,这分明是玩命"。

注:
坐爱寒山思杜牧
  唐代诗人杜牧的《山行》诗这样写道:"远上寒山石径斜,白云深处有人家。停车坐爱枫林晚,霜叶红于二月花。

大啖葱饼念伯君
  煎饼源于泰山,山东煎饼够薄的了,用五谷杂粮为原料制成,这是平民之食——卷上大葱或其他蔬菜肉类或山珍海味,可以吃得津津有味。伯君指伯夷,叔齐,二人耻食周粟,采薇而食,后饿死首阳山。

十八盘里恨高深
  网文:泰山十八盘是泰山登山盘路中最险要的一段,共有石阶1540余级,为泰山的主要标志之一。
  此处两侧崖壁如削,陡峭的盘路镶嵌其中,远远望去,恰似天门云梯。泰山之雄伟,尽在十八盘,泰山之壮美,尽在攀登中!

云步桥头胜步云

云步桥位于五松亭下,快活三里北首,因此处林木茂盛,山谷幽深,常为云雾笼罩,故名"云步"。

附:

登泰山记

泰山之阳,汶水西流;其阴,济水东流。阳谷皆入汶,阴谷皆入济。当其南北分者,古长城也。最高日观峰,在长城南十五里。余以乾隆三十九年十二月,自京师乘风雪,历齐河、长清,穿泰山西北谷,越长城之限,至于泰安。是月丁未,与知府朱孝纯子颖由南麓登。四十五里,道皆砌石为磴,其级七千有余。

泰山正南面有三谷。中谷绕泰安城下,郦道元所谓环水也。余始循以入,道少半,越中岭,复循西谷,遂至其巅。古时登山,循东谷入,道有天门。东谷者,古谓之天门溪水,余所不至也。今所经中岭及山巅,崖限当道者,世皆谓之天门云。道中迷雾冰滑,磴几不可登。及既上,苍山负雪,明烛天南;望晚日照城郭,汶水、徂徕如画,而半山居雾若带然。

戊申晦,五鼓,与子颖坐日观亭,待日出。大风扬积雪击面。亭东自足下皆云漫,稍见云中白若摴蒱数十立者,山也。极天云一线异色,须臾成五彩;日上,正赤如丹,下有红光,动摇承之。或曰,此东海也。回视日观以西峰,或得日,或否,绛皓驳色,而皆若偻。亭西有岱祠,又有碧霞元君祠;皇帝行宫在碧霞元君祠东。是日,观道中石刻,自唐显庆以来,其远古刻尽漫失。僻不当道者,皆不及往。

山多石,少土;石苍黑色,多平方,少圜。少杂树,多松,生石罅,皆平顶。冰雪,无瀑水,无鸟兽音迹。至日观数里内无树,而雪与人膝齐。

桐城姚鼐记。

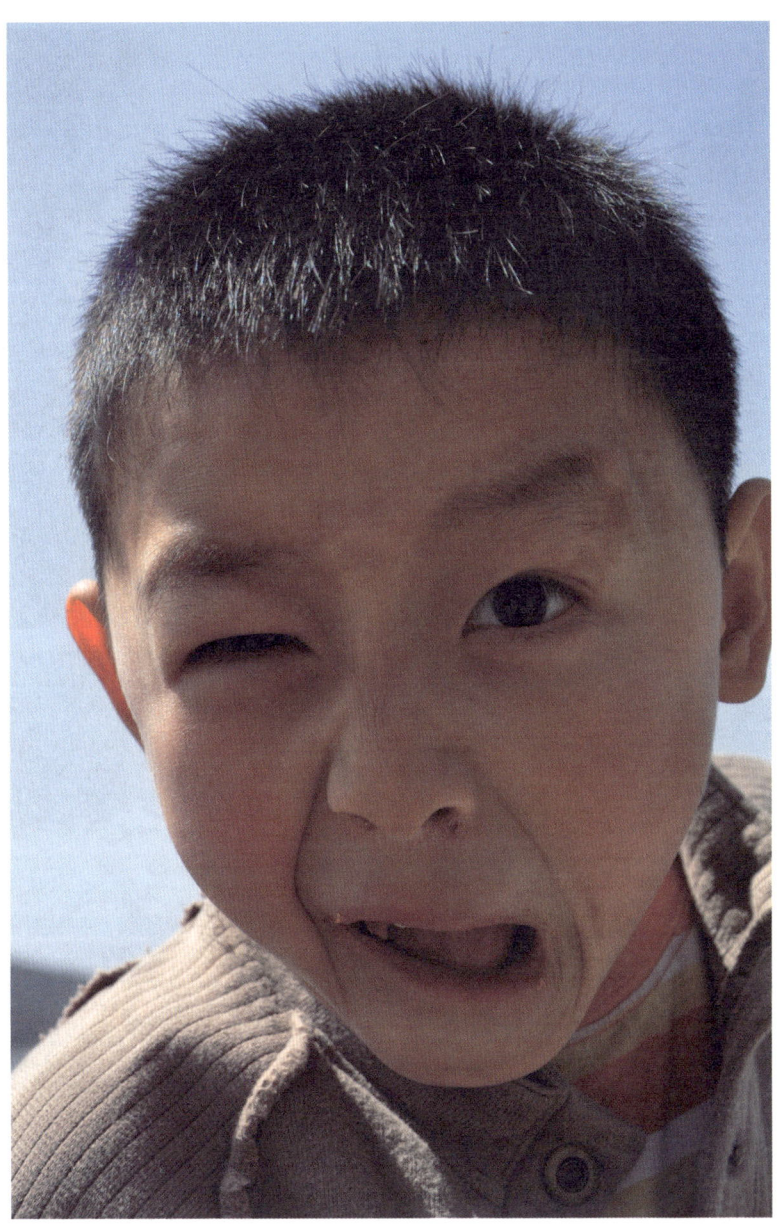

外甥

2012 写在另一个世界的前面

灯茶小憩

深秋深夜慎临衾,
一灯一茶一乾坤。
北来西施南国色,
小巷风流老残心。
仓啷一声石砺剑,
平仄八行纸吟音。
此去西湖桥上过,
莫学书生负佳人。

2010.11.14

  曾经有个导演拍的第一部片子让我初看就大呼过瘾,那就是伍仕贤和他的《独自等待》,每当深秋时节在一个人的深夜独自面对单人床上的一个单人被窝时,冷的不只是我的肌肤还有我的那颗漂泊不定的心,在此时只有《独自等待》能给这颗心带来稍许的温暖。
  有人说"当我们饥饿时,爱能让我们活下来"([美]玛娅斯丽),我觉得当我们侥幸活下来后,就再也不要放跑任何一颗能带给我们温暖的心。

2012 写在另一个世界的前面

泰山顶上鸡酒宴

登泰之高如自残,
上到中天下亦难。
擒岳悔生当初志,
登顶才知天地宽。
日出东海筏云渡,
月下西天伴星眠。
日观峰上鸡就酒,
不是当年胜当年。

2010.12.25

    那晚登泰所历,惶恐如自残,从红门至中天门,活赛驴拉磨——蒙上布,走长路,直到两腿都发木。到中天门时,已然精疲力尽,上也不是,下也不是,真是上下为难。七个小时之后,于凌晨时分好不容易登顶,搭手远眺,一览众山小,云上天地宽,始知古人不欺我也。

    于日观峰头敞衣卧倒,十四个小时从京至鲁的奔袭,至此稍得喘息,拿出在德州买的扒鸡、崂山啤酒,与诸同事分享,而后披云霞,烘朝日,指点西天残星剩月,叩问齐鲁圣贤遗风,半醒半梦小憩于泰山之巅,恍惚记起了当年看电视连续剧《八仙过海》时吕纯阳就是在此处吹箫练气,打坐成仙的哦。

    自知体力早已不比当年,然攻城拔寨之勇,伐云征峰之志,只有到了这泰山顶上才能让人感觉到那真是胜过当年。

    泰山之泰,亦同《周易》泰卦之泰,卦象乃三阳于下,三阴覆上,所谓阴气下沉,阳气上升,正呈阴阳慾合,阳气渐小趋大之势,所谓三阳开泰也,阳气之勃勃也甚。年幼时我不知泰山何以称"泰",及至今日当我游走于这泰山顶上之时方真真切切得感受到了它那旭日初升,紫气东来时,阳足气盛的宏大气势。

传说泰山为当年盘古开天地后头颅所化,且五行里东主生发,《周易》里泰寓阳来,都是先知先觉,先生先发之象,此实为其号称"五岳之首"之来由也。

蝶恋花·家

人说遭逢本天意，
宁我不信，
奈何事事奇。
家祸从来萧墙起，
事端总因不公提。

此时无友亦无姬，
把酒无言，
月上西窗壁。
四十年来信与迷，
一任仓皇歌余泣。

2011.1.2

  时近岁末，不料无端生出了许多家事，为子女者不孝不养，为家长者不公不明，一时间其手段之灿烂仿如烟花般可谓花样百出，不过皆围绕着的只是一个"利"字罢了，于我而言，既似无关又有关，似关非关使人难。
  情若没了，要利何用？
  我开始时还要争，到后来，烦了，觉得好好的日子过得没了丁点儿人情味，争来争去又有何益？至于今索性劝母亲亦想开些，让他们争了去吧，人生一世求得不过就是高兴和开心，健康和长寿，既然争那些让我们感受不到人生的如上境界，那还不如不争。
  人民币固然是好东西，但这"币"只有在有"人民"时才有用，假如"人民"都没了，就剩下你一个孤家寡人的，要那么多"币"又有何用？吓唬谁去呢？难道吓唬鬼去？可鬼也不怕啥啊，每年清明一到，人家那里收的都是面值几亿几亿的票子，哪里还稀罕你这块儿八毛的。

自古以来，钱于嗜钱者有用，于不嗜钱者无用。然何人嗜钱？脑里无物，肚里无食，心里无情之人才嗜钱如命。此三无之人早已五内俱空，遂以钱壮胆，以钱买色，以钱生威，以钱活命，殊不知人生之中最美好的东西其实都是钱买不来的。

通过这番家变，多少也看清了好些个事理，这世界上既然没有无缘无故的爱，自然也就没有无缘无故的恨，所谓"家长理短"，恐怕说得就是在这家务事上常常"家家有本难念经，讲理不是一家人"。我已届不惑，多年在外，人情上也算有了些历练，可没料到一旦深陷这家务官司里时，竟还真是有点哑巴吃黄连，有苦说不出的滋味，有些人"装糊涂"是为了清心，清名，清风，而有些人"装糊涂"却真是为了私心，私欲，私分。

古人云：家和万事兴。

但经过之后才明白，要和必先公，不公必要争，争了少则一空，多则空空。

所谓失财产者，损失巨；失朋友者，损失尤巨；失名誉者，则完全损失矣。

浮生谈

执卷三更半,
同病百年痴。
芸不负白亲,
白不枉云知。
浮生或为梦,
沈郎却非师!
自古恩和爱,
少见白头时?

2011.1.10 夜读《浮生六记》有感

一

或诗"浮生若梦,为欢几何?古人秉烛夜游,良有以也",或歌"人生如梦,梦里辗转吉凶,寻乐不堪苦困,未识苦与乐同"。

其实人的一生有如月夜行路,或可留恋着的无非就是身后那些由月光投射出的或随花弄或由风轻的影子罢了,除此之外,那些个无关痛痒的日子才是洒在你身上的月光,而大多数的人们确是除了常常能端详一下那时与自己翩跹共舞的影子之外很少愿意关注到那些同时扑满了自己身上的月光的,也许因为越是明亮清晰之处越是易见得到过往的累累伤痕,越是累累伤痕的所在越是无痛无痒,唯有伤心吧。

浮生六记已读了两遍,中间虽隔了些年,却仍如初见。

有时候在想,《红楼梦》也许算得上是文学饕餮里的豪门大宴,但总读也有让人反胃的那一天,而《浮生六记》最多算工余课后宵夜上那一碟切得精细的小咸菜,但当你饿时,吃上一小口,滋味或比山珍海味都香。

有人读过浮生,就把它比喻成一幅由沈先生画的山水画,淋淋洒洒,水墨天成,虽然趣味都是小趣味,时空都是小时空,却连绵不绝般仿如一卷清明上河图,只要展开了卷,就能引得你目不转睛,只不过图里"画"得是社会,这里却"话"得是人生。

读罢其中的那些小故事,既遐想于芸与白那情意绵绵的闺闻趣事,又常常不禁把自己也置身于那时那景,那江南水乡的迷离氤氲中。作为一个喜欢粘文弄墨之人,多少年来对江南那曾经仍旧的锦绣繁华地,温柔富贵乡是充满了柏拉图式的向往的。人的一生,其实真得就是由那些无数鸡毛蒜皮之小事连缀而成,真正称得上轰轰烈烈的大事毕竟凤毛麟角,有心执笔,且能够执笔如沈先生者也不过就流传下了这么一本浮生,更何况还有那些无心执笔或不识笔墨的芸芸众生,所以想到这一点,也就有了一份对自己现在人生的更多珍重,不在乎其小,不在乎其大,因为无处不《浮生》。

沈先生的文章似乎不是写给别人看的,他更多的是想写给自己的寂静。

相信他从未想过他的这本书会在他身后如此流传开来,就如同当初曹公写《红楼梦》。也相信在这曾经或正经的世上,最爱《浮生》这本书的还是沈先生,我们不过是那胡闯乱撞进了沈先生书斋的闲汉,扰了先生的清梦。或许还有人在为先生鸣不平,以为写得如此文章,可惜先生生前却湮没无闻,非也,其实他从中得到的仍是最多的,只不过不是那人人想得的名和利,而是那堪称绝唱的爱与情,这种绝唱只能是属于沈公和曹公他们自己的,他们自己在抒写自己,在自己给予自己感动,他们在这种自己给予自己的感动中完成了一个只对他才有真正意义的人生。那种感动的意义是绝非我们这些旁观者可以觊觎的,可以享受的,人家是在行动,我们只是意淫,如同叶公好龙的往往是虚名,而不是真龙。

成功其实就是你通过某种方式对自己的人生进行一种肯定,至于具体是哪种方式似乎并不重要,有的人喜欢被银行卡里的数字来肯定,有的人喜欢被奖状证书纪念碑来肯定,有的人还喜欢被床单上遗留的大片精液来肯定,只不过沈先生喜欢的是用笔情纸趣来对自己进行肯定罢了。

相信沈先生在他人生的最后一刻到来时,他的枕旁一定会放着他的这本《浮生》,他会有着和弘一法师一样的临终参悟——虽"悲欣交集",但不枉此生。

二

这本书的成功还有一个小因素,就是它对即使最简陋的人生也作出了最大的尊重,对最细微渺小的生活也给与了最大的关注和认同,在这本书里,我们看到的不只是文字,还看到了活生生地人性,沈先生活得很疲惫,很辛苦,但也活得很洒脱,很血性。

书中有言:"奉劝世间夫妇,固不可彼此相仇,亦不可过于情笃。语云:恩爱夫妻不到头。如余者,可做前车之鉴也。"《卷三·坎坷记愁》

这话听了让人未免伤感。

难道"夫妻到头"的必要条件竟然是不要过于恩爱?这个命题真的是让人两难选择,要恩爱还是要到头?两口子若无恩爱就算到了头又有什么意思?两口子若有恩爱可总是担心好景不长又有什么意思?这古人的话似乎让人感觉婚姻无论怎样都不过是饮水喝茶的家伙什——杯具。

不过,事实是当今天下又有几人会计较那婚姻到不到头?知耻之人已是管你娘的婚姻到不到头,我只要有爱,能享受爱就够了,还有那无耻之人愣是盼着婚姻不到头,所谓人到中年,升官发财死老婆乃三大幸事也。

饮酒乐甚,扣弦而歌之,歌曰:死了都要爱,不淋漓尽致不痛快……呵呵,迷离恍惚中在阿信的身上我似乎看到了两百年前沈复的影子。

注:

春夜宴从弟桃李园序
[701-762]李白

夫天地者,万物之逆旅也;光阴者,百代之过客也。而浮生若梦,为欢几何?古人秉烛夜游,良有以也。况阳春召我以烟景,大块假我以文章。会桃李之芳园,序天伦之乐事。群季俊秀,皆为惠连;吾人咏歌,独惭康乐。幽赏未已,高谈转清。开琼筵以坐花,飞羽觞而醉月。不有佳咏,何伸雅怀?如诗不成,罚依金谷酒数。

天才白痴梦
[1948-?]许冠杰

人皆寻梦,梦里不分西东,片刻春风得意,未知景物朦胧。人生如梦,梦里辗转吉凶,寻乐不堪苦困,未识苦与乐同。天造之材,皆有其用,振翅高飞,无须在梦中;南柯长梦,梦去不知所踪,醉翁他朝醒觉,是否跨凤乘龙?何必寻梦,梦里甘苦皆空,劝君珍惜此际,自当欣慰无穷。何必寻梦!

死了都要爱
[1965-?]姚若龙

死了都要爱,不淋漓尽致不痛快,感情多深,只有这样,才足够表白。死了都要爱,不哭到微笑不痛快,宇宙毁灭心还在,把每天当成是末日来相爱。一分一秒都美到泪水掉下来,不理会别人是看好或看坏,只要你勇敢跟我来。爱!不用刻意安排,凭感觉去亲吻相拥就会很愉快,享受现在,别一

2012 写在另一个世界的前面

开怀就怕受伤害，许多奇迹我们相信才会存在。死了都要爱，不淋漓尽致不痛快，感情多深只有这样才足够表白。死了都要爱，不哭到微笑不痛快，宇宙毁灭心还在，把每天当成是末日来相爱。一分一秒都美到泪水掉下来，不理会别人是看好或看坏，只要你勇敢跟我来。爱！不用刻意安排，凭感觉去亲吻相拥，就会很享受现在，别一开怀就怕受伤害，许多奇迹我们相信才会存在，死了都要爱，不淋漓尽致不痛快，感情多深只有这样才足够表白。死了都要爱，不哭到微笑不痛快，宇宙毁灭心还在，穷途末路都要爱，不极度浪漫不痛快。发会雪白，土会掩埋，思念不腐坏。到绝路都要爱，不天荒地老不痛快，不怕热爱变火海，爱到沸腾才精彩。

寒晨酒醒

三分甲子二逡巡,
年来白发添数根。
夜梦西厢风叩壁,
晨醒东床寂袭人。
月使星臣浮槎渡,
笔将墨客论浅深。
但到洞房花烛日,
细雨桃花又一春。

2011.1.24 晨 4 时

  与国利夜饮小二若干,微醺不禁,夜寐不适,醒执卷,复卧,得梦,梦中得诗,醒而记。
  人生活一花甲足矣,三分甲子而我已度其二,至今仍独梦西厢,自醒东床,虽梦里追星逐月,眼前仍不过是寄牢骚于纷纷,韩偓有诗"细雨桃花水,轻鸥逆浪飞,风头阻归棹,坐睡依蓑衣。"《野钓》
  我就是那一只轻鸥,也在逆浪而飞,不惧纷繁的风雨,要看那即使只一瞬的虹霓。

年关到

解甲归来蓬门开,
杯茶瓮酒书一斋。
难得半日高台卧,
尤恐今年诸事乖。
无言关二操刀立,
有情仙子递香来。
梦里小乔传家信,
正与春风赴曹宅。

2011.2.1 午后三时

今日是农历腊月二十九,午后,一个人在办公室的阳台上半躺半坐。

长窗之外光阳恣肆,豁宇之内寒去春来,只是那案几上的关二爷依旧面沉似水,长髯如涛,右手提青龙偃月大刀一把,左手擎红色百元纸钞两张,那真是凛凛然八面威风,明晃晃金光一派。

细忖二爷也真是辛苦了,今年以来您老人家帮衬着我在钱眼里不知又翻了多少个跟头,如今岁末年底,真该感谢感谢。

遥想当年,与二爷您初见之时,正是俺糊啃《三国》,滥嚼《水浒》的年纪,记得课时桌下,课下花旁,常一个人手执烂卷,一目十行,待看到您斩颜良、诛文丑的桥段:

"忽见十余骑马,旗号翩翩,一将当头提刀飞马而来,乃关云长也,大喝:'贼将休走!'与文丑交马,战不三合,文丑心怯,拨马绕河而走。关公马快,赶上文丑,脑后一刀,将文丑斩下马来。"

一霎时俺真佩服地五体投地,景仰至极,尤以文中"翩翩"二字最为神妙,每读都让人有一种旗风藏锐,力聚刀锋的身临其境感,想着您义薄云天,走马江湖，刀砍世界，自当为我辈男儿楷模，若来日俺也能纵横沙场，学学您那千里走单骑的神勇或也算不枉来今世一遭啊。

却不想十数年之后才偶然发现您老早已挂印封刀，复原转业，投身于我中华儿女的金融伟业了，且您这业转得还相当成功，一晃百年之后竟成了那一行里的祖师爷。

这是为啥呢？既然书上写着您老当年曾在我家祖上那里挂印封金舍美女，所谓"财贿不以动其心，爵禄不以移其志"，应该是那"来去明白"不爱财的"真丈夫"啊，可怎么后来却去做了财神爷？

转而一想，也对，或许正因为您不爱财，所以也就您才配当财神啊，但凡是个人，哪有那不爱财的？自古以来爱财之人当的大多是财奴，只有不爱财的您才配当那视金钱如粪土的财神。

其实，这熙攘财奴们最盼着的其实就是能经常地碰着像您这样不爱财的神一样的人，廊前庭内，门里庙中，但凡是个钱翻利滚的地界总能看见您在那提刀站岗，拎须放哨。一旦拨起算盘，花钱的主肯定就先把您往前一推，
"关二爷在这，义字那要当头。"
心说要好脸就别多要钱，要抽血可别惦记着抽干。
那挣钱的主也不含糊，马上说：
"关二爷在上，您可得主持公道，俗话说好货不便宜便宜没好货，要好货就多给钱，要吃骨头等过年，就这仨瓜俩枣的还不够俺买个破碗上街要饭，糊弄鬼呐，干脆一拍两散。"
于是，你一言我一语，讨来要去，吐沫横飞，等把个二爷看得脑袋都快成拨浪鼓了，这买卖才成交定议。

花钱的和挣钱的此时都一改颜色，笑嘻嘻地相携同赴饭局，唯独剩下个二爷您眼巴巴地看着自己头上的那明晃晃的鎏金大字——"义"，是既抽不得佣，又吃不得席，给旁人的感觉完全是别人发的是财，您发的是神经，您看您这个财神当的，就好比没事对着镜子作揖——纯粹自己崇拜自己。

一霎时，风云起，相信您那暴脾气是真恨不得两肋插刀，搞死自己。

财奴往往想的是能理所当然的让自己挣得盆满钵满，还尽量不得罪人，故而心里都期望着别人能像您，因为遇见了您一样的人就好像遇见了神，是神不爱钱，爱钱才是人嘛。

不知道我这样分析有没有道理，我是不晓得别人通常在二爷您面前烧香时都许的什么愿，反正我跟做膝跳反射似得每次用小锤砸了腮帮子后哼吧哼的是：
"二爷您慈悲，保佑俺发财吧。"
还真从来没说过：
"二爷您显灵，让全世界人民团结起来一块发大财吧。"

也许是这世界上的财奴太多了,财神又屈指可数的缘故吧,大家许的愿除了在财的数量级上小异之外,钱的归属指向则基本大同,不过这也恰巧方便您大发神威,在慈悲显灵时能打包论捆,批发处理不是?

一边朦朦胧胧地就这样与二爷神交着,一边发现他老人家的脸颊上竟悄悄地滑出了些许泪痕,我忙批评他:

"大过年的,不许哭!!咋着,难道他娘的人类绑架了你不成?让你当了神,你却还遭了委屈似地,你看看俺们这些人到现在也还就是个人,而你却成了神,多少年来俺们对你那真的就是羡慕加嫉妒,可你现在对俺们是怎样的呢?!"

没想到二爷竟开口了,斩钉截铁地回答了一个字:

"恨!"

听到二爷这样的回答,我有些愕然,不知道究竟是他还是我们这些俗人,哪个起了贪念,哪个该遭天谴。

......

一旁,花黄叶绿茎白的水仙正生发得郁郁葱葱,徐徐有清香袭人,不知不觉间恍惚睡去,那梦中仙子于云间廊下,桥头马上,花前亭畔,月里风中,遥遥招手,殷殷相视,似语还羞。

这真是"春眠不觉晓,采花不嫌少,夜来风雨声,咔嚓床塌了"。

孝双亲

神马诗人川上吟，
多少巫山误浮云。
西源昆山一滴水，
东漫蓬莱万顷粼。
老父额手觑落日，
慈母劳心病缠身。
愿分光阴前后度，
先予韶华孝双亲。

2011.2.2 晨 3 时

对于父母亲恩，无论多少，都是难以偿还的，侈谈报恩者，莫及父母，父母之恩，自无以为报。

"曾经沧海难为水，除却巫山不是云。"

父母亲恩浩荡如海，弥漫似云，无边无际，唯心可寻，而为子女者，多好似巫山，久沐慈云爱雨，却习以为常，未知虞舜，文景，曾参，仲由之志，岂明芦衣，鹿乳，戏彩，怀桔之心。

如果我的人生能重新调整分开来度过，我愿意在我最好的年华用最好的方式孝顺我的父母亲。

2011 年末，隆冬，招工，有学生小梁者，广西人氏，求学西安，闯荡来京，刚毕业半年。二人闲谈，其仿佛有不愿归家过年之意，我不解，再问，原是离异家庭，六七岁时，父母离异，其后随母亲生活，两个月前其母再婚，成立了新的家庭。

而他困惑的是本应该属于他的那个家庭早已经破碎了，好赖还有他和母亲的那个小家庭，而如今他的母亲又结婚了，和别人有了新的家庭，他呢？他感觉的是他连那个小家庭也没有了，他真正成了一颗莽苍穹宇里的孤星。

他的心是痛苦的，无解的，当他叙述时，甚至我都感受到了这个年纪轻轻的小伙子的心口上的痛是多么样的深。

"我不想回去过年了。"

"为什么？"

"我不知道该回到哪里？是妈妈的新家？还是爸爸的那另一个家？或者……"

我说："你该回去的，应该回去过这个年的。这是你毕业后自己可以挣钱养活自己的第一个春节，你应该回去去看看你的父母，不是再去要求他们该多么的爱你，而是去向他们表达你对他们二十几年来把你养育成人的感激。

尤其是你的母亲，相信她直到你大学毕业了之后才重新组织家庭也许主要就是为了照顾你幼小心灵的感受，如今你的母亲可以重新开始她的生活了，你难道不应该真诚的去向你的母亲表达你对她的祝福和对她的感激？

你的母亲是多么的伟大，她奉献了那么多，岁月和青春，或许都是为了你。也许你怀疑或者不知道你母亲的伴侣会以什么样的态度对你，是热情还是冷漠？但那又有什么关系呢？你只要有你母亲的爱就可以了，你只要去爱你的母亲也就可以了，不要考虑那么多，你应该知道的唯一清晰的事实是，你应该去孝敬你唯一的母亲，而不是犹疑于各种所谓的顾虑，当你真挚地热爱你母亲的时候，相信她的新伴侣也会一样由衷的钦佩和爱惜你的母亲的。

马上去给别人爱吧，不要只是在这里等着别人先爱你！爱你的母亲，你的父亲，爱他们各自寻找到的一切。

一个不会爱别人的人相信他也不会爱自己，如果你去爱了相信这也就是你在爱自己，不要管他们会如何待你，当你做了你作为一个儿子该做的一切时，相信上帝都会为你鼓掌，都会对你说我们都在爱你！"

他走了，答应了我今年回广东过年。

中大竹

老竹生南国,
腰弯背亦松。
此生何须愧,
犹可作长弓。

2011.6.10

  早起,再去中大面料市场,不想竟去的有些早了,市场尚未开门营业。
  一个人先吃了些早点,看看时光尚早,就顺路溜达进了中山大学的南校门,门内有竹,参差掩映,有草坪静谧青青,一人无事,徘徊于其外文学院教学楼前,见檐前数竹修长茂盛,风影婆娑,遂兴吟咏。
  中大有孙文所书校训,曰"博学,审问,慎思,明辨,笃行"。
  我的学问不够,上网查过才知出自《礼记·中庸》第十九章。
  "博学之,审问之,慎思之,明辨之,笃行之。有弗学,学之弗能,弗措也。有弗问,问之弗知,弗措也。有弗思,思之弗得,弗措也。有弗辨,辨之弗明,弗措也。有弗行,行之弗笃,弗措也。人一能之,己百之;人十能之,己千之。果能此道矣,虽愚必明,虽柔必强。"(弗措:不放弃)
  所云"博学,审问,慎思,明辨,笃行"的大意是讲为学的几个阶段,仔细琢磨去还真觉得是道深理刻,以其中"博学"二字为例,虽讲的是学,却强调的是博,学只有博,才能是有所大成的基础。
  博字何意?其意有三:一多,二广,三大也。古人讲"行万里路,读万卷书",无非也就是强调了要多学历,广知识,大格局,不过能读得万卷,行得万里可不是易事,或不及万卷万里,百卷千卷野游郊游也总归是与人有益的。
  然当今之教育,课上文章有教科书规范,课外文章也有老师指导,一切和应试无关的文章免读,与成绩能挂上钩的文章才算重要,如此一来,谈何能博？不过仅用其一意"多"而已。多虽是多了，却只是增加某单一学问的量，根本谈不到知识门类的广，更遑论构建知识结构的大局，所以当今社会培养出的复合型人才极少，开创性人才就更少，所谓的"术业有专攻"嘛，学理的只通数理化，学文的哪懂"氢氢锂铍硼"，搞画画的除了了解点人体素描的三面五调，三庭五眼外，恐怕也就只知道怎么对女模特搞搞意淫，或者像某个伪艺术大师似的以为给自己戴上个熊猫头套就可以把自己当成黑眼圈国宝了，唱歌的除了三腔共鸣，缓吸慢呼外有些人似乎连一些简单汉字还都认不全，"转朱阁，低绮户，照无眠"唱成了"转朱阁，低倚户，照无眠"，Q与Y的区别，上声和阴平的不同，形容词和动词的完全不搭，别人唱错也就错了，可一旦是天后唱错了，会有多少小学生跟着将错就错啊？记得台湾主持界里的前辈田文仲先生曾这样评价过他非常熟悉和了解的邓丽君小姐唱的歌到底好在了哪里，就简单的四个字"字正腔圆"，他说其实邓丽君演唱的很多歌都不见得是她首唱的，但一经她唱就立刻变得不同凡响了，关键就在于她的演绎既饱含深情又字正腔圆，完美的无可挑剔。

　　丫头笑言，民间有传天后已得二女，夫君思子心切，《传奇》这歌其实就是为此而唱的，我不解其意，丫头说网上早就流传此论，《传奇》这歌写的就是天后心目中最想再生一个的那神勇小男孩——哪吒，比如其中一句歌词天后就是这样唱的：

　　　　……
　　　　想你时你在天边
　　　　想你时你在眼前
　　　　想你时你在闹海
　　　　想你时你在心田
　　　　……

　　试想这天底下能忽远忽近，忽飞龙在天，忽见龙在田，忽又去"闹海"的除了那个三头六臂的瓷娃娃哪吒三太子之外还能有哪个？

　　唉，一代天后尚不过如此，那种可称得上"上知天文，下知地理，文经武律以立其身"全面发展如伍子胥、诸葛亮、刘伯温者岂不更是断断乎如凤毛麟角了？

　　当今教育所讲的博学其内涵似乎更接近于"多"学，是一条小道走到黑，不撞南墙不回头式的教与学，故而才无全才，人无伟人。从人格上培养的都是一批奴性上瘾的人，好不容易出来个看似格外之才的韩寒，却又风光未几，就自诩幼读诗书无算，居然十几岁时就能拿下《管锥编》，初闻时也惊得俺是一口饭，吐一半，还有半口难下咽。七科不及格，就体育还凑合的一个半大小子，一夕成名之后竟也成了无数人（或老或少，或衰或色）的楷模，这是好事吗？我看非也！此后的事实证明他也不过就是个在思潮里钻了空子，在方法上钻了角尖，似求博实求多者也，最终的他必然会由于他所读并不真广，所识并不真大，又过早地脱颖而出，必然所走越远，纰漏越多。爪过今日（2012年春节的方寒之战或许就是韩寒同学人生课堂上的第一次留级），留痕可辨，一个半瓶晃荡的毛头愤青而已。他若如此下去，相信历史最终会给他修个坟的，但未见得会给他立块碑。

　　哎，不过可叹的不只是韩寒，而是现如今我们的全民教育模式和束缚教育的这种体制，如果这种现状不改，即使中国GDP再高企过十或二十，哪怕有朝一日国民生产总值真的超过了美国，恐怕是永远也出不了乔布斯，扎克伯格的，更遑论出个什么达·芬奇，马克思。

黄花岗烈士陵园游记

岗上积青石,
青石七十二。
未在石前默,
岂知黄花艳。
巡阶皆死士,
侧卧尽青年。
崇拜英雄易,
横刀笑死难。

2011.6.10

　　这次去广州看面料市场,趁机也去参观了久慕的黄花岗七十二烈士陵园,观后颇有感触。
　　感者源自瞻仰,瞻满园英烈,想之当年,风云际会,以青春火热之身心投入大革命之熔炉,而其中又颇多留洋精英,富家子弟,前仆后继虽殒身夺命而在所不惜,是什么样的一种精神或思想能让他们如此抛家舍业,毅然赴死呢?我生于1971,按理说也是生在了一场"大革命"运动的巅峰时期里,可遗憾的是打从我能记点人事儿时起,除了印象中曾经于霏霏细雨中在村头的知青礼堂里戴着小白花给毛主席的伟大遗像敬礼默哀过外便再无其他的任何关于那水深火热的文化革命年代的记忆,后来长大了才搞明白,我那点印象不过是那场辣椒吃多了大便干燥型革命结束时释放的最后一个屁。故而如今面对这石碑上的早已经被革了命的他们时我仍然对这"革命"二字感到非常的迷茫与不明就里。
　　触者痛抵心灵,眼见如冯如、邓仲元、杨仙逸、史坚如等英烈辞世时都正在花样年华,大好青春,想象着那曾经的一张张朝气蓬勃的面庞瞬间化为寒灰残烬真得是不禁让人唏嘘。

自古以来干革命就是要死人的，即便搞改革弄不好也是要人死的。谭嗣同说，"各国变法无不从流血而成。今日中国未闻有因变法而流血者，此国之所以不昌也，有之，请自嗣同始"。

然而，史上如谭嗣同，七十二烈士者还算有幸，命没了，汗青上的名毕竟还是留下了，可是莽苍历史，又有多少人是汗也流了，命也轻了，却从此湮没不传，打着探照灯都看不见了呢？！

今年是辛亥革命100周年，至十月，无论岛，陆，港，澳，侨，凡华人似乎都对这些辛亥先烈缅怀有加，徘徊在园，由衷地感到当年孙文不容易，革命不容易。

陵园坐观市井，周遭车水马龙，独有这小岗怀荫被绿，掩映着若许英灵，这日恰逢艳阳，园中游人并不多，刚好我可以一个人悠悠地循阶问瞻，然而未行多远，心里就已然钟鸣鼓奏般激荡不已，那林荫深处一座座静静伫立的石碑上所载的先烈们牺牲时不是30左右就是20出头，当年一个个都是龙精虎猛风华正茂的年纪，纷纷以青年火热之躯捐身革命，如今青石犹在，青年何存？

木棉树下，有几个老翁对局，怡然自得之态，时有笑声喧起，似乎中有当年侥幸存活下来而得见今日之革命成功者，正语诸林下长眠旧友，看今日之天下，乃汝等以命相易！坐今日之江山，亦当与诸君共娱。

出园时，墓道两旁的草坪上排列了不少后人为纪念他们而建的石碑，其中一块碑上刻着这样的文字：“崇拜英雄”。

反思自己，浪荡四十，家业两无，命是有的，心是空的，苟活于盛世，忝命于如今，翻前想后这往来一百年，彼此都曾经历过二十岁，然我之二十却绝非彼之二十，人生乃一瓶耳，或装水，或装拉菲，价竟大不同矣。

来！来！来！

俺也来个此志壮怀，此心激烈。

太行山

磋金砣玉一程秋,
盘桓几上太行头。
此去西山不问路,
闲冠菊花岂知愁。
停车坐览千山色,
流水嚼香不夜候。
暮问山翁家焉在?
枕天席地复何求。

2011.10.3

  这是一次纯粹的仿王徽之式自驾游,我俩约好的,逢山开路,遇水搭桥,只有方向,没有目标,乘兴而行,兴尽而返。
  晨8时发,西出门头沟,斋堂,游爨底下村,然后沿109国道,越灵山,经西合营转而北上,过桑干河,由化稍营上宣大高速,而后一路狂奔,踩阳原,趟神泉,披星戴月西奔大同,直至21时,才跌跌撞撞地闯进了大同城。风尘一路,颠簸一日,两个人都早已折腾得神昏肉散,恨不能找个地方倒头就睡,然想不到的是开着车在大同城里兜了多半个钟头的圈子,问了十几家酒店,愣都是客满,才晓得这国庆出游还真的是要早作安排得的好。
  幸好,山重水复,柳暗花明,虽无牧童可供我借问酒家何在,但丫头在副驾驶的位子上忽然遥指,远处竟有一速8跃入眼帘,赶过去,刚好有一间虽然被预定了但人尚未赶到的客房,按酒店的规定22时一过客人如仍未到就会先派给我们,看看表已经是晚九点三刻了,阿弥陀佛,约摸着能有地方踏踏实实地洗个澡,睡个觉了。
  这一路上,可观之景色颇多,尤其是自灵山过后,路虽仍曲曲弯弯,盘山绕径,但已逐渐车少人稀,且山形愈发俊朗,披红点翠,时有山村隐现,偶有老农卖闲,我与丫头时而停车买买山珍野味,听听谷浪松风,时而寻一断壁穷崖,置两把折椅,沏一壶浓茶,相视一笑,灿然两心,所谓夕阳西下几时回,正可邀八百里太行品茗于日下,牵九万重火树同卧在秋山。

车过灵山之后就明显感觉到了山势开始拔耸,如同当年经张北西赴集宁时的感受,满程都似乎在踩着油门绕来绕去地向天上开,而这一阶段的山色也最是可观瞻的,所谓"百里赤壁,万丈红绫"也,只不过这"赤"与"红"并非指南太行那边所独具的丹霞地貌,而是指这边秋日里层林染尽漫山遍野的红栌与赤枫。

曾有地理学家把中国地貌简单地分为高原和低地两部分,这两部分的分界线就刚好在大兴安岭—太行山—巫山—雪峰山一线,此线以西,为内蒙古高原,黄土高原,云贵高原,甚至更高的青藏高原,此线往东,则为东北平原,华北平原,江淮平原。这一脉纵贯中国南北的山系就如同一副龙的骨架,而刚好与之十字交叉的秦岭-大别山系就如同龙的两翼,这条龙踞西南,扑东北,入地潜渊,昂首啸天。而太行山就恰恰是这副龙的骨架的心胸所在。

想当年红军长跑万里,北上陕甘晋察,得以东抵倭寇,南御蒋匪,使天下暂呈国共分治之势,并十数年后那百万大军终以高屋建瓴之勇,挥师南北,扫平天下,其用意不可谓不精,天意不可谓不明,所谓得龙心者得天下也。

以前不明白地理知识的重要性,仅仅明白天下六合乃上下东西南北而已,及至周游多了,方才渐渐明白了此中的好多道理。

比如抗战前蒋方震《国防论》中的以空间换时间,坚持打持久战,将日军引入中国第二防线的战略理论,当年看时有些似懂非懂,只是跟着人云亦云罢了,如今自己个儿开着车子走过了,也就多少懂了些其中的道理,太行山如此,巫山亦复如此,后来我曾访湖北,从宜昌出发,经秭归,到巴东,沿长江西溯而上,虽尚未抵达巫山本脉,但一路上山势由缓转急,尤其是西出宜昌后山形突然险峻,足已堪称一道易守难攻的天然屏障,听当地人讲抗战时日军西进最远处也就抵达宜昌,再往西就力不能及,除了飞机能偶尔去重庆头上扔几个炸弹外,兵叹山险,舰怕搁浅,再加上守军的殊死抵抗,最终我们依赖这道天然屏障不但迟滞了日军侵华的步伐,也彻底粉碎了日军企图占领全中国的梦想,不过第二次世界大战中同盟国牺牲的最高级别将领张自忠将军也就因在第五战区指挥枣宜会战而牺牲在了这陪都门前的最后沙场——宜昌。

再比如,于八达岭上远眺,多有"江山如此多娇"的慨叹,但难道仅仅是那眼前看到的景色在引人慨叹吗?愚以为不然,因为这八达岭其实是太行八陉中军都陉里的最险要地段,所谓险是指它急峻,所谓要是指它是京师西北的最重要的先锋屏障,作为居庸关整个防御系统中的一部分,古人早就有"居庸之险不在关(居庸关)而在八达岭。"之议。也就是说,如果居高临下的八达岭不保，那么居庸关也就危矣，居庸关一旦不保，顷刻间胡马就可以鞭墙破门，直捣南口，昌平，乃至京师了。故而无论从地理上还是从历史上来讲，太行山八达岭之所在都是那关系一国兴衰的命脉之地，得则天下可定，失则天下难宁。故而于八达岭上有此叹者，所叹决非此一岭之风光，实在叹的是岭下那赤县神州，万里江山。

相传"孔子周游列国，传道讲学，出郑国奔晋国。当他同众弟子来到晋国边境天井关下一山村时，见有小童以石筑城，不肯让路。其中一个叫项橐的顽童，以"只有车绕城，而无城让车"之说质难孔子。孔子见项橐虽小，却有过人之处，于是躬拜为师，令弟子绕"城"而过。当行至天井关时，又遇松鼠口衔核桃跑至面前行礼鸣叫。孔子见晋国玩童如此聪明，连动物亦懂大礼，十分感慨并回车南归。现天井关村仍留有当年的回车辙"。传说就是传说，我看孔子能周游列国，独不到秦晋的另一个原因或不能不说是太行之路神峻艰险，令人望而却步，即如孔子之圣，也叹不能临。

云冈行

冈高不过三丈七,
洞里佛陀百十余。
满坡香烟皆豪客,
能有几个为民急?

2011.10.4

　　山西盛产什么?早前几年似乎都与黑字有关,黑煤,黑窑,黑工,黑官,就差陈醋也变成黑的了。

　　游走在云冈,佛法在心前,游客如织,梵门如宴,直把个满墙洞洞挤得水泄不通,风吹不透。走了半程下来,总算挨到了昙曜五窟,一时见那大佛神威势猛,膝前香多烟重,发现那些个争先恐后磕长头,奉巨香者多是衣冠楚楚,脑满肠肥之人,看气派,看风度,当不乏高官富贾。

　　此时心想,佛到底是保佑谁的?到底谁又是佛?如果谁上的香多佛爷就对谁多些关照的话,那么穷苦百姓又怎么能跟这些肥头大耳的官商相比?可如果不是以谁上的香多就对谁多加以关照的话,那么还能有几个像模像样,出手阔绰的官商来这里捐钱,把这里修的如此堂皇富丽?官商们来这里大把大把地出香火钱,无非图的是将来贪到手里,捞到兜里的钱更多,而老百姓们来这里烧香,最多也就图的是个平安快乐,不知道佛爷是怎么想的,但我想我还是知道云冈石窟管委会的同志们(不知道这些同志们是有毛的还是光头的)是怎么想的,香火越多,他们门票就卖得越多,门票卖得越多,他们的奖金和年节鱼肉也就分得越多,所以估计谁肯大把大把地在这里买香火,他们就大大的保佑谁,在他们的心目中一掷千金,豪买香火的大款和高官们手中的钱才是值得他们去崇拜的真佛,而那些穷苦老百姓们则只不过是用来让官商们体现一把自己那信仰虔诚度地衬托。

　　大搞庙堂只是贿佛,口诵善音只是念佛,或许不搞不诵者才是真佛。

于灵岩寺中游览，瞻仰各殿廊柱上的楹联和匾额，其中有一大匾题写的是四个大字"活在当下"。初见此四字竟仿佛似曾相识，转念一想，记起来了是在当年某个电视台播放的警察扫黄的现场，那"黄"老板也把自家门面修的富丽堂皇，也是在正堂供着一尊财神，上悬一大匾，也是龙飞凤舞四个大字"活在当下"。抚今追昔，不禁莞尔，风月场所里的小姐们"活儿在当（裆）下"也算说得过去，人家那是职业要求，行业特点，可如今这些出家人也破罐破摔般的来了个"活在当下"，难道如今修行靠得不是上半身而是下半身？

出家人讲究的是佛法只可意会不可言传，所谓不立文字，直指人心。不过这"活在当下"四字却如此简明扼要，生动鲜活，大有人生苦短，及时行乐之意，我看不妨把这匾摘下来，摆到北京的那些或隐秘或公开的"天上人间"里去，那才算真是既应景，又应人，还应事。

秋眠

午后秋眠女儿家,
小鲜煮酒杨梅夸。
自从人生逢知己,
可来可去可天涯。
琴高不过山仰止,
心清自比水中砂。
滚滚稻黍千层浪,
花花世界一样她。

2011.10.16 秋

你说,人逾四十,于心而言夫复何求?
我追过佛,也求过道,跟过孔孟,也撵过马列恩毛,毫不讳言,既好过色,也图过名,现如今还在熙攘于利。
然而"直挂云帆济沧海,翻江倒浪几番番"后,却仍未能从这些追求里体会到一丝丝"可以""可依""可意"的感觉。
红颜知己何在乎?!余想象的大约就是可以,可依,可意,可与之来,与之去,与之一起赴天涯的那么一种感觉吧。
于心最寂寞时问:
"与你共枕,是否可以?"(以解身体之必需)
"与你共苦,是否可以?"(以解创业之艰辛)
"与你共退,是否可以?"(以解孤老之清寂)
于人最寂静时问:
"可以。"
以余所察,嘿嘿,半生下来可以以"可以"二字相待的知己确是难得一二。

　　琴音虽美，知音更妙，琴音之美美不过高山流水，知音更妙妙在知的实非山水之音。左右端详,真正能和你以"仁义"相交之人大多是从不以"仁义"二字来推介自己的，所谓"君子之交淡若水，小人之交甘若醴；君子淡以亲，小人甘以绝。彼无故以合者，则无故以离"《庄子•山木》,确乃箴言矣。

　　然许多人修习此训多困惑于那个"淡"字，或者说多困惑于那"淡"字所指的"味觉"意像，通常习惯于使劲砸吧砸吧嘴，猛灌两壶白开水，却仍难以具象出君子之交和味蕾之间的关系，而没想象一下"淡"字其实也可以用来指视觉（比如颜色也可说淡淡的），嗅觉（比如香味也可说闻起来淡淡的），听觉（比如那午后掠过竹丛的风声听起来淡淡的）感觉（比如分开的久了，对彼此的感觉或许就有些淡淡的了）等。古人言无欲则刚，所谓如水，实以水之无色，无味，无形，无音来形象化那所谓无欲的情状，无欲则刚，刚则无求，无求则如栓马在桩，游心在塘，壁立千仞，可与山相。

　　李太白之"众鸟高飞尽，孤云独去闲。相看两不厌，只有敬亭山。"

　　干净的心好比那铺陈于水底的细细白砂，清澈，纯洁，悠静。

　　冯小刚言与王朔之交，可以电影《非诚勿扰2》中那句"知心不换命"来形容，余以为很对头，这就应该算是君子之交吧。

　　吾当学习学习。

北口星空

二十年前旧相识，
谁智谁痴也未知。
此生未了他生愿，
来生买尽长安枝。

2011.11.6

已然冬至，半寒半暖的光景。

下了班，偕丫头去和平街北口的影协电影院看根据几米的画本《星空》改编的电影，由于去得较晚，出来时已是深夜，此时那些喜欢在电影院门前的台阶上练摊的碟商，袜商，手套商们都已经早早地跑回家点钱去了。我从一侧搂了搂她，让我们两个人靠得更紧了些，因为风很是大了，肆意搜刮着街头的丁点儿暖意。

"买……花吗？花……都都都是……自自自己做的，买买……一只吧！"

忽然，一个身影在我们身边摇晃开来，伴随着他那磕磕绊绊的语音，一只做工略显粗糙的塑料花递到了我们的面前，虽然我们一心在想的是尽快往停在不远处的汽车那里赶，却仍然被那只晃动着的塑料花吸引着扫了一眼过去，只是让我没想到的是这一瞥竟随后让我感到的是有些心酸。

一个中年汉子，穿了一身不知打哪里淘来的迷彩服，黑夜里，仍一个人在人行道上兜售着他身前纸盒子里的各色塑料花。那种几乎已经在公众视野中消失了多年的洋溢着八十年代末大众审美气息的塑料花在那样一个说话还痴痴绊绊的汉子的手里就愈发显得缺失了光彩和魅力。

这，这不是当年我在这里上大学时的那半憨半痴的智障小伙嘛，记得那时他就曾在这里摆摊卖货的，不过大多是些月票卡，发夹之类的小东西，虽然那时我也从来没有关心过他，却知道他可是在这里摆摊卖货的常客，只是没想到几乎二十年都过去了，他居然还在这里，在原地，还在做着他那不知是盈是亏的小生意。

　　自从大学毕业之后,十六年的光阴就这样如刀似电般的过去了,该被刀砍斧削去的也都被砍削得差不多了,该遭几回雷击电打的也都快被击打得成烧鸡了,有时候一个人静下来想想,心头一片荒凉,抬起来闻闻,两臂似乎都窜出了烤鸡翅的焦香,我似乎已经无法招架这仍在飕飕发生的一切,比如这个城市变了,变大了,也变得乌烟瘴气了,比如我也变了,肚子变大了,变得居然要花钱去健身房减肥了,变得揽镜端详都不敢相信那面镜子是合格产品了——镜子里的人似乎根本就不是我,因为在我的诸多印象里我还是当年那个齐天大圣孙悟空的模样,而如今镜子里的却早已是天蓬元帅猪八戒的形象。

　　只有这和平街北口没有变,13路总站没有变,还有就是影协门前的那几级台阶没有变。

　　直到这一刻,这一瞥之间,我仿佛又看到了一个没有被岁月夺走的"从前",就是这个痴汉,他居然还在这里,还在这里坚守着岁月,抗拒着改变,我的心砰然在动,仿佛一粒微尘不小心滑坠于醋缸,挣扎起一圈圈酸涩的涟漪,在那些已经流逝的岁月里我们的人生有了多少改变啊,青葱岁月,都已是梦里当年,难道只有如他般痴痴憨憨才能不被时光所缚,才能不随波逐流?

　　然而,也不得不看到,这个十几年前的憨汉现如今也已是白发参差,想一想,他一个近乎无忧的人都发白如此了,那么我呢?一个近年来常常能把忧愁当饭吃的人岂不是都该白到肠子里去了?一口大白牙,一碗白大米,白了肠子白了肚,白的真彻底。

　　我们匆匆从他身旁走了过去,我把心里的那份感慨默默地向丫头述说,她听着,忽然就住了脚,说:

　　"那我们应该回去,去买他一只花吧,不管怎样他也算你的故人啊。"

　　毫不犹豫,我们就又转身走了回去。

　　"十,十,十块钱……一只,都都,都……是我做的。"

　　他仍旧在那里结结巴巴地絮说着,眼神里有着许多的闪烁。

　　丫头很快就挑了一只玫瑰花,是她最喜欢的那种粉色,我掏出了一百元钱塞到了那痴汉的手里,然后就和丫头扭身匆匆离去。

　　我隐约看到了他脸上那一瞬间浮现出来的表情,并没有一丝收获意外的快乐,多的只是一时不知如何是好的困惑。

　　"我……没,没,没零钱……钱。你给的一,一百。"

　　"不用找了!"

　　直到我们都已经走了很远,从耳后吹来的风里似乎还夹杂着他那不安和犹疑地诉说。

　　我不知道这区区的一百元钱给他这寒夜里的生计能否带来些快乐和暖意,也许他痴得本来就分不清什么是快乐,什么是失意,但至少这一百元钱此时给了我一些温暖和鼓励,试想如果有一天上苍在轮回里也让我变得和他一样,那么因为今天我曾付出的这一百元钱,我就有理由相信人生再苦,也要坚持,不可以放弃,因为在某个时候一定也会有人来给我温暖的,也会有人来给我同样地鼓励,我相信,无论在多么寒冷的深夜里,一定都会有那冒着热气的呼吸。

  这个夜晚,北京的天空里并没有星星,影院里银幕上的星星也已经落下,而我心里的星星却在此时刚刚升起,如梵高画里的那样,一颗颗,闪烁着无穷的光芒,在伟岸的蓝色夜空里像风车一样忽忽转动。

那痴汉是故人

少年郎当老来痴，
四十才到猖狂时。
巷陌何穷寻常景，
朝花最恨待夕拾。
从来忿忿人欠我，
此刻惺惺天欠之。
一念眼前收拾起，
万般身后几得失？

2011.11.29 凌晨 2 时

之所以会这样评价此时的自己，与这一年来的风风雨雨是脱不开干系的。

人的一生，前面往往容易"荒于嬉"，以为红日当头，青春尚早，正好玩乐时光，游戏韶华；后面又往往"讷于行"，所谓行将就木，坐以待毙，有心杀贼，无力回天，众人皆醉我独醒后顺势半醉半醒，世事洞明皆学问了也便又痴又明。而只有在这人生中间的二三十年里，尤其是三四十岁光景时，人才算得上既精力充沛，又事事通达，恰是身修，家齐，国治，天下平的好年纪，故而此时之人心有多大，也就容易有多猖狂，有多牛 B。

街头遇旧，巷陌违花，伴随着的难免都是一种对心弦的撩响，或激动，或感伤，或乱弹作惊鸿状。因为岁月催人来，新人已然成了旧人，朝花已然凋作枝丫，青涩花童变成了花花公子，妈的女儿变成了女儿的妈，罩杯从 A 换到了 E，西装从 Y 换到了 C，曾经的泳衣是"三国鼎立"，如今的泳衣是"一统天下"，当年的裤衩敢穿"凸"版，如今的裤衩只敢穿"凹"款，毛发从下体蔓延到了下巴，镜片从近视换成了老花，都是 A4 纸，尺寸一般大，但白纸和皱纸的区别就在于一张搁到打印机里还能唰唰得想打啥打啥,一张搁进去就只能喀嚓咔嚓地把打印机打成残废啦。昔日有情人多年以后重逢,两人面面相觑,彼此用额头上的皱纹无声地演唱着"洪湖水,浪打浪",心里那叫一个恨呐,恨当年郎才女貌却为什么不珍惜彼此,恨如今女糙郎菜却为什么还要夕拾朝花。

　　我也一样,多年来心中常常有恨怨之心,恨世间总有那谤我、欺我、辱我、笑我、轻我、贱我、恶我、骗我之人。每每忿忿不平,似乎人皆欠我。可当习惯了只恨别人的时候,其实也就习惯了只爱自己,丁点小事,就容易龇牙咧嘴,毛疵之痛,动辄舞刀弄枪,所为非强,实为猖狂。以那一指指人,口口声声尽是别人的不是,余另四指指己,点点滴滴也该想想自己是什么作为!

　　拾得云:只是忍他、让他、由他、避他、耐他、敬他、不要理他、再待几年你且看他。

　　人家欠了我,我可以怨之,可天欠了那痴汉,他又能怨得了天吗?如果他日日去怨天,天就能让他不痴了吗?将身比身,将心比心,看来古人所谓"慎独"恐怕就是要教我们常常静求内省,奥援自新,只有自己"看清"了自己,才会真快乐,只有自己"看轻"了自己,才会真放松,假如只是自己看"轻"和看"清"了别人,而非自己,那也终将不过是舍大逐小,为恨怨所累所牢罢了。

　　南阳慧中禅师于山中苦修数十年,隔绝尘世,终有禅悟。

　　有僧人问他:"怎样可以成佛?"

　　慧中微笑以答:"放下,忘掉。"

　　再问:"如何才能物我两忘?"

　　答:"无欲无求可也!"

　　三问:"佛是什么?"

　　答:"佛就是你的一言一行,一举一动,一想一念,佛就是你,你就是佛。"

一抹红·猫猫

无人，
无语，
亦无风。
舟一叶，
横桨柳岸，
群鱼宴闺朋。
把酒醉时卿欲语，
解衣竹下凤藏龙。

时清，
时梦，
何时醒？
醒来莫问筝。
十三弦上当年舞，
今生不再往来生。
夜半床头响，
忙呼猫猫名。
灯未亮，
泪先盈。
无复秋阳里，
横塘尽，
一抹红。

2012.2.18

2012 写在另一个世界的前面

与丫头初识时,我已不惑之年,说是不惑,其实也不见得,或以"不说"之年来形容似乎更贴切些,三十有事爱说,四十有事不爱说,既然不爱说也就容易把事窝在了心里,窝在心里久了也就容易不悦,不说与不悦,似乎仅一个偏旁不同而已。

"不说"之年,上下无着,后面已是一个个"滴了啷当"跌得羞死人的跟头,前面仍是一级级拔腿四顾心茫然的台阶,自然于感情事上也就总是前怕狼后怕虎的掂量着,既怕自己一股脑儿付出得过多,结果又是失败,又怕自己付出得太少,把本来能促成的好事耽搁了,怎么办?

对于我这个年龄的人来讲,时间总是不多的,公司要搞好就得投入精力,父母要赡养也要常挂于心,朋友,同窗既多,自然难免人情往来,觥筹交错,假日周末恐怕都要为这些繁杂琐事忙活着,而对爱情与婚姻的追求却又是所有之中,超乎其上,用时最多又最重要的。

谈恋爱,人家说是要讲究方法的,所谓兵法之三十六计走为上策,爱情之三十六计赖着不走方为上策。我早年最失败的地方就是不懂得用什么所谓的方法,总是以为一门心思对人家好,认准了抱紧了就行,常常见面就开门见山,再见就推杯换盏,三见还缠绵未已,四见已意兴阑珊,快得像上洗手间,来也匆匆,去也冲冲。失败几多次,从无师变师兄,更何况周围还有一圈朋友你一言我一语的参谋着,于是乎我就身不由己地开始了一段段频繁学艺,拉练情场的日子,也学着送送花,看看海,点点烟火,吹吹未来,不料一大圈"拉练"下来,结果却发现对面遇到的竟都早已是此中高手,送花嫌太老套,看海嫌太单调,烟花一瞬即逝,未来更是谱也不靠,本来是想把妞儿们糊弄得神魂颠倒,可到了竟还是自己被妞儿们折腾得失魂落魄,丢盔卸甲,逃之夭夭。

直到有一天,我一招失败,多招仍败,几近无招可败了,才想到过往是否有些只看重了爱的形,却忽略了爱的芯,只注重了追求的目的与招数,而忽略了彼此的真实感受和心境,败也许就败在了这里。

不惑之年横生无限困惑,一霎时想起了《笑傲江湖》里风清扬的那无招胜有招的见地,"只有出手无招,那才是踏入了高手的真境界",嘿嘿,或可向学?

记得当年曾看过的一部美国电影,里面有一个情节,一个街头老大教小弟如何追到一个值得追的女孩子,不要看她多漂亮,多可爱,只需开一辆汽车接她出去消遣,先把车停在女孩家门口等她出来,当那女孩蹦蹦跳跳的来到你的车旁时，你要有礼貌地主动去为她打开副驾驶位的车门，请她上车，然后帮她关好车门，再从车的后边绕到车的另一侧去打开驾驶位的车门去开车，在你从车后向前绕行的当中，你可以透过车的后视窗去观察那个女孩是否在主动帮你从车内打开你驾驶位的那扇车门，如果她有了这个动作，那就不必犹豫了，赶快把这妞搞定，如果她没有这个动作，那就把她赶快甩掉。

说实话，这是部美国老电影，我第一次看到这个情节时只不过觉得美国人的泡妞方法很可笑，怎么能通过这种鸡毛小事就确定了一个人的心呢？或许比较符合西方人的思路和口味，不过对于多年前的我来讲，这个方法却一点都不实际，因为当年我的确有辆车，但它从出厂门开始就没有装过门，虽有两个轮，却只能在屁股后面带个人，一辆小破26而已，虽说坐在自行车后面的姑娘偶尔也会搂一下我的腰，可毕竟我很难搞清楚她到底是因为喜欢我这个人呢，还是因为担心我的车技，这事可不好说啊。不过这个电影情节却深深地印在了我的脑海里，让我明白和学会了或许可以通过观察细节来了解别人的内心秘密，尤其是对于一个你准备娶回家过日子的女人来讲了解她的内心远重要过了解她的身体。

我如何才能了解她的心呢？或许我应该先把自己的心坦诚出去，我这样对自己说，也这样要求着自己。

当我第一次开车带着丫头出去吃饭回来后，那是一个周末的傍晚时分，雨后新霁，天色已经有些暗了下来，我站在车旁和她别过，看着她向我挥了挥手逐渐向远处的楼门口走去，在那短短的几十米的路程里，她有四五次回过身来，向我挥手示意我可以走了，不过我仍站在那里，一手扶着车门，另一只手则向她不断地挥动着，当看着她最终消失在我的视野里后，我才重新打着了火，开车离去。

三十岁以后，我曾经给自己订过几条规矩，其中第一是单独和女士吃饭绝不要女士买单，第二是凡送女士回家，尤其是在晚上，如无特殊要求外无论多晚都要目送女士安全到楼门口后才可以离去，这样的事做的多了，也就总结出了不少规律，比如第二条，我往往能看到有些女士其实是在随手关好我的车门后就再也不会回头地离去，即使她明明知道我那特意打开的车灯一直在为她照亮她前面要走的那条小路，我一直默默地在她身后对她进行着关注。虽然也许那仅是我自己的一相好意，但我也希望别人能会意，假如我的这番好意在人家那里显得多余，那么我自然也就会觉得她对我的这番好意或许并不太珍惜。

像丫头那样几次主动回过身来和我挥手告别的人其实并不多，而每次都几乎如此的则仅她一例，或许这也只是个礼貌或习惯方面的小问题，但不可否认的是那也代表了两个人之间的距离。
　　第一次时，我心很暖，再几次时，我心有意，次次如此，我心已许。
　　只不过，不知从何时起，所谓的有招无招似乎早已成为了我身边的不经意。

2012 年 2 月 18 日

丽人行

　　朔望之间,弦月出水,于京隅龙爪树宴友,论酒量巾帼要是不让,须眉必须堪惊,论心情彼此同在天涯,一样熠熠星程。

　　　　昨夜三杯酒,
　　　　熬尽四更晨。
　　　　一裳一心语,
　　　　一花一丽人。
　　　　漂来星似泪,
　　　　泊去月如门。
　　　　三月三春日,
　　　　巴山雨亦沉。

　　　　　2012.2.29

　　北京有不少饕餮佳处,龙爪树内川办也算其中之一。
　　这晚和丫头约了她的两位闺蜜去那儿开一"吃会",席上点一牛二,与三位巾帼共饮。酒至半酣,心扉洞开,大家同在天涯,相识恨晚,只不过她们三人推杯换盏,姐妹情深,我一大老爷们在旁边陪吃陪唠,干坐头晕。
　　闻香识女人,观衣似乎也是一样的,一个人的心不仅体现在她的眼睛里,仔细看看她的衣着,你也会看到她内心里的世界,而席间三丽人,细看之下真可谓一人一样春,那好闲适的便宽衣素服,那好喜乐的便红衣绿裤,那有些纠结有些糊涂着的便哪管它赤橙黄绿青蓝紫一块堆儿地往自己身上招呼。
　　我虽做东,但也仅是听客,耳愍之余,禁不住在一旁暗暗感叹她们各自生活的不易。婚姻对于每一个人来讲都将是终其一生来追求的一种归宿,或早或晚，或幸福或不幸，对于婚姻和家庭的渴望与依赖自始至终都是人的一种本能，就如同繁衍后代一样，那是不需要鼓动就人人跃跃欲试的一种天性。不知道是什么原因，仿佛一下子之间，女孩子们竟变得如此难嫁，光棍见得不少，竟大多都是女的。

一个人漂在北京，独闯天下，那滋味是真的不容易，我算过来人了，很能理解她们现如今心中的那番滋味，远不像这餐桌上的几道菜那样有色有味有香，更何况她们还都是女孩子，其中苦味恐更胜一筹吧。或许重回老家都将是她们不得不面对的一种未来选择，然而，相信愿意高高兴兴回老家的恐怕当初也就不会选择出来了，既然出来了回去的路便总是让人感觉有些纠结的，那远方的家门就如同今夜的这一弯弦月一般，有些弯，有些窄，更有些遥远。

三位丽人里有两位来自巴山荆水，按当地土家风俗，每年农历的三月三日是男女约会，亦歌亦舞，情定终身的日子，现在虽还有些远，但也真的祝福她们都能在那天到来时，心有所属，情有所归。

游宜昌镇川门

一去巴山远,
梦剪西窗前。
云领三峡秀,
风听两岸猿。
平江寒未尽,
孤舟鱼半眠。
镇川门上客,
思卿自凭栏。

2012.3.9

　　初到宜昌时,已是傍晚光景,看看赶不上赴巴东的客船了,于是决定"解鞍少驻初程",在清江酒店安排好了住宿后,独自一人走上街头想着去看看应在不远处的长江。

　　自酒店向南,步行于西陵二路,再走两三站地就到了葛洲坝下的三江江畔,宏堤静水,两岸青葱,真的和这个季节的北京不同。深吸一口江气,竟有一丝丝甜意,复吸一口气,这甜意似乎愈加织得且浓且密。天气虽然是氤氲有雾,但并不妨碍我这少闻寡见之人徘徊于江畔时的高兴与激动。沿江堤向东南走,不远处就是镇江阁,阁下堤上用白色砖石砌成了三个大字"镇川门",此地刚好是三江与长江主道的交汇之处,北岸西陵,南岸点军,上游秭归,下游猇亭,中拥三峡葛洲二坝,彷如门户,山不险而地自重。

　　此来巴山,犹记当年读书时有"君问归期未有期,巴山夜雨涨秋池,何当共剪西窗烛,待到巴山夜雨时。"《夜雨寄北》之句,其情其景,我心我境。

　　日暮时分,江平浪小,轻舟系岸,鱼静风清,一个人独自徘徊于这千里之外，独自品咂着这孤独与寂静，心里汩汩涌动着的仍旧是那如潮般的思念之情。

宜昌·镇川门

巴东一夜

一囊背不尽，
两地日之思。
夹江峰无语，
放舟水亦痴。
层层巴山翠，
郁郁巫云织。
此来非为酒，
有酒更吟诗。

2012.3.10

  这次为了婚事，一个人经水、陆、空三途远赴巴东。
  去之前也曾设想过被土家人民如何拒之门外，如何痛骂围殴，如何扭执法办，如何腿断牙崩的种种情境，但顾不了那么多了，我只知道我想要什么，只要去做到就好了，管不了别人怎么想，只想让自己活得敞亮些，不再给生活留下什么遗憾。
  一个人背一书包，匆匆忙忙地去了，先是飞宜昌，小憩一夜，晨再坐大巴到太平溪码头，然后乘快艇溯西陵峡而上，午才到达三峡中游的移民新城——巴东。远远的巴东近了，心也顿时紧张得如同那里的许多就靠几根桩子支撑在江岸上的吊脚楼一样——悬了空，所谓"近乡情更怯，不敢问来人"，心情一时矛盾。
  在正午阳光威慑下的巴东街道上把身板站定，那情景不禁让我联想起了曾经看过的美国西部片《正午》里的场景，除了没马，没枪，没警星外，我还发现自己几乎算是两手空空，看看一侧那层层叠叠向上排列开的楼群，个个似乎都立马要滑下来把我压扁的样子，不禁一个激灵接着一个激灵，心生寒意，忙寻一小店，买一包烟，再深深地吸了一口那黄鹤楼特有的火辣烟气，当最后一口烟圈慢悠悠地在我眼前消散殆尽的时候，我才鼓足勇气打开了手机，在土家人民的地盘上说出了第一句给土家人民的问候语：

"土家人民好，我是来给你们当女婿滴。"

很沉寂，很沉寂。

那晚，因为已经无船赶回宜昌了，遂一个人住在了巴东，酒店的条件其实蛮好的，房价也不贵，空调暖风开得还很足，比宜昌的四星酒店不差。半夜饿了，一个人跑出去买了茶蛋，方便面，香肠和啤酒。品味时光，心里想着的是千里之外，或许千里之外想着的也是这里，此前从未设想过有一天会一个人在偌大中国的这样一个角落里，享受着这些微醉意，想象着她的殷殷期盼。

想到下午"汇报情况"时的土家老爹脸上那份乌云般的凝重，一时间竟恍惚地有些不知是该悲还是该喜。

晨醒巴山

巴山一夜客，
无梦会屈原。
水到西陵碧，
云往巫江寒。
李杜当年险，
犹叹今日难。
大江东去矣，
红日正升帆。

2012.3.11

一早醒来，匆忙收拾行李，赶赴码头，好搭乘今天上午回宜昌的客船，傍晚五时从宜昌回北京的飞机。

沿着台阶"噔，噔，噔"地跑下来，到了码头才知道，这里本不是那客船的首发地，客船大多来自三峡的上游，到这里时有几张剩票就卖几张，余下的人只能再等下一班，而跑得呼哧带喘的我刚好就是那被余下再等下一班的。

等也就等了，正好再去看看长江，遂一个人走到临江码头的观景台上，纵览峡江本色。

江自西来，远见峰峦起伏，层叠互肩，云影浮动，江往东去，有虹桥横跨，夹岸为城，知此为三峡之西陵，往西云影之下才是巫峡，旧闻之朝云峰，神女峰等奇峰峻岭之所在，可惜此行仓促，无复西行云雨之缘。见江水澄碧，不似长江中下游之浑浊不堪，乃询于当地一长者，长者言，峡库出则水滞，水滞则泥沙沉，泥沙俱尽则水清，余恍然有悟，老者絮言，长江混沌不清已千百年，惟毛主席去世那年突然篦沙澄水，江清浪宁，两岸之人一时讶然，且那一年沿江两岸橘树皆枯，鸟尽蜂藏，不知何故，殊象频生，闻此我一时无语，以为神话。

等再一班船到时，我竟因看江景看入了境，又误了一班。此时不免心生急躁，心想假如下一班再搭不上，恐怕今日三峡机场的航班也就误了，于是央求着售票员千万要帮我留一张下一班船的船票，还好，当下一班船再来时，时已近午，空位子很多。

宜昌到巴东之间不过是三峡的三分之一罢了，且如今江平水静，然而往返这一趟都要如此折腾，想当年李白杜甫两位老先生以花甲之龄，浮舟运橹，早发白帝，东出夔州之时，其艰险周折之苦自当更胜，不过人家一个是仙，一个是圣，一个吟着"朝辞白帝彩云间，千里江陵一日还，两岸猿声啼不住，轻舟已过万重山。"《早发白帝城》，一个吟着"风急天高猿啸哀，渚清沙白鸟飞回。无边落木萧萧下，不尽长江滚滚来。"《登高》那份境界与那腔豪情都非我辈所能比拟，都值得我辈崇敬，人家所游非峡，游的是心情，而我游的却是命。

汽笛长鸣，漫江流雾消弭，但见旭日东升，化用杜老圣人的诗句：

万里悲秋常作客，百年多病独巴东。
艰难苦恨繁霜鬓，潦倒不载日重升。

杜甫草堂游记

芙蓉天府地，
草堂子美名。
杜门真如此，
寒士未必穷。
十年不留草，
百年木亦空。
无事吟三句，
何必到边城。

2012.9.10

  既然我准备把自己忽悠到了诗人的行列里，自然也要对这一行里的列祖列宗表现出些恭敬和崇拜之情，所谓人要寻祖，业要寻宗，不拜码头，准被人坑，一个说相声的市井演员都还要给自己寻个什么名正言顺的师承出身，更何况我们这些早已经脱离了低级趣味，已经进化成了只会在清晨在庭院里在那茵茵绿草散发出的高级趣味中向着尚不愿全睁开双眼尚打着巨大哈欠的主人摇尾哼哼的诗人们。

  回首百年，除了毛润之的诗集曾经卖得火到了几乎不能自已外，你还能看到哪个能与之比肩且不要命的诗人的身影？往前靠的都挨了枪崩，被崩或自崩的都算，往后靠的都成了狗熊，熊猫和北极熊都成。因为生理和心理都有些近视的缘故往今后看我是看不了多远的，但起码几十年内当诗无英雄，任啥竖子也难靠诗成名。

  似乎有些悲观，其实只有这样才有希望，悲观是乐观的母亲嘛！

  既到了成都，自然要先去杜工部家拜拜码头，好沾染些他老人家诗圣的灵气，以待俺东归中土之后也能下笔千言离题不万里，好在他老人家诗里诗外都似乎算是个和百姓站得贴近的和气人，就冲这份好人缘我们也没有不去登门拜访的道理，所以一行四人到成都后的第一站就是前往浣花溪畔的杜甫草堂故里。

一时入得那草堂庭院，则柳径藏花，浅塘游鱼，自西向南环游良久，竟仍未见草堂旧迹，而天气氤氲，时有霏霏细雨，兼闷热潮湿，我已然汗流浃背，正不解间，翻一土丘，豁然遥见人流熙攘，眼前突兀，已约略可见了那草堂模样。

草堂虽小却功能齐备，有正有厢有厨有卫，顶虽草结却捆扎坚实繁复，廊虽木立却能上遮风雨下采凉荫，四壁白净，落地无泥，开窗可见兰草，闭户可以围棋，不知当年老杜到底在此混到了什么格局？总之即使如今这年代能让我有机会避居于此也绝对不算老天对我不起，而算我修来了福气。

"安得广厦千万间，大庇天下寒士俱欢颜，风雨不动安如山！"

这算是当年老杜在朝廷没有做好安居工程的情况下所发出的催人泪下的慨叹，只不过当现如今我夹身于熙攘人流在他的这所谓故里的茅屋中左观右瞧时竟觉得这似乎比现在的好多安居工程还让人艳羡。这里多少还像个家，而那些安居工程最多算个圈。

也许是浣花溪的后人们希望我们的诗圣当年客居于此时住得别太寒酸了，以免五湖四海来的游客们还以为当年他们的先祖多么的轻待了知识分子，可是不见"床头屋漏无干处，雨脚如麻未断绝"的情境也就罢了，我担心的是闹不好还给大家的印象是当年老杜在此写作《茅屋为秋风所破歌》纯粹是装穷扮苦摇尾乞怜呢。

还好，我还是相信老杜的，只不过看低了现如今的某些只会借着老杜的名声发财而忘了老杜到底是谁的那些个人。这种景点不来也罢，免得看后倒模糊了诗圣的身影，以后当想起他老人家时，吟上三两句：

好雨知时节，当春乃发生。
随风潜入夜，润物细无声。
野径云俱黑，江船火独明。
晓看红湿处，花重锦官城。

岂不远胜过这跋山涉水的一趟折腾。

三峡

  由太平溪起，穿西陵峡西溯巴东，第一次深入到了三峡腹地，两岸云雾，千峰并峙，万舸横流，游神农溪，听六盏茶，囵囵腊肉，后继续沿江西进，穿巫峡，过夔门，远眺白帝城，于奉节弃舟登岸，乘巴士直赴万州，有感于这一两天的颠簸辗转和眼花缭乱，夜静时分，独自吟诗一首。

往知燕山崇，西北一片龙。
而今游荆楚，方识天下雄。
夜听巴山雨，月绣彩云屏。
隔江山益翠，明妃梦无逢。
明瓦黄泥舍，神仙老家翁。
惜哉无桃木，疑身到武陵。
雾锁三山路，晨傍五溪行。
纵身开雁浪，横翼拒峡风。
夔门惜剩险，白帝怨孤城。
两岸猿何在，难共李白听。

2012.9.11

  即使只是在两年前，三峡于我而言都似乎只是一片毫不相干的远山，可现如今却不同了，半年的时间不到我却已经到此一游了两趟，原因很简单，我准备娶这里的女孩为妻，自然也就要多呼吸些这里的空气，好做一个能入乡随俗的女婿。

  坐着小巴在沿江的山路上盘桓已经很久，那略呈泥土色的江水仍旧那样静悄悄地在山侧的深处时隐时匿，不时可见的轮船在其中悄无声息地穿梭着，使得本来略有些紧张的心情也随着这越来越高越来越开阔的雄山秀景而逐渐变得舒展开来。

初到的那一夜，就住宿在了丫头家的阁楼里，那黄泥土墙鱼鳞灰瓦的老房子从外面看或许真的称不上高，然而里面却居然藏着被隔开的上下两层，顶上的那层算是阁楼，不设窗子，我正纳罕如何采光时，丫头伸手一指，原来在房顶向南倾斜的那一侧灰泥瓦片当中竟还稀疏地夹杂着几片形制略大些的透明玻璃，暗夜里，星星便总能透过那几片藏身在灰泥瓦当中的玻璃瓦把它的光芒洒进到阁楼里，也刚好能洒在今夜已经静静躺在床上的我的眼睛里，这点点的星光出落得如同天降的仙子，让我感叹着这古老建筑的神奇，乍看时土土的没有精神，却原来它早把它的精神偷偷地镶嵌在了瓦片里。我又曾疑惑地问丫头这样的房间是否透气，丫头笑言，那满顶满坡的瓦片就像这房子可开可合的片片翎羽，既能遮挡风雨，而瓦与瓦之间又都留有相当的缝隙用于透气，所以冬季里即使在房间内烧煤取暖，也大可不必像居住在北方的人们那样担心煤气中毒，因为这屋子无时无刻不在保持着与外面的呼吸，知晓了这乡野民居的许多秘密之后，我不由得心生敬意。

清晨时分，伯父站在门口向东南指去，对我说那只隔了一脉山的地界已经就算是秭归了，即历史上的昭君故里，一时间我竟有些讶然，因为还真从未想到过这里竟和那传说中的"群山万壑赴荆门，生长明妃尚有村"的村有如此近的距离。听伯父说现如今这里的年轻人大多已经不愿再在这深山里生活了，多是一些难舍故土的老人尚守在这里，然而对于那些从这里走出去的人也好，留下来的人也罢，似乎从他们身上都再难看到像我这个初来的人这样在短短的时间里就迷醉于此的样子，因为这里的空气是那样的清新，这里的风光是那样的旖旎，最最重要的是这里能给我一份只有在桃花源般的鸟语花香中才能够享受到的身与心的共同静寂。

在慢慢聚拢来的云雾中我们或许能逐渐失去远处那层层叠叠的山峦，失去近处那满坡满冈的梯田，但此时坐拥云雾的感觉仿佛就是要通过那失去的很多来寻找到简单而真实的自己，唯有那弥江漫野的云雾才能让我的心真正体会到什么是"五步之内唯有自己，五步之外再无干系"。

登船沿江西溯，快艇两翼风声霍霍。

可惜的是随着三峡水面的不断抬升两岸已然消失掉了许多的风景名胜和人文古迹，我再努力去看也觉得已悻悻然无味可调了。在经过传说中的夔门时也不觉得它有多险峻，只是在快艇已经开出了很远之后回头看时才隐约感受到了些它当年气概的残貌。许是心情不同的缘故吧，即使放开耳朵去听，我却再未搜索到一声从岸边群山里传来的猿啼，只好失望地走回座舱，默默地把肩膀靠在椅背上，昏昏睡去，睡前许一心愿，希望能在梦中听到当年李白曾在这里听到过的那两岸猿啼，能在梦中与当年这位曾遭贬遇赦而后在此饮酒放歌纵舟东归的诗仙迎舟相遇,借他一杯酒,和他一峡诗。

风雨摇铃·献给爱情

风打雨,
雨打铃,
铃把心思摇到明。
飞来晨燕弄秦筝,
三勾两挑寒生涩,
浅按徐揉日微晴。
远山未远,
行云未行。

鸟随凤,
凤随龙,
龙随云雨落梧桐。
谁家深处玉笛声?
画影溪壁浮深浅,
藏心笔墨忽西东。
无雨亦雨,
无晴亦晴。

2012.9.10

798·丫头

2012 写在另一个世界的前面

2012年7月15日，周日，晴

今天是周末，恰巧有几个她的学生因为要参加古筝比赛的缘故不来上课了，我便和丫头商量着一起去798里闲逛，下午的阳光像白给不要钱似的从天空中铺洒下来，很快便在我们头上堆积得成堆成垛，竟有些令人招架不住了，正欲寻个荫凉休息一下时，恰好就在751火车头的旁边看见了"小柯剧场"。

小柯何许人也？我比较得孤陋，丫头却很熟稔的样子，也许他们算是同行的缘故吧，说听过他写过的一些歌，比如"因为爱情"等，哦，我点了点头，好像这首天后天王也曾经唱过的。

说来巧了，剧场门口的招牌上写着今晚要演出的话剧正是"因为爱情"，嘚，既然是丫头欣赏的同行的作品那就捧捧场子吧，于是我们买了两张票。看看时间尚早，在那门口的藤椅上休息片刻之后我们就又起身去转别的画廊了，只等着日落时分再来这里看剧。

其实心里早预期剧场里的观者估计是不会很多的，毕竟在这么个不远不近的地界，肯来，能来，并最终来了的人应是少数，果然临近入场时分，我看看剧场门口的临近仍只是几个星落的青年而已，卜入剧场，演员和前排的观众已经在互动着玩笑，那戏也就在一种不知不觉的气氛中开场了。

围绕着一对小夫妻对爱情所做的人生假设，剧场里铺展开了一幕幕既引人乐又引人思的爱情故事，故事的结尾是以两个人的重新回归家庭作为结束的，似乎告诉了人们人生的假设也许有很多，但最美的其实只有那么一个，如果你有幸抓住了，就千万别放过。

这话剧虽是独幕，却以音乐穿插，灯光切换，场景转移等类似蒙太奇的手法巧妙地展现了丰富的时空效果，而且最重要的是当我逐渐沉浸于其中之后，我也似乎发现了那个舞台上曾经的我。

爱情是什么？爱情或许就是彼此折磨。

似乎无痛无痒的生活让我们彼此失去了关切，只有灵与肉的折磨才能让我们知道什么时候能彼此离得最近，什么时候能近的可称为折磨。

我近来一直在想，到底人们为什么结婚呢？玩累了，折腾够了，孤单厌了，想吃别人给做的一顿热饭了？也许都有吧，但也许还都不足够解释我今天的这个选择，直到此时我看完了这幕话剧，心底里那根已经枯笨了许久的陈弦似乎才被一声声撩起，似乎才明白了那就是——因为爱情。

我的这本书即将付梓了，我也准备步入另一个崭新的世界了，那里和这里也许只有一墙之隔，那里和这里也许一样要经历风浪，但那里却是那样的让我可以把心来安放，因为那里有我的新娘，有我可以舒展身心储放灵魂的地方。

以上是我在今年夏天里曾写的一篇日记,重又翻到时仍觉得言犹未尽,恰好今天雨后新晨,悄悄地一个人拉开了自己的那个小抽屉,取出灵魂,把它铺展在电脑屏幕上,一个人就这样默默地审视着自己,随即写下了如上诗词。

一根青丝

一根青丝
扎住了一颗即去的心
它,在枕边拾得
却不知属于何人
婉娩的如云纹在动
因而
牵惹我动了心
不知是水的精魄
或是山的游魂
用帕包起来的一定是
一个佳人

1994.2.26

雨

雨
最是愁人
因为撑起了伞
便遮住了
流云

1994.9.12

真正的美

真正的美
属于一瞬
它是脆弱的
讨厌时间

1995.10.5

忆校园

忘记了
昔日的墙花
串串的爬叶子变红了
还有些
舍不得
灯一盏
如醉汉
撞破了层叶的封锁
告诉我
星光抖落在楼道
角落里的禅
茶香里的默

1996.1.9 夜

2012 写在另一个世界的前面

圣诞前夜

如果你能到来
我就会走开
如果你要离去
我就会徘徊
如果一切很短
我只有等待
如果容颜老了
我就珍藏起爱

1996.12.22

爱的淹没

有时候风会在楼道里穿行，
有时候雪会在冬夜里飘落，
有时候心会在裙摆下疑迷，
有时候爱会在需要时淹没。

1996.12.17 京

飞逝

飞驶向你而来的
也即是匆匆离你而去的
……

1998.3.5

优雅

优雅绝不是流行
因为她并不是风
风可以划过春树
却带不走
树上的青青

2002.2.13

心情

心情不好的
不只我一人
所以,这不是放浪的理由

香烟心情
一定很糟
看
它一头火气
还被别人消磨着身体

啤酒也一样
心理难受
被人一口一口地吸走了灵魂
最后
还要被人把肉体蹂躏
扔上天
落回地
碎成泥

2006.9.21

石墙·东京

为有春色自影窗

孤单的人影
飘于窗上
窗下
是刚刚泛起的一丝
春草的清香

从来
我不曾走过的小径
崎岖着的石板
摇晃着
青春无尽的梦想

有谁
曾经从这里走过
我心愿
沿着她的足迹
逃离彷徨

夜半时分
有情人
最是神伤
直把身心都揉碎

点上火
烧成香
布满窗

2007.03.10

我用光阴爱着你

我的真爱我的妻
究竟啊
你在哪里

不知道
怎样才能钻到你心里

不知道
如何告诉你我的心意

如果将来有一天
遇见你
我会对你说
我曾用光阴爱着你

2007.2.19

仲夏夜

我以为我付出了爱,但她却说那不是全部
我以为我已经走上了大道,但她却认为那只是歧途
我以为我真诚就足够了,但她却认为那只是开始的一小步
我开始迷惘这路还要走多远,她却撤走了前面的火烛
我开始怀疑她的心有多远,她干脆跑进了灯影深处
我开始变得失去尊严,她反而觉得更应该对尊严冷酷
我昨夜失眠
仲夏夜的雨趴在肩头
和我一起
伤心无数

2008.6.5

宽容

谨以此诗献给我在寻爱道路上遇到过的所有人。

发生了让我失魂落魄的事
我
这一次学会了宽容
宽容可能带不回来美好
但至少可以让我在坟墓中安宁
当她在影子中暗喜
她的心便已经付与虚空
当我在痛苦中挣扎
灵魂却渐渐趋于宁静
我相信这就是天意
让我在人生中更上了一层
我相信真诚可以改变命运，可以改变一切
无论是横亘于前路的莽苍峻岭
还是高不可攀的点点繁星

2010.3.11

醉夜

只有在这夜里
在这北京的深夜里
我才敢打开自己的翅膀

虽没有
极星的指引
我一样可以找到方向
那飞驰的红灯
就在不远处

在后面
我像她一样
变得醉夜里疯狂

2010.9.7

 这夜,加班到了子时。
 下班后,一个人还要往京城北边五环外的窝儿里赶去,在这劳累过后的深夜里,仿佛只有我这一个人的这一辆车的灯光在这孤清的街道上独行与搜索。仿佛,在干完那"理性共识"的"例行公事"后,这座城市里所有的男男女女都已经昏沉沉地睡去,没有给我留下来半点儿可以刺激我那困倦的神经中枢并能继续让我打起点精神来的残姿剩色。

忽然，就在前边拢过来的弯道里闪出了一辆车，在对残姿剩色已经彻底绝望了的黑夜里，那排红色尾灯把她的臀部映衬得既富饶又肥沃，冲动就在这瞬间产生，不知道我是被她调戏了，还是我想去尝试调戏她，我加大油门，从后面一米一米地向她摸了过去，没想到她只扭了扭那红腚，就像只发现背后有人正悄悄靠近的山魈一样机警地向着那暗夜深处迅速窜去。

"奶奶的，难道连个猴子我都摸不着？"

我有些气愤了，觉得她的反应似乎有些过了头，靠近点也不见得就说明我是性骚扰啊，离远点也未见得就证明了你很纯洁，这大黑天的还出来溜达，估摸着不是刚从天上下来，就是刚从人间上来。

追，看你往哪跑。

然而，当我踩死了油门再次逐渐靠近她那肥沃的红腚时，只一瞬间，我那方"兴"的下半身就偃旗息鼓"艾"了下去。

我看到了，看到了在这魑妹的腚沟子上居然纹着一匹马，那马张牙舞爪，立股扬鬃，似乎还在稀溜溜得鸣叫着，这让我知道这不是只我能耍得起的猴子，我能骑得了的马，这是匹只属于那种随时能以亿万银子来打赏的人才玩得起的马，而我，除了下体分泌物和身上的寒毛偶尔可以用亿万量级来炫耀炫耀外，其他任何一点都会让我在目睹人家打赏的同时就有可能由自惭变成了残疾。

我知道，这夜太黑了，我也太累了，眼睛已经模糊，大脑已经错位，追她？追这最正牌的马子车？那可是马子车里的LV呀？可能吗？要知道坐在那里的马子可不是用屁股坐在那里的啊，人家用的是屁股中间的东西。

门不当，户不对，看了她，会流泪，摸了她，算犯罪。

醉夜

秋夜小景

幼时中秋
淡淡月光不知愁

此时中秋
苦乐又把岁月偷

就这样
我数着中秋镀双眸
直到双眸看穿了愁

对它说
明月何所有
明月也觉羞
伸手摘把云作扇
脉脉遮却头

2010.9.24

亲爱的

亲爱的
我希望，我能活得比你长久些
这样，我就能有机会在你人生的最后一刻到来时
还能好好地守护着你
给你做饭，给你洗衣，给你读报，给你询医

亲爱的
我也希望你能活得比我更长久些
这样，我就能在你来到天国之前，先赶到那里
为你搭一座湖边木屋
种一畦绿油油的菜地
把今生未能给你的在那一世先准备齐

亲爱的
我希望……
我希望如果有一天，我们能一同离去
一同驾一叶扁舟，向着那桃花深处划去
我握着你的手，吻着你那指尖上撩起的清风细雨
我仍做那个让你常常记挂在心的老头子
今生让你惦记了很多
来生也不会让你一个人孤寂

亲爱的
我希望，我们都能长寿
都能有一天看着我们更多的白发，更多的儿女
天国是来世的美丽
即使它再美
我也愿在今世和你长相依
而非长相忆
你不美了，我也爱你
皱纹多了，我也爱你
你生气了，我也爱你
这爱就如同弥漫于天地之间的空气
既然我们有了，就愿把生命永远永远浸在它们里

2011 秋

有时候我也在想，我这写的算是诗吗？听来怎么这么酸与俗气。然而寻思良久之后还是觉得只有这些话才能发自我的心底，那么只要是真诚的，它俗与不俗，诗与非诗又有什么关系。

月亮弯腰

当月亮弯起身子的时候,
我就变得有些彷徨,
仿佛在黑夜里捕捉萤火,
或在为心舟寻找漂桨。

箫声来自何处?
何处来自远方。

2012.1.2

毛贼琐记

行走人生，大抵都会遇到些另类业者，男盗女娼，坑蒙拐骗等，及今回味，仿如齿间碎屑，剔了有益，留着是戏，茶余饭后，磨牙清唾之娱吧。

1995年大学毕业寻工作，一人独去仪征，扬州，南京。完事，欲回京，逶迤到秦淮河，夫子庙一游，那时自己乃书生一个，虽谈不上落魄，按传统说法，亦属尚未开仕的穷光蛋，兜里银两从来豪称"一文不过夜"的。

秦淮是老秦淮，夫子是新夫子。

总觉得寻工作不顺，此回北京，辄不知何日才能再来这细柳烟花桨声灯影里的富贵繁荣之地了。

恰好桥头有拍照留念摊位，旁立小牌，牌上有价，十元一张，管拍管寄，诚信无欺。摸袋，银两尚余几十大元，心想反正我马上就要登车回京了，恰有余资，不如留张小照，以备他年念想。

遂扭捏作态，连拍三张，付资三十，未料业者却不收，说应付九十，惑。

"一张十元，三张三十，有何不对？"

"NO，此一张非彼一张，实指一张底片，一张底片按这的规矩至少要洗三张，三三见九，故收九十。"

傻，愤。

欲逃。

结果发现此地唯桥头一路可出，此兄又学得一派张翼德的好架势，仿佛当年立马当阳，持矛对阵一般，圆睁虎目，炯炯然断不放走一鱼一鳖，终无奈，只好哀求人家放我一虾，余本小虾一个，况且还是个学生虾,如付了九十,那就真 TMD"瞎"了,恐回京之后哪怕就是学校食堂里的清汤淡饭也要省略它个半月十天了。

涕泪良久,余财尽付之后,才获此虎目兄大赦,灰溜溜逃往车站,而囊中自此也不必再羞涩,浑身上下赤条条,兜里兜外空荡荡矣。

此等游戏,一年后又在五台山巧遇。

那是毕业后下基层到内蒙锻炼实习,一秋日周末随厂里领导赴晋旅游,至五台,于台中镇徘徊拜庙,中有几个当地人带相机尾随,说是看我们没得带相机,可以为我们拍照留影,一张仅十元,那几个人尾随既久,领导也被他们磨得动了心,答应了他们拍几张留念,并说好半小时后就可取片的。

于是乎十几个老少男女排行布阵,咔嚓嚓咔,连拍五张。

果然神速,人家不一会儿就拿来了一个袋子,里面是厚厚的一沓相片,结果张口就要 650 元。

我等纳罕之极。

"一张十元,我等合照不过五张,缘何索 650 元?"

"一张十元不假,但你等所拍五张,每张上有十三人,俺们按人头洗的,每张底片洗了十三张,合计六十五张,理应 650 元。"

吾等知受骗,人人气愤,正理论间,不知何时从角角落落里钻出了许多生面孔,个个蓬头虎背,吊目呲牙,大有不给 650,就把我等变成 250,然后投之山沟饲狼喂虎的气势。

唉,佛门净土,不宜血光之灾,最终息事宁人,给钱溜之了事。

五台本佛家道场,理应是慈悲为怀之所,不料却频遭猥琐卑劣之徒蒙骗。

再说那日午间,一众人等已经转了不少台中庙宇,早已腹中碌碌,遂觅路边小店午餐,饕餮完毕,结账时却凭空多出了一百元餐资,众人不解,唤店主拿账单来看,发现菜单上有蘑菇炖小鸡一菜,价 28 元,还有台蘑炖小鸡一菜,价 128 元,我等明明吩咐店家做的是蘑菇炖小鸡,他却按台蘑炖小鸡来收费,店家不讲理,非说我们本就点的是台蘑炖小鸡,要不就让我们反刍出来看看到底是不是,那台蘑本属五台特产山珍,味美价高,而我等既无老牛之反刍秘技又不愿甘被这些无赖小人如此欺辱,遂众情汹涌,群情激奋,拍案而起,欲愤然离席找人说理去。

不料，众人未及走出店门半步，身后就抡刀使棍的冲上来一群餐饮武术两界的跨行人士，只见那店里大厨一马当先，穿白衣戴白帽，挽袖劈刀，高声点指：要钱给命，要命给钱。

我等自然要命，给钱了事。

此后经年，俺是再未敢踏进那五台山门半步，所谓神仙好拜，小鬼难缠啊。

2006年全家趁春节出游到海南，沿东线赴三亚，途经电影《红色娘子军》之南霸天庄园，园内有一小庙，同北方大庙相比自然寒酸不少，香火清淡。导游推荐说近日恰有云游至此的少林大师义务为众游人摩顶开光，为善男信女指点迷津，希望大家都去凑凑热闹，估计他也受了不老少好处，殷勤之态近乎哀求，拗不过，大家也只好半信半疑地排成两排长队，鱼贯而入，小屋不大，却漆黑一团，前面两盏油灯恍惚跳跃，一披袈裟者正居中而坐，每人默默近其前，只见大师一手作合十状，一手摩人头顶，而后俯下身来在人耳畔窃窃私语，良久，语毕，游人自其侧之后门鱼贯而出。

稍等片刻，至余，余沉心静气，闭目调息，静待大师口吐莲音，授我极乐之理。

果然，旋有窃窃之音传来。

小兄弟，人生不易，自当听我言语，必可化你迷津，早升极乐。……
小三一个就够，
孩子有俩不多。
单位勤拍领导，
回家多摸老婆。
喝汤勺宜沉底，
吃肉肥瘦兼着。
朋友好比枪弹，
伤人自伤都可。
人生亦如笼屉，
常处水深火热。
出门调调刹车，

睡前看看门锁。
追尾宁可被追,
追人无理去说。
鸡鸭都是好鸟,
宁吃咱不去作。
道理人人会讲,
非礼个个想过。
……

一时言毕,大师叮嘱再三,门外须请香三柱,方可佑你事事平安,愿愿能遂。

顿时,犹如浆糊灌顶,赛过茅厕顿开。

余大彻大悟,心言"你奶奶的个毯,这丫秃驴又是个骗子。"

旋出后门,门侧早躬立几个干瘦汉子,殷勤叮嘱我一定要按太师所吩咐,于山门处请香,余询价一二,最少者也要百元一只,呵呵一笑,边摇手相拒,边紧步逃离,只见刚才还一脸殷勤的汉子刷拉就换了副嘴脸,于身后恨恨言

"穷鬼,香都不请,逛个啥庙?"

好在,人流穿梭不断,他不及纠缠,赶紧着劝后来者去了。

不过,再回头看时也确实是有人熬不过纠缠买了香的。

这份伎俩听来可笑,初级得很,却屡屡遇到,2009年乌镇游,沿小街盘桓到戏台所在,旁有一庙,开始招呼游人免费参观,而且还有人免费讲解此刹的来历,典故,传奇,结果讲着讲着,就引导到一厢房所在,中有云游大师盘踞,而后之事就和上面一模一样了。

2004年秋,某日下班回家,那时的立汤路尚是泥土结构,一座几十米长的立水破桥断断续续竟然修了四五年之久,以致公交日日拥堵,从和平街北口出发要坐一个多钟头的公交车才能晃悠到北苑,下来还要再换乘,那日换乘之时夜色已浓,腹中碌碌,见车站旁有一新疆维族小贩推车吆喝,车上是杏仁核桃仁葡萄干等蘸着糖水做成的西域风味糕点,随切随卖,俺眼馋那红红绿绿的异域吃食,遂动了些许"食色"之心,点指一问

"这红绿之物怎么卖?"

那胡茬胡脸的维族汉子回说："一两十元。"

"一两大概有多少？"

那汉子在红红绿绿的糕上随手一指，我看窄窄的一条应该不多，且干果丰富，还行，不算贵。

"给我来块吧，莫太多，家中就我一人，吃不了多少。"我也顺手在糕上一指，觉得应该是不超三两的样子。

他拿起小推车上一把明晃晃的弯月长刀沿着我所指的位置"喀喀喀"狠剁下去，我才发现那层诱人馋唾的"红红绿绿"其实只是铺在糕点表面的一层不过一指厚的浓妆，而它下面几掌之深竟都再也看不见丁点"绿绿红红"，完全是一块二三十厘米厚的白糖凝固后形成的糖疙瘩，看那坚硬程度似乎都快赶上花岗岩了。

上称一称，足足一斤八两，妈呀，180元。

我立马傻眼了，争辩道：

"哎呀，我可没想要这么多啊，称个二三两足矣！"

"嘿嘿，刚才可是你指的位置，我才切下去的，你怎么能反悔？"

"呃……可那为什么下面的全是白糖块，我想买的可是那上面的红红绿绿。"

"红红绿绿都卖给你了，那我们下面的白糖疙瘩卖谁去？"

"反正，我不买，我家不缺白糖！"

"你敢？！给你切下来了你不要我卖谁去？"

"你这不是骗人吗？"

"什么？你敢说我骗人？"

……

我再看时，早不知从哪里又钻出来了两三个和他模样相仿推着小车的胡茬胡脸的大汉，各个捋胳膊挽袖子，手里还都摇晃着长刀一柄，而我呢，放眼一看，刚才还围在周圈看热闹的多得跟蚂蚁似的人民群众见此情景早躲得远远的了。

眼见吃亏在即，咋整？

给钱，给钱，不就是糖多点嘛，未见得多吃点糖就能得糖尿病。

那一夜，心里左右翻腾，糖虽甜，吃在口里却如同吃了黄连，少数民族兄弟的那股子废话少说直接玩命的营销气势真是应了前人所言"枪杆子里面出政权,菜刀在手儿好挣钱"。

那年刚跑生意,因脑筋愚钝,一直不见起色,忽一日,身在公司坐,电话生意来,言河北某公司要做一批工作服,正想邀北京几个服装公司前去洽谈,订单不小,利润可观,眼见双方在电话里谈的融洽,人家也就顺便提了个条件,那边管事人的回扣一定要给,两三万就行,为了提前打点,提出让我们去时先拿一万,随到随签合同,并当时就可汇给我们首付款,因馅饼太大,总觉得不靠谱,去还是不去,思摸良久。去,此事成了,那是笔大收入,但也可能会是骗局;不去,一公司人正愁眉不展,急等活干。

于是应了马先生克思的名言:"当利润超过百分之三百时,人是连绞刑架都不怕的。"

去!既然马老早有箴言,我又何惧之有?

第二天,安排停当,一人独赴河北,行前为防意外,把一万人民币揣于毛衣右袖筒中,左袖筒中则藏利刃一柄,友则给钱,贼则挥刃,并嘱我妹,到时其在京每隔五分钟给我一个电话,接则顺利,不接则必出凶险,马上报警。

冬日严寒,长途车晃荡半日,才来至所说之地,原是在河北某小镇郊外的一处破旧厂房,里面倒像是个正规企业,看着也有人进进出出。

方欲进。

电话通知北京,此时算起开始打电话。

及进其室,简陋,两桌,四椅而已,人倒有三个,都是二十几岁的年轻后生,黑衣黑裤,正二郎小坐,吐雾吞云,寒暄毕,我说:

"先拟合同吧。"

"不急,说的那好处带了吗?"

"带了,不过我们来了两人,一人尚在镇上车站,有小事耽搁,一会就到,可先拟合同。"

对方犹疑。

良久,方才拿出了两张纸,说是合同,我一看竟是采买建筑材料的合同,我说:

"这不合我们行业的要求,还是重拟为好。"

对方已经现不耐烦之态。

"合同无所谓，你把那好处给我们，不签我们也会把这买卖给你做。"

此时，我已感觉苗头不对，眼见那三人不问服装，却六眼滴溜溜的沿着我浑身乱转，一瞬间四周就仿佛围了好大杀气，好在，手机每隔五分钟响起，对面三人似乎也搞不准我们到底来了几人，我身上到底带没带那好处，下不下手他们一时也没了主意，又不拟签合同，又不说不做，一屋之内，四人面面相觑，八眼目目皆呆，一时都没了章法。

"此地大凶，快溜为上。"

我心想，这定是骗局了，赶快抽身为上。

于是趁他们还在犹豫不定，我起身告辞，并且一边佯装和电话那头沟通，一边就走了出去，那三个人明显对我依依不舍，可又碍于我电话那头有人可听这边动静，终眼巴巴看着放我踱出了房间，溜达出了院子。

刚走出大门，恰有一进京的长途车路过门口大道，我赶紧拦下，见后面没尾巴，飞身上车，直奔北京。

及至京，才发现，这瑟瑟逃命的一路紧张的竟连鞋底被长途车上的电暖气烫的走了型而浑然不觉。

后来得知，那段时间被以这种手段抢了钱，挨了揍得北京老板正经不少呢。

多年后，此事成了笑谈，右钱左刃，嘿嘿，人为财死，鸟为食亡，不假啊。

世间为什么总会有些人被称为好人呢？因为确实还有不少坏人存在，等到将来哪一天人不再被以好坏来区分了，世界或许才能真的大同。

2010.12.30
半真半假写，将信将疑听，嘿嘿

秋意

我感谢秋天的到来。

我躺在桌子上,秋风就哗哗地掠过我的肌肤,扬起手来滤过秋风的发梢,一时觉得光阴过去了,带着眼前的刚刚盛开的缤纷的夏花。

我坐在二十五楼的阳台上,看着白云作就的帆,心如桨,在蓝蓝的天上悠悠地划,没有机器的轰鸣,没有号子的旋律,只有静静地海和悠悠地它。

我飞驰在北京的第三条项链上,把车子的灰色翅膀张的大大的,尽管掉了些许翎羽,但我还是从钢铁的躯壳中把它伸了出来,去挽你的手,他的臂,还有许多人的心,空气中充盈着心脏干净的,没有杂音的跳动。

我听着BEATLES 的 LET IT BE,一个人走在十字路口,看见天使从四周闪现,感到像是秋天在对我说"嘿,选择飞吧,唱着 LET IT BE。"

我抹了抹眼角,竟飞起了几朵透明的水花,它们击打着我的脸颊,然后留下清清的砂,老啦?还是太年轻啦?竟然我还能让心为秋天泛起美丽的水花。

2006.09.05

人妖团

余素好者女色也，不好人妖，但没办法，初到九龙宝地，才发现这地真的是人妖当道，每每撞在眼前，心里虽恶厌，可也得受着。

先前余以为那八个社团都是太监团，因为八个社团都在小心翼翼的伺候着他们的共主——新义安。为什么会是太监呢？因为他们都被阉了，从精神到肉体哦。为什么都被阉了呢？这是驯化的需要吧，想当年人类把野猪驯化成家猪，就是采用的阉割的方法，把野马驯化成家马，也是阉割，野性没了，成了供人驱使，任人刀俎的奴才和奴隶。

今儿个看电视里新闻的报道，东星、红星两社团开会，居然议题的第一条讨论的就是如何执行贯彻好新义安的帮规，岂不可笑？比太监还像太监，简直就是一群人妖，太监不过是没了雄激素，人妖是不但没了雄激素，还自个给自个注射雌激素，这些社团干脆都叫人妖团得了。

1999.5.18

流年三笑

一

我笑了。

或许爹妈生我的年代也忒早了些,现如今都一大把年纪了才有机会初看这摇滚音乐会,竟也才明白在这种所谓的摇滚大PARTY里,真正的音乐会主角是要捱到最后才会像笸箩里的煤球一样被摇出场的,而真正的观众或许总是要在煤球被扔进炉子里之前就离席滚蛋的。

夏日,应友邀去广渠路东的麻雀剧场看了场MR.SONG的个人演唱会,听朋友说这MR.SONG如何如何才华横溢,如何如何能画能歌,如何如何跨界捭阖,如何如何风流帅哥。

反正那晚除了与自己上床外也没什么事可去计划,于是跟从着朋友,几个人一起去了。

结果呢?当头感觉就是自己已廉颇老矣,因为那可容纳几百号人的剧场里坐着的基本都是"80后""90后",那种小青年们特有的浮躁闲惹的气息和各种香水混杂交融后形成的难以言表的合成香氛以及嘉士伯的啤酒花味一起弥满了剧场里的角角落落;感觉就是这似乎不是个音乐PARTY,倒更像个杂技PARTY,你看,那头一个上来的小伙子居然把脑袋趴在机器上用嘴打碟,打得满碟口水不说,还"吱吱,哇哇"地制造着既抽筋又抽疯还欠抽的"三抽"型奇异音乐。

然后,一个接着一个的乐队和歌手被英俊的MR.SONG推荐上场表演,每个人上来时他都会盛赞一番,他却始终只是谦逊的做着主持人的工作,时不时的剧场里还掺杂着他与某几个三线明星的远距离问候连线,个人私生活的PTR播放,间杂着迷离的灯光烟雾,简直是五花八门，可就是不见 MR.SONG 自己上场去亮上一嗓，两个小时的时间就这样活生生地被耗了过去。

扭头一看，嘿嘿，观众们竟然像铁筛子当锅盖——走了真气般已经从几百个逃剩下不到几十个了，眼看着这场面就要成干烧锅了，MR.SONG 才终于走上了前台，估计他也没料到台下这帮观众会如此没素质，怎么就走得跟城管开着130来清了场子似地呢？好在他是个见识过大场面的人，情绪很快就镇定了下来，虽面现无奈，却仍坚毅地抓起了面前的麦克风，而后清了清嗓子，吸了口真气，两排鼠夹一样的大牙豁然一张，一时间就仿佛哪个不谙世事的小淘气拔了所罗门魔瓶的塞子，放出来了一股憋闷已久的妖气，那妖气冲出瓶颈的声音简直如同午饭时厕所里放出来的那群绿头苍蝇喊着口号齐刷刷直奔单位食堂时一样，嗡嗡地，很无赖，很雄壮，很放荡。

一瞬间，我抿着嘴笑了，麻雀剧场里就仿佛有人放了一枪，"砰"的一声之后，已然没有了麻雀，光剩下了一个剧场。记得当时包括我在内 5 秒不到就又逃出了一多半的人，大家出门后纷纷长嘘出一口气，气里裹胁着的那股子厕所味差点像蟑螂喷雾剂一样伤到几个无辜路人的身体。

如果刚开始时那一场子的人算是给他这音乐会穿了身新鲜衣服的话，末了人都走成这样了，和把他裤子扒了有什么区别呢？最多算是给他留了条带洞的三角裤，他还好意思光不溜秋的在那里连扭带唱，我真怀疑那音是从他身体哪个部位发出来的，仿佛皇帝在穿新衣。

出了门，我笑了。

也许我真 TMD 老了。

二

我笑了。

去北京音乐厅看了一场某某教授的归国汇报演唱会，因为是朋友的朋友，所以被邀请去捧捧场的。

参加了才知道了个好有趣的内幕——音乐家似乎都应该是花店

老板们的恩主和至亲。

里面人很多,也有不少嘉宾助演,壮观的是每首歌结束后的献花,那真是一束接着一束,事后估计那天后台大致得有百十束鲜花吧,我看比个大中型的花店不相上下。

唱的真有那么好吗?我怎么感觉水平也就仅排在二班的前头呢?

正诧异间,朋友悄悄说出了个中道理,原来这门票都是免费的,而且大多拿了这票来晃晃的朋友也都事先得到了一个要求,音乐家的助理早在一个月前就挨个打电话通知这些朋友们到时帮忙献献鲜花,凑凑景致的了,甚至连谁在哪首歌之后去献都会有详细的计划安排,反正你方唱罢我登场,赶明轮到你开音乐会,他也得帮忙献花凑景还人情不是?

听后我笑了,怪不得唱的不怎么样,面子却居然这么足。原来都是计划经济的产物,可是看节目单上的履历介绍,这位爷那也是斯斯文文体体面面的十几年留洋旅欧的岁月啊,怎么刚一回流到伟大祖国的怀抱就能如此深情的入乡还俗了呢?难道洋人那儿现时也都兴这抬轿子的俗礼了?

难怪郭德纲先生曾揶揄"听歌剧的不见得都自己买票,去理发店的不见得都去理发"。

我笑了,笑得那叫一个灿烂。

三

我笑了。

平素里忙着挣饭钱,读书已成奢侈事。

那日路过双井桥南的人行天桥,桥上有小型平面书店经营,一律十元一本,看着都蛮厚实的,我粗看之后,支持了一本,是韩寒的《谈中国》。

回到家,顺手翻去,以为盗得还行,起码文字基本无误,及至一半,却发现这本书的后半本竟然和前半本是孪生兄弟,不但文字一样,甚至连页码也别无二致,哎呀呀,十分讶异于这合二为一的技巧,化简为繁的魄力,看来文章少不怕,印两遍就多。

于是我笑了，对盗版者心生敬意，此兄宁可增加自己翻倍的印刷成本也要营造一本让人看起来值十元钱的盗版书，确实是苦心孤诣，不容易啊。如果连翻倍的纸张印刷成本增加后，却还能以十元的价钱卖出，那么可以想见这原书的原始成本到底是值几个钱了，或可见此中的暴利。

书我是看了，而且看得还津津有味，余以为韩寒确实是敢言敢想，唾沫与文采齐飞，真理和糟粕并存的那么一个愤青，只是……

其实对于我们这代人"70后"来讲，有些蛙会叫，那是因为它总是自豪的守在井底，一旦它来到了地面，霎时就会变成哑巴，它只会惊讶的张大了目和嘴，把屎挤落在了裤管子，鞋窠了里，当然这井有时间也有空间的，从空间上来讲小韩著文章，玩飞车，写博客，做广告，也算见过不少世面了，但从时间上来讲他还真没来得及把脚从井底放到地面上呢。

那些没经历过80年代末的人似乎都会热衷于崇拜韩寒的，因为觉得他在讲真理，战权威，说实话，其实真理权威实话真不是像他这样用来讲战说的，我多少是见过追求真理的那么一代人的，他们所热爱的真理也真的不是为了争取解放AV裤衩的权利。

小韩在别人的赞扬与嗔笑声中还自以为得到了中国人现在期许已久的所谓真谛，其实同那些真正去撼动了历史的精英们相比，他不过就是历史的一个屁，还是别人想把他放哪就放哪的屁，一旦人家不高兴了，不让他放，他立马就得憋回去。当有些人在那里赏着花，品着茶，剔着牙，嘻哈哈地看他杂耍时，他才刚刚完成了一个从自恃多知实则无知的人变成被耍的看似人样实无人性的猴的角色的蜕变，但可悲的是他一直还以为自己是那个耍猴的人。

如果真正从精神层面和历史层面来讲，他现在的所言所做与20世纪末那代青年相比差得不仅仅是男人的骨气和勇气，还有对真理的认知。

那些是可以流血的人，而韩寒不过是流了些精液，看似量很大，但其实成活率并不高，但没办法，现如今大多数男孩子就只能到处洒洒精液，以此来标榜自己是真正的雄性，从而多占些属于自己的领地，这一结果或许都是缘于他们儿时总看的《动物世界》里的那些声情并茂的科普性教育。

　　我笑了，笑他只会呱呱叫。

2010.7.7

流年三笑

小鸢

一

集宁离草原已不算远,恰好卡在了一处山口子上,以四季多风出名。

我初到这塞外的小镇,竟不适应这里的小,这里的静。心里恹恹的,尤其想到要在这里呆上几个月,便不由自主地凝紧了眉头。从北京来时,同行的还有个从山东来的生意人,姓武,武松的武,我便称他武哥。武哥是常来这里的,每年总有几笔生意要在山东和内蒙之间跑,虽说只是来倒腾一些我们毛纺厂废弃的下脚料,没什么大的赚头,但看他喜眉笑眼的样子,倒是乐此不疲似的。

"嗨!要车不?"一个把皮夹克的毛领子翻起来,兜了半拉脑袋的瘦个青年一溜小跑地从车站前的路灯下奔过来,瑟瑟地,殷切地询视着我们。

"毛纺厂。"我还没来得及张口,武哥的大嗓门早已响了。

"十五。"那人一边说着一边就伸手来接我们的行李。

"十五?咋会十五哩!就十块,你去不去?!"武哥说着把那青年已放到后座上的皮包又拎了出来。

"十块?大哥,活难做麽呀……"那青年一时苦下了脸,倒也仅回了这一句,便不再多说什么,毕竟这夜半时分的活本就不好拉到的,有总比没有强吧,于是车也就开起来了。

说来也怪,武哥随身夹带的那个皮包里也没装些什么,只掖了一件火红色的女式夹克上衣,还是临上火车时在站前售货亭买的。我问他是不是送人,他白了我一眼,没说。碰了个钉子,我心里不太舒服，也不问了。

后来才知道，那是送给小鸢的。

二

等一切都安排好了，已过了两三天。我上街买了些信纸，准备给家里写封信，向他们描述一下这塞北的小镇是什么样子的，然后寻思着该找个发屋，理一理这几天来被山风吹得乱七八糟的头发。然而毛纺厂在市郊，周围除了几个稍显简陋的莜面馆外便什么铺面也没有了。我只好沿着厂门外的一段斜坡路向西向北又走了很远，在快接近城区边上时总算找到了一个理发馆。它不大，采光也还可以，因为我从远处就已经可以透过它的窗玻璃看清了屋里的全貌，那木门有些破了，斑驳的漆色似乎是在说它已替人挡风多年了，木门上用红漆歪着写了两个楷字"理发"。也许主人是想写正了，然而我却只能歪着脖子看。推门进去，里面暖暖的，四方方的一个小屋，一面有门，一面是窗，另两面装了那种发廊常用的大镜子。屋角生着炉火，长长的白铁皮烟囱伸上去，又折拐到了外面的屋檐下。

"来啦，您坐。"我仔细看时，一个穿了一件火红色夹克衫的姑娘正站身起来，向我笑着招呼，还对着旁边一个嗑着蔴籽的小姑娘说："小凤，去倒些热水来。"

我在一个脸盆前猫下腰，热腾腾的水汽中，一双细细的女人手在我那乱糟糟的头发里梳拢着。

以往，这时的我会身心俱散，一念不着，尽情放松一下，把自己这颗脑袋完全交给理发师傅，最好他理他的发，我打我的盹儿，两不耽误。然而这次不同，尽管我闭上了眼，眼前却还总闪出一片火红来。

我擦了一把脸，从面前的镜子里看清了那个姑娘，中等个，细圆脸，唇翼略厚，耳郭却小巧，脸颊竟白嫩嫩的，不像这里大多数妇女由于长年不落的山风吹地脸庞永远泛着红色。头发的样式还是几年前北京流行过的，加了摩丝的前刘海发在额上耸得好高。然而最引我注意的还是她身上穿的那件火红色的夹克衫，似乎在哪里见过的,对了,我想到了武哥。可我却怎么也不能把那个五大三粗四十好几的山东男人和眼前这个纤纤细细的内蒙姑娘联系在一起。

我疑惑着,猜想着,却不曾说话。理完后,天已擦黑了,我担心再晚些回厂里的话食堂可能就没有饭伙了,便匆匆地赶了回去。

三

在车间里忙着生产,常常到了很晚才能赶回宿舍休息,开始时还能翻几页书,到后来索性倒头就睡。

一天晚上,当我推开宿舍门时,屋里烟气缭绕。一桌麻将正"劈哩叭啦"地叫板,四个影子扎成了一堆儿,我看了好一会儿才看清一个是隔壁的赵总,两个和我住在一起的新疆来的工程师,还有一个就是武哥。透过重重烟雾,武哥笑嘻嘻地冲我招呼:

"来,来,玩一把,今个俺背运,老弟替俺扳一把。"

"不行呀,这个我不行。"

走到我的床边时,才突然发现这里还坐着一个人,半歪着头正出神地读一本书,瞥到我过来,忙放下书,站了起来。瞬间地对视却让我们都一愣,心里边想着这人似曾相识,很快,她向我微微一笑,说:

"对不起,动你的书了。"

"没关系,喜欢就读呗,这书许久没人碰了,它也挺寂寞的。"

"我也不是读,也不懂得,就是随便翻翻,有趣的地方,就看看。"声音淡淡的,从那边滑了过来。

这时候那边又传来一阵哄笑声,我侧身看了看,似乎武哥又是输家,然而他人倒也爽快,一边掏着包里的钱,一边还笑嘻嘻地嚷着要翻本。

静静地又过了一会儿,灯光似乎也没刚才那么精神了,暗淡了许多,这大概是电压不稳造成的吧。我本来就很倦,直直地坐在床边,眼睛却恨不得早一点趴下。

忽然牌桌上传来了赵总那略带嘶哑的笑声,

"还玩儿呀?!"

"咋个不玩儿！？"

"拿什么玩呀？"

"……"

"要不你把二老板押上？哈……"

三个人神秘兮兮地笑着，眼睛却扫向这边，我默名其妙地不知道发生了什么事。对面坐着的姑娘似乎也扫了我一眼，又似乎有些羞怯的样子，想开口，又有些说不出话来，扭过头，刚巧望着了我时，一张脸便"噗"地红了大半，眼睛里抛了些焦急、羞涩，还有求援似地出来，手把书页吹风似地翻个哗哗响。

这时，闹表响了，已是子夜。赵总站起了身，向我招了招手。

"小曹，走咧，一起去，厂里查一下夜班嘞。"几乎不由分说，他们拉起我就走了出去。

这一夜倒也安静，也并没有去查夜班。只是在隔壁的一张空床上躺了一夜。原来，出了房间，我才发现武哥和那个姑娘没有一起出来。听赵总讲，那姑娘叫小鸾，是武哥的相好。老武从山东来内蒙跑生意每年总要五六次，不知怎的，去年就搭上了这个姑娘。小鸾是本地人，家里母亲一直生病，父亲靠在城郊卖水果和蔬菜维持生计，姊妹又多，家计实在有些困难，好在姑娘还孝顺，带个妹妹开了理发馆，但生意也不太好。自从作了老武的二老板，虽是露水夫妻，可她却有了可走的路似的，人愈发出挑的水灵了。老武每次来，都要送她些钱和东西，穷人家也不挑什么，她的父母也就默认了。有时候家里没人，她就和老武回去恩爱一番，家里有人，老武就带她来我们这儿过一夜，反正大家都是出门在外，常常也就通融了，况且老武还在麻将桌上输了不少钱。

我仰在床上，一夜不曾入睡，心里揣了块儿炭似的，火燎燎的。一包烟不一会儿就抽光了。脑海里总在闪现着一只狼的影子，它在草原上灰红色的夜幕下低嗷着徘徊着，一只银白色的羔羊在无望中呻吟，四周围，除了闷得怕人的黏稠的空气，一切都是灰色的。直到天亮后，我还觉得那只狼似乎就是我。

四

转眼半年过去了，又到了中秋节，能回家的基本上都回家了，宿舍楼里剩不下几个人。由于家太远，回不了，我只能一个人呆在宿舍里，天还没全黑，我就匆匆洗过澡，窝在沙发里看电视。

忽然有人敲门，打开看，竟是小鸢，手里还拎了一纸袋月饼。

"唉？怎么就你一个人。"

"啊，他们都回家过节去了，我回不了，就留下来看家。"

"家？呵呵……你们这些外地人，来来去去的，就是麻烦些。"

"是啊。"我忙请她往屋里坐。

"这是我家自己做的月饼，以为你们回不了的，所以给你们送一些来尝一尝，谁知道……"

一边说着，一边她大大方方地坐了下来，我这时才感觉到她似乎与往日略有些不同，一件墨绿色的连衣裙不知怎么衬得她的皮肤都泛出桃花样的粉色。

好一会儿，彼此都不知道说什么好。忽然，她看着就我笑了，我问她：

"怎么啦？"

"什么怎么啦？"

"笑什么呀？"

顿了一顿，她问我：

"我应该比你大些吧？"

"怎么会呢，你肯定比我小。"我记得别人说过，她的确要比我小，还小不少，所以我敢肯定。

"我看，我倒比你大些似的。"

"……"

一会儿，她似乎在那里自言自语，眉微微地低了下去，我看时，已全然遮蔽了她的眼睛。

"不过，你的命不错，这么年轻，读过那么多书，还能离家这么远来工作，将来肯定能做大事。"

说完，她就起身要走，我要留她多坐一会儿，她一边推辞着，一边走下了楼。

在楼门外的绿荫道上,眼见着她的身影走了下去。我打趣地问了一句:

"天黑了走路,一个人怕不怕呀?"

影子停住了,回过头来,眼波在一闪一闪地跳跃着:

"大大的月亮,怕什么?"

这时,我才注意到,对了,今天是月圆之夜呀!

山那边,一个大银盆似的月亮早已爬上了山梁,月光透过翳翳绿叶织就的网,正若明若暗的衬着她那远去的身影。

五

草原的秋来得早,也来得突然,几夜之间,绿葱葱的白桦树上就只剩下几片黄叶了。从山口的西面,北面灌进来的风把山洼小城的每条马路都搜刮了一遍。气势汹汹得,骇地人都缩回了屋里。夜间,更是风吼如兽,即使盖上两床被子,也还觉得冷得吓人。

在这样的环境里,人也变得焦躁不安起来。公寓楼里的住客依旧天南地北得来去匆匆,然而却一直不曾再见到武哥的身影,开始不觉得怎样,不知那个山东汉子又忙什么去了,直到一天,我才意识到事情发生了变化。

那是个雪后的早晨,东边的山梁后刚刚蹭出一丝银白色,我就裹了军大衣准备去厂里。刚一出门,对面的门也开了,那是赵总的宿舍,一个女人正闪身出来,一头乌黑的秀发从她脑后向前铺洒开来,遮住了她的半张脸,凌乱中只露出略厚的唇翼,艳艳的,一双手正在扣着一件红貂领子皮衣的扣子,紫红色的毛锋间隐隐露出了里面乳白色内衣的蕾丝花边。她似乎也听到了开门声,猛地把长发向后甩去,我们都愣住了,是小鸾,一瞬间,我感到不知说什么好,她的眼睛也在有些愣愣地盯着我,那一刻,我虽努力却再也没有从她眼睛中看到什么,也许以前还是可以看到的。然而这一瞬的她仍旧很美,即使那略带了倦意的唇峰也依旧那么动人,这美丽就如同一张即将被曝光的风景胶片般静止在这犹浸了梦魇与睡意的楼道中,一切都似乎为之静止了。

突然对面的门被重新合了起来,风景消失了,一声迅疾而沉闷的关门声把走廊里那沉郁了一夜的浊气摔了过来,扑到了我的身上。

我似乎明白了什么,又似乎尚不明白什么,摸出一支烟来点燃后,深深地吸了两口,"咚咚"地走下楼去。

中午在食堂吃午饭时,赵总侧过身,整着嘴冲我笑了笑。

后来,我才知道,半年前,武哥做生意亏了大本,还欠了不少外债,一时想不开,竟喝了农药,幸好家里人发现得早,救了过来,老婆孩子抱成一团,哇哇地哭了,哭完了,也就没事了,然而从此也就没了音信,听说是剁了小指,再也不跑生意了。

六

春节快到了,厂里放假,我终于可以回东北老家探亲了,已经忙了一年的我真是高兴得几夜都没睡好。托人去订好了火车票,买了些土特产,然后又琢磨着该去理个发,好振奋一下自己的精神面貌。入秋以来,很少再去那家理发馆了,而现在到是有了一股想去看看的冲动,于是兴冲冲得出了门。

沿着斜坡路,那不大的理发馆依旧顶着路面上闲逛的风,支出窗外的烟囱里还在冒着烟气。

"来啦,坐吧。"

一个小姑娘正在那里给客人理发,是小凤,她似乎没时间招呼我,我就先在屋角的一张长椅上坐下来等着。也许是近些日子忙,有些乏了,渐渐眼前竟模糊起来,一片红晕在模糊中跳跃,如火一般炙热地焚烧着,发出"吡吡叭叭"的声音。

1996.7.7 初稿于集宁
2001.6 再稿于北京

老梁

一

人生是短暂的，短暂得有时我们还来不及品出它的味道就一切都结束了。

我们人人骑着飞驰的骏马，在赛马场似的人生路上向前狂奔，谁都希望成为领跑者，谁都不肯让谁，即使跑得累了，饿了也来不及停歇，顺手从路旁的枝杈子上撸下把果子，还来不及看清是什么，就囫囵地吞了下去，有人恰好摘了个红枣，于是甜得乐弯了嘴角，有人恰好摘了个核桃，一口下去崩飞了牙，哇哇的叫，还有人恰好摘了个青苹果，酸涩的皱起了眉：

"哎，本该是个甜果子的，可惜摘得有些太早。"

二

我的童年是在河北农村度过的，年迈而硬朗的太行山盘卧在西，无垠的田野里边向东延伸着条条河渠，每年开春水库放水，最先流经的就是我们的村子——西城。

那时的乡村充满了平静，平静的田，平静的麦，平静的村舍和炊烟，偶尔的鸡鸣，引颈一啼，似乎瞬间敲碎了这镜面般的平静，却往往连邻家养的黄狗都懒得搭讪它这少有的激情。

村里唯一可饮用的甜水井就在村中央的大队部旁，那旁边还紧挨着村里唯一的卖油盐酱醋等日用品的供销社和赤脚诊所。我家住在村西北，每次跟着母亲去挑水时，都会路过一间破旧不堪的土坯房，每次我总会不由自主地向那里瞥上两眼，看看那个老人在不在。

那老人通常蜷在土坯房的门口，穿一身黑色的粗布棉袄和棉裤，袖口早已磨得有些油亮，残破的地方还向外滋散着一团团灰白的棉絮，腰里用一条卷起来的粗布捆扎着，花白的头发和胡茬，古铜色的脸庞上纵横着霜剑风刀的雕痕，老人的眼睛也蜷在深深的眼窝里，阳光撒在他的身上，也慢慢烘烤着他背后倚靠的土坯墙，当足够的阳光和墙温能让他起身活动一下胳膊和腿的时候，他就一边靠着墙一边慢慢地挺起了身子，从窗台上抓起一只粗瓷的大碗，向肩上搭一条补丁摞补丁的粗布褡裢，拄着一根同样弯了腰身的枣木棍儿兀自向前走去。即使我就站在他前面不远的地方，他也似乎从来看不见我似的，我好奇地跟在他后面走了几步，就听见娘在我的后面不远处呵斥：

"别跟在叫花子后面走！"

三

叫花子姓梁。

我那年七岁，他大概已经快六十了，多数的村里人都已不记得的他的名字了，都只叫他老梁。

听娘说他是村里唯一的以乞讨为生的老人。他没有孩子，只有两个侄子，但似乎他们对他的照顾也不是很多。他没有属于自己的一个像样的家，只有一间六七平方米的土坯房，即使是在那个年代村里住土坯房的人家也不是很多了，日子过得还说得过去的都早已经盖了或大或小的红砖房。但即便如此他的土坯房还有更让人心酸的地方，那房子本已不大且连遮风挡雨的作用都似乎谈不上，因为窗户有框却没有窗纸，门连门框都没有，走在外面的路上都几乎能看清他屋里的一切。

屋子里什么都没有，只铺了一地厚厚的枯干麦秸。

老梁白天出去要饭，晚上就回来钻进他的"窝"里，往身上铺排些麦秸，蜷在角落里睡觉。冬天冷了，他几乎一冬都不脱他的那身棉衣，每天睡前先捡些柴火来堆在门口烤火，烤暖和了，仍旧蜷身在厚厚的麦秸堆里睡觉。

老梁是叫花子，我却从来没见他向人家开口要过饭食，他从来都很沉默，很少说话，他只是把手中的碗伸过去，随你施舍些什么，而他只是蜷着眼睛，什么话也不说，然后扭回身挂着枣木棍儿就悄悄地走了。

我很纳闷他为什么不说些人家好听中耳的话呢？或许那样人家会给他更多一些的。可他从来不说话，甚至连腰都懒得再弯一些。

那时村里有大队部，听娘说，每年队里都会接济他一些钱和粮食，过冬时还会由队里出钱请村里的大娘大妈给他做一身新的黑棉衣棉裤，他的侄子们虽然不常来看他，但偶尔也会给他带来些米面。可是常常大家刚走，老梁转身就把那些新衣给卖了，换了钱就去供销社里打几两白酒，然后一个人回到那小屋里喝，醉了，倒头就睡。

四

老梁爱喝酒，且酒量不小，老人们说他年轻时有一两斤的好酒量。

那时我还小，不大懂得酒是什么，一次看见他手里拎个玻璃瓶瓶从供销社门里出来，还以为是娘让我打醋时用的瓶瓶呢，大着胆子问：

"爷，你打醋哩？"

他立住了，顿了顿，眼角的皱纹不易察觉的舒展了几条，花白的胡茬在下巴上微微晃着，慢慢地他把手里的瓶瓶向我伸了过来，点点手示意我去闻，我小心的凑过去鼻子，又迅急弹了回来，浓浓的一种刺鼻且奇怪的气味儿，不是醋，是什么呢？

"……"

老梁兀自向前走去。

我回到家，问正在灶台上忙活着晌午饭的娘老梁那瓶瓶里装的是啥，风箱在娘左手的推拉下呼啦呼啦得叫着：

"酒。"

"酒是啥呀？"

"……药。"

"……爷……得啥病哩？那药可不好闻。"

娘先是一愣，然后往冒了黑烟的灶洞洞里又搁了两把柴火，说：

"愁病呗，你还小，不懂，等长大了就懂哩。快自己玩去吧，一会儿该吃饭了。"

我上小学了，学校在村东头，晚上时常有晚自习，学期末的大考前每个孩子在家吃完晚饭就趁着刚刚升起的弯月，挎了书包，再拎着个用空钢笔墨水瓶改造成的小煤油灯向学校匆匆赶去。教室里没有电灯，一条条长长的厚榆木板就是课桌，每条木板上又都会挤着七八盏各式各样的小煤油灯，昏黄的灯光却似那黑暗里的星星，闪闪的映衬着一张张童真的脸，似乎每个人的脸上都一起闪烁起了星星才有的光。

那天我迟到了，看着我满头的汗珠老师担心地问我路上出了什么事？我摇摇头什么也没有说，坐在那里只是心里有些难过。

上学来的路上我路过老梁的那间小屋，深秋的夜晚依稀能在月光里显出小屋的轮廓，那屋里传出低暗而嘶哑的哭声，声音不高甚或有些压抑，然而却沉重得摧人心魄，我就愣愣地看着那黑洞洞的门口，既不知发生了什么，也不知该如何是好，四周也没有一个大人可以询问。

听了一会儿，我觉得是不是该去看看出了什么事，我小心地走到小屋的跟前，一股浓浓的"药"味扑了过来，我有些哆嗦地小声嗫嚅着问向那片黑暗：

"爷，你在里面吗？"

"……你病了吗？"

"你……"

……。

没有回音，哭声也停止了。

我依旧愣愣地站在那里，手里小小的煤油灯火像萤火虫一样在静寂中跳跃着，却实在很难照清那黑暗里的一切，也许这灯光太小了，我开始变得有些害怕，有些莫名的恐惧，慢慢地我退了回来，扭身跑向了学校！我还从来没有听到过老人的哭声，那是第一次，对于一个孩子来说那哭声远比黑暗还让人感到恐惧。

五

一个晚上,吃完晚饭后我就趴在炕桌上写作业了,小煤油灯刚刚加满了油,长长的粗棉芯子跳着欢实的黄火苗,时不时地还"叭,叭"得从火苗里蹦出来一两个小火花,看着熠熠满屋的灯光,我忽然想起了那天路过小屋时听到的哭声,我搁下笔问娘:

"娘,那天我听见爷在屋里哭哩。"

"……哦?下次离那远些哩。"

"为啥呢?"

"……"

娘说,老梁在住到那间小屋前是住在很远很远的一个地方的,那个地方叫监狱,是专门用来关坏人的地方。

"他是坏人吗?"

"现在不是。"

"他以前做坏事了吗?"

"他杀了人。"

"……"

再后来我听说老梁年轻时人长得很精神,也很能干,不但庄稼侍弄得好,还会些木匠手艺,农闲时走村串户的给人家打些家具。只是家里困难,弟弟还小,父亲早年就跛了腿,很久不能下田了,母亲也辛劳多年累坏了身子,平时家里全靠老梁这个全劳力,因此老梁二十好几了还说不上一门亲事,爹娘央遍了十里八乡的媒人,可往往人家一打听他家的这境况就退了回去。

那年又恰好赶上了百年不遇的天灾,先是春旱,地干得都咧了几丈长的嘴,太阳一起就呼哧呼哧的管人要水喝,地里什么苗也不长了,入秋时又逢霜冻,十里八乡的庄稼都是个坏收成,听队干部们说南边的好多省份比我们这里还要糟糕。

一天傍晚,媒人突然上了门,说有个南来的外乡女人长得俊俏,想在本地寻个人家。

老梁娘正在炕头上缝补着准备过冬的棉袄,犹豫了一下,还是下了炕,拢了拢头发,冲媒人说:

"走,看看去。"

屋子里早就坐满了村子里的大姑娘小媳妇们,那姑娘也盘腿坐在炕沿边上,乌黑的头发看来刚刚梳理过,还略有些乱,虽然清秀的鹅蛋脸上泛着些因奔波疲惫带来的灰色,却也掩不住她那皮肤天生的细腻和光滑,大大的眼睛低垂着,嘴角不时的簇痕显得她正怀了一颗忐忑的心。

"你叫什么名字啊?"

"秀秀"

"你从哪里来呀?"

"……四川……"啧啧声一屋,四川,好远的地方,恐怕我们这的公社书记都不见得去过哩。

"为啥离家这远寻人家呐?"

"我们那里穷,这两年又遭了灾,饿死不少人了……我家子妹又多,娘说不能等着饿死,让我们出来逃荒……家里就剩下一个弟弟和爹娘了……"

"你想寻个啥样人家啊?"

"能吃饱饭,人好就行"

"……"

"……"

人们七嘴八舌地问这问那,都说这姑娘长得俊哩,老梁的娘很满意,忙着塞给媒人怀里一包红糖。

几天后,老梁和秀秀就成亲了。

老梁管生产队里借了一匹枣红马,马头上用火红的绸子扎了朵大红花,再在马背上铺了一层花红的棉褥子,扶秀秀骑上去后,他把秀秀从媒人家里拉回到了自己刚收拾好的新房里,就算过门了,那新房是管他叔伯暂借的一间许久没人住的老房收拾出来的,有几个叔伯兄弟和他弟弟帮忙,一天也就打扫好了,贴上大红的双喜字,就是新房。

那天村里来了很多人吃喜饭,许多的后生都是听说新娘子长的俊俏来凑热闹看看,每人一碗红薯粉条炖白菜,熬煮的烂烂的,一院子的人蹲在那里吸溜着吃,只有村干部和长辈们有些酒喝,虽然不多,大家却喝得兴高采烈,村长更是喝多了,直嚷嚷老梁有福气。

六

两个人的小日子就这样在匆忙和平淡中开始了,随着逃荒时光地慢慢远去,秀秀也逐渐在村里人的眼中变了个人似的。

秀秀人长得好,手腕子上的皮肤白皙得像刚剥了皮的柳枝子,眼睛总是水汪汪的,泉眼一样深邃而动人,北方男人哪见过这么俊俏的女人,没事时常常在田间地头诧异,琢磨着,咋人家老梁的女人会这么水灵。

秀秀不太爱说话,但却很能干,结婚的第二天就想跟着老梁下田拾麦去了,惊得村里人直喷舌:

"呦呦,梁家的祖坟冒青烟了吗?咋就碰上这美事?"

老梁心里也美滋滋的。

转年又是秋凉,庄稼还是只能收个二三成,县上往各个公社、生产队下任务,组织人力去修水库,大喇叭里天天喊各户都得出人,按人按天算工分,一个小队一个小队的轮流去三十里外的水库坝上出工。

一天傍晚,村长特地到老梁家里来做工作,说按理老梁成家单过了,出一个工就行,可他爹和弟出不了,所以老梁得替他爹和弟多出一个工,一个工干三个月,两个就是半年,问老梁行不行,老梁说

"行,俺出得了。"

村长一拍大腿站了起来,冲着秀秀说:

"你看,还是这小子行,不但能干还孝顺仁义。"

然后又拍拍老梁的肩膀,说:"你放心去,家里的事大队帮衬着呢,有空你哥我也常来看看。"

坝上的活很辛苦,忙早忙晚,累死累活。工期上边又催得紧,说一定要赶在来年开春前修好,得抓紧春季蓄水哩。老梁中间回来

过几次，都是拿些换洗的衣服，来不及过夜，就搭工地上出来拉东西的拖拉机匆匆赶了回去。

工地上有些一个村来的后生，工闲时都爱拿着老梁羡慕，没人不承认老梁娶上了个天仙媳妇，好看得大家对老梁都有点眼红，时间久了，嘻嘻哈哈的闲言碎语慢慢成了风言风语，说得老梁几次要和后生们打起来，他知道，他们嫉妒他哩，一个个肚子里盛不下就往喉咙里拱酸水呢。

小年那天是在坝上工地过的，晚上公社特意派人来改善伙食，每人可以盛一碗猪肉炖粉条，能喝酒的还有酒喝，下工后累坏了的后生们来不及洗掉手上的泥巴就哄的围满了灶锅的四周，几口酒下肚，各个脸上都泛起了猪肝色，老梁也一样，快一年没吃过猪肉了，香得几乎能让人昏倒。

"哥，你听说没……？"一起来坝上的堂弟红着脸跟他靠了过来，小声地说。

"啥？"

"人家嚼舌头哩……"

"啥？又是你嫂子……娘的，是谁？"

"唉，你急什么？"

"……"

"哥，你得常回去看看，别老惦记挣这工分……兴许我嫂子在家也想你哩……"

堂弟说了些含含糊糊的话，老梁没搞明白，倒是酒劲冲得他脑子热得很，像打了气一样，浑身要炸的感觉。

"我回……回家……家看看……你嫂子……明早就回来。"

老梁把筷子一搁，抹了一下嘴，就向西城方向走了下去。

"哥，路上小心！"

堂弟在那里冲着他的背影喊了一声。

周围的人都有了些醉意，一个上了岁数的过来拍了一下他堂弟的肩：

"你咋让你哥这会子回去，日头都落西这久哩，到家不得两三点？黑灯瞎火的出点事咋办？"

"不能吧？能出啥事。"

"嘿……那可说不准咧。"

老梁甩着大步半夜就到了家门口，酒劲少了些，他敲了敲门

"秀秀，俺回来咧。"

屋里似乎有了一瞬火柴擦着的光亮，但随即又灭了，隐约听见一个男人的声音低沉而急促地说：

"点灯干啥哩，怕人看不见呐……"

老梁的脑子"砰"的一声仿佛炸开了个口子，他"呼"地抬起脚来踹开了屋门，月光也明晃晃地立时随着他闯进了屋里。

老梁顺手从门口旁边的灶台上抄起了一把菜刀，等他拐进里屋时，看见秀秀和一个男人的身影正在炕头上忙乱地往身上套衣服。

"啊！"

老梁大喊了一声，然后张着口，干干地嘎巴了几下，竟什么也说不出来了。他挥起菜刀跳上了炕，秀秀尖叫了一声，黑暗中刚要躲时却似乎被人拉了一下，挡在了那个男人身前，菜刀来不及抽回来就扎进了她的肚子里，黑影里的男人趁机"嗖"地跳下炕向门口窜去，可惜他运气实在糟糕，慌乱间碰倒了一个用来晾晒玉米的笸箩，"哗啦"一声玉米粒粒撒了一地，而他刚好踩在上面，脚下一滑，"哧溜"就向前摔了出去，还没等他起身老梁的菜刀就跟了过来结结实实地扎在了他的后心里。

老梁杀人了。

其中一个是村长。

最先听到动静的邻居过来一看，惊得"妈呀"一声就跑了，跑到书记家门口，"咣咣"地砸门。

书记也慌了神，趿拉着鞋"啪啦啪啦"地一路跑过来看，门倒了半扇，堂屋的地上趴着村长，一只胳膊套在棉袄的袖筒子里，那半边还没来得及套，下身光溜溜的，裤子飞到了门口，后背上还插着那把菜刀，里屋的炕上躺着秀秀，肚子还在骨碌骨碌的冒着血沫子，人是早就不行了，书记一边跺脚一边说：

"你这孩子咋这胆大呢，捅下了天喽……"

"这事得马上报公社了,两条人命啊。"

老梁没有跑,他一直靠着炕沿坐在地上,浑身哆嗦个不停,很长的时间内他似乎一句话也听不见了。天快亮时村里来了县上的干部和民兵,还有解放军,两辆吉普车就停在了老梁家门口,村里的人挤满了一条街,人们窃窃私语

"哎,这下梁家算完了,这不得毙两回,两条人命啊。"

"狐狸精惹得祸哦,好好一个孩子……"

"秀秀咋就出这事哩?昨天我还让她帮我画个鞋样呢。"

"梁子还是福命浅,受不起这美事哦。"

天亮时,老梁被五花大绑着架到吉普车里走了。

老梁一下子闹出了两条人命,动静大得不得了,本来要偿命的,可秀秀家和村长家里的人都觉得这事理亏,在乡里乡亲面前丢人,不愿深究,村里乡亲们又组织了不少人上县里求情,最后宣判时只给老梁判了个无期。

三十多年后,老梁老了,那监狱里的活也干不动啥了,人家就放他回了老家,可村子里早已物是人非,爹娘走了,弟弟也走了,家没了。只有两个侄子在,给了他一间早年的土坯房让他住。

他没有地可耕,即使有也耕不动了。但他却不愿求人,回来后的第二天,起早的人们就在村口的小路上看见老梁拄了个枣木棍儿要饭去了。

七

那一年,我就要和爹娘离开西城,搬到东北沈阳去了。临走之前按乡俗要轮着到各个要好的乡邻亲戚家吃顿饭。

一天吃完饭后正往自家走去,恰好迎面走来了老梁。

他这一次似乎看见了我,蜷卷着的眼睛舒展了些,我上前说:

"爷,我家要搬走了,你保重。"

老梁侧过耳朵听清了,他把那枯瘦的手伸进了胸前背的褡裢里,摸索了一会儿,颤巍巍地掏出了一个梨递给我,我忙拦着:

"我不吃,您自己留着吧。"

他却并未收回去，胳膊反而伸得更直了些，我推了推，竟推不动。

他的眼睛里亮晶晶的，不知挤满了什么，影子似的晃来晃去。

我有些不好意思地收下了那个梨，他才挥了一下手，继续拄着拐棍儿从我身旁走了过去。

望着他的背影，我心里酸酸的，手里的那颗梨像块石头一样的沉重。我在想老梁的这一生是囫囵吞了怎样的一个果子呢？或许他自己都还未搞得清楚吧。

在我看来老梁要饭食但他不要人情，他身子虽然蜷着但他的心却从来都站的挺挺的。

八

多年后的一天我在开车，路过一个十字路口，刚好红灯亮了，我便停下了车。

这时一个蹒跚的老人径直走到了我的车前，匆匆用手里的一个脏乎乎的掸子在我车的前挡风玻璃上扫了两下，然后弓着背向我伸出了手，那一瞬间我似乎又见到了二十年前的老梁，黑粗布的棉衣裤，花白的胡子和干瘦而黑癯的脸。

"老板，可怜可怜吧，给点钱吧……"

我随手递过去了一个硬币，车开走了。

我虽然又看见了和二十年前老梁一样的蜷缩着的身影，但感觉又很有些不同。

2009.2.15 一稿于天通
2009.2.17 再改于百环

老张

一

老张是青皮。

至少我在很长的一段时间内都是这么看的。

二

八年前,他曾经是我的房东,我租了他的一间门面房开了个服装店。

开店前我曾选了很长时间的店址,一要客流量大,二要价格适中,三要街面平静,事少。而且开店的生意人基本上都躲两种人远一点,一种是抗着肩章,顶着大帽的工商税务,街道城管;另一种就是街面上混生活的地痞流氓,小偷无赖。照着这思路,我曾选遍了北京三环内的大街小巷,到后来却发现还是选进了第二类人的家里。

第一次交房款时,他正在自家平房顶上搭建的铁皮房里吃晚饭,让我上去谈,我晃了晃那个木梯,还行,于是"噔吱,噔吱"地爬了上去,老张坐在里面,桌上摆着酒菜,四壁除了窗户,就是用铁丝网编制的鸽子笼,白的,灰的,各色的鸽子在一旁咕咕咕地叫着,

"来吧,一块吃点吧。"

"大哥,我吃过了,您别客气,我把那钱给您送过来了。"

"急嘛,坐这聊聊。"

"大哥,出门在外靠朋友,以后我这小买卖就靠您帮忙了。"

"那是自然,你放心吧,有我在,你就塌儿失(实)的。"

说着,老张一仰脖,倒进去一杯酒,他那喉咙似乎很深,那酒咕隆咕隆地翻着筋斗就下去了,到了胃里"砰"的一声摔了个四仰

八叉。

"你打听打听去,大哥我在这条街上多少有点面子,工商不敢来捣乱,无赖更得给我脸,租我的房子做买卖你省老心了,另外什么街面上的垃圾清运费、治安费,你都不用交,有我在,没人敢管你收,电呢像你这空调,满屋子的灯啊伍的一个月肯定少不了,你也就意思意思,一月拿个百八十的就行了,我不会跟你算那细账去,怎么样?这条件你在二环内打听打听,哥我够实在的吧。"

当我看着他那肥硕的罐体躯干开始怀疑他所说是否吹嘘时,他也似乎看出了我的心思,"吧嗒"了一下嘴,把我递给他的钱往桌子上一摔,说:"放心吧你。"

……

"这房东看上去还真挺仗义,人也够爽快。"看着老张头顶上那花白而稀疏的寸发,我暗自庆幸或许自己的选择没错。

三

老张喜欢养鸽子,房顶上经常盘旋着成群的鸽子,哨音呦呦,常常让工作间隙的我羡慕老张的悠闲,因为老张不上班,整天就是靠出租自家的祖上传下来的门面房过日子,生活的全部内容几乎就是养猫、养狗、养鸽子。那鸽子养了几十只,一次,我打趣地和他说:

"张哥,养了这么多鸽子,你不烦呀?!人家都说鸽子肉好吃,哪天逮只尝尝?"

"尝尝?你懂个屁,你知道你一嘴能吃进去多少钱吗?"

"多……多……多少?"我愣了。

"多少?!告诉你,我这些鸽子起码值个二三十万。"

说完,他就指着一对头上有红斑的灰鸽子对我说:"看见没,纯荷兰种,光这一对就能在鸽市上卖两万,就前天来的那主儿,还能再加五千,我都不卖。"

我一时蒙了,真不知道原来这一只鸽子还能价值上万哩,以前只知道鸽子是养着玩的,原来还能卖钱,怪不得他家的房顶轻易不让人上去,呷,原来上面每天起起落落着二三十万呐!

自从知道了房顶上每天都盘旋起落着"钞票"后,我就开始常常留心起这些"钞票"了,灰兰色的,我叫它卢布,红咖色的,我想象它是人民币,有一只在脖颈子上染了些绿色,我亲切地称它DOLLAR,简称小刀。不过这些钞票似乎每天都有着翻新,因为我经常能看到一些新面孔,它们来来往往,熙熙攘攘,每天都能成群结队地掠过树梢,房顶,给老张带来些快乐和热情,每天老张都带着自己那还只有八九岁的儿子在房顶上忙碌着。

后来偶然的机会,我从别人口里知道,老张还有样绝活,就是"粘"鸽子,他能放出自家的鸽子,把路过他家的鸽子带回他家的鸽笼,然后再偷偷地把"粘"来的鸽子卖掉,所以他家的"钞票"才能时常翻新着。

四

老张祖上应该是八旗,作为老北京,老张对别人这样称呼他从来不说个"不"字,可也忌讳什么似的藏着掖着躲着那个"是"字。

我也是这样看的,因为在我这辈儿人的有限历史观中只有以前的八旗子弟才能像老张这样天天过着提笼架鸟,走狗斗蟋的日子。

一个秋日的午后,我正懒懒地坐在店里,老张悠然地沿着楼梯走了下来,一只手缩在袖筒里,隐隐地漏着一点鹅黄色,我好奇地问:

"大哥,准又是什么宝贝吧,亮亮?"

老张瘪了我一眼,吧嗒了一下圆圆的下巴上面的两片厚嘴唇,说:

"见识见识?"

"见识见识。"

只见老张小心翼翼从袖管里吐出了一个精巧的葫芦来,那葫芦同我们惯常见到的似乎区别不大,但仔细看时,却发现葫芦把儿已经切去,代之是一个有着精美云纹镂空图案的深咖色花梨木的盖,更新鲜的是那葫芦壁摸起来凹凸不平,仔细看时才发现原来那突起竟是连绵不绝的非常精美的山水图案。

看着老张那洋洋得意的神态,我有些不解和不以为然:"不就是个葫芦吗?!"

"你小子不懂，这葫芦可不一般，知道干什么的吗？"

"……？"

"听听。"说着他把那葫芦口凑到了我的耳边。

"哦，哦，有蝈蝈在叫，真的，里面是蝈蝈，原来是个蝈蝈罐呀。"

我惊讶于世上竟有这么精巧的蝈蝈罐，更纳闷为什么他会把它放在自己的袖管里。

"蝈蝈就得这么养，蝈蝈怕凉，天冷到一定程度后它就不再进食了，所以你得把它养在身上，靠人体温的那点热乎劲儿让它活着，冬天里听着它那又憨又闷的空竹似的音，浑身那叫一个舒坦。"说者老张变戏法似的又从左右怀里掏出了大大小小的三个葫芦，每个都在"嘟嘟嘟"的鸣叫着。

"张哥，我可欣赏不了这蝈蝈声，倒是觉得您这葫芦不错，送小弟一个吧。"

"……？"老张故作惊诧的看着我，一时说不出话来，眉头拧了个个儿。

"大哥，我就是觉得这葫芦好玩，您不乐意，我就不要了，别急呀。"

"你小子倒真敢张嘴，你知道这葫芦值多少钱吗？"

"多少钱？五百？"

"这大的去年我花八千买的，这俩小的都是五千买的，最小的这个别看个头不怎么样，但瓷皮，薄胎，铁里子，样样精到，音是高中低都有，怀里一揣，那都快赶上听马连良的戏了，前晌儿东单的一哥们儿出价一万五，我都不卖，怎么着？得抻抻呀……知道吗？最起码得这个数。"说着他右手用拇指和食指比划成了一把枪。

"这种葫芦在前清时那可是只有王爷贝勒才玩得起的玩意儿，要用特制的模子把小葫芦箍起来，采光要四面均匀，浇水要多少适中，不能雨淋，不能虫蛀，到秋天收活时，往往几百个里才能选出一个品相好的，现在这手艺几乎都失传了，只有京东三河刘的后人还能做得几个，我这几个都是托了三四道朋友才弄来的。"

这下我真的傻了眼。

从此，我知道了人家老张不但房子天天给他挣着人民币，而且天上还天天飞着，怀里也天天揣着人民币。

本来我看着都是些不着调的事，竟原来是这个看似粗人的人的精打细算的生意。

五

到了秋天，北京的树叶凋零的早，满街的槐树都抖抖身子，丢下一地的黄叶叶准备冬眠去了。

老张又想出了一条生财之道，他把我店门前的人行道占了去，雇了一个河北人，据说是老张的远房侄子，帮他在那块地卖糖炒栗子。

我很不满意，门口总是乌烟瘴气的，谁还会来里面买衣服，交涉了几次但老张根本不理我，我也没办法。

终于有一天，工商城管执法清理违法占用人行通道的小商小贩，要把他的炒栗子的家伙什都搬到130上拉走，人也多，喊咪咔嚓没几下就把家伙什搬上车了，可刚走出不到几十米，闻讯赶来的老张就带领着侄子追上去生生又把东西抢了下来，搬回了自家屋里，街坊邻居都知道他是个驴人，发起驴性来六亲不认，所以有些知情的城管也就警告了几声离开了，谁料到城管队刚调来了一个新领导，一听说有人居然在自己的街面上公然拒法，勃然大怒，一边训斥手下无能，一边召集手下要亲自去执法，

"我倒要看看，什么人这么嚣张？我倒要看看，看看他怎么嚣张？"

呼噜噜来了好些个人，还有好多看热闹的。

"张永生，你少给我耍无赖，你违法经营，我就要按法办事。"

队长说完了话就带头冲进了老张的屋子，后面足足跟着七八个小伙子，而屋里面只有老张人一个，他的那个侄子早被唬得跑了出来，正瑟瑟的夹在看热闹的人群里张望着。

门"吭"地一声被关上了，所有在外面的人都收紧了心，心想这下可有老张好受的了。

门是老张关上的，而且他还从里面上了锁。

屋里的收音机开着，嗞嗞啦啦地放着京剧，听着似乎就是老张平常最喜欢哼唱的那出马老板的《龙凤呈祥》。

劝千岁杀字休出口，老臣启主说从头。
刘备本是那靖王的后，汉帝玄孙一脉留。
他有个二弟汉寿亭侯，青龙偃月神鬼皆愁。
白马坡前诛文丑，在古城曾斩过老蔡阳的头。
他三弟翼德威风有，丈八蛇矛惯取咽喉。
……

屋子里的人一时都愣愣地看着他。

屋子中央放着两个液化气罐，阀门已经打开了，屋子里弥漫了浓浓的煤气味道，那煤气钻出罐体时发出的吱吱声就像足球场上裁判吹出的哨声一样在人群中显得异常刺耳。

老张伸出一只手，一个打火机正在他的手心里待命而发。

队长的额头"唰"地就蹦出来了一层汗，黄豆粒大小的汗珠子开始滴答滴答地砸在他的脚面上，他真没想到老张会来这么一手，也不敢想象在他头顶上假如真的升起一股蘑菇云后会是一个什么样的景象。

"别，别，张哥，不兴这个，有话好好说嘛，街里街坊的。"

"对对，大哥，大家商量嘛，您看您生这么大气干嘛，我们也是为了工作嘛……"

……

"滚丫的！"

好些人呼噜噜地又走了，还有好多看热闹的。

虽然老张的糖炒栗子阵地受了点互让一步的影响而后撤到屋檐下了，但可以看出来城管队几乎自那天以后就再不来他这丢人了，我也才开始感觉到，这老张是青皮。

六

老张脾气特别不好，年轻时好打架，为此还蹲过监狱。

邻里四房虽然面上似乎恭敬他几分，却背地里都数落他的驴性，据说年轻时他为了一点小事就敢打他的父亲。在监狱那会儿，他老婆闹着要离婚，老张说离可以，但我出去后灭了你们全家，吓得她老婆再不敢提了。安定门内大街上他是踩一脚，晃三晃的霸王。据说背着这样的名声也让他感到盛名之累，经常有地面上的纷争请他调停，时间久了，岁数大了，他也厌了那些个乱七八糟的江湖事，有一天找了个盆子象征性地洗了洗手，就算收山了，宁愿只顾着自己的小门小户了。

快五十的人了，儿子才九岁，于是成了他的宝贝，对儿子他可以说是百依百顺。

他的鸽子别人谁动都不行，只有他儿子连打带扑的，他却在一旁看着咯咯乐，上万元的葫芦他儿子的腰里就别了一个出出进进。

一个冬天的晚上，我刚刚关上店门，准备回家，却听到楼上隐隐传来了哭声，我不解的上楼观看，竟是老张一个人在那里哭。

"张哥，出什么事了？"

"呜呜……"

"病了？"

"呜呜……"

我感到紧张，我还从来没见过一个年近半百的男人这样痛哭。嘴大大地向两侧咧着，眼泪和着口水纵横在他的胸前。

"没事，我就是心理难受，真他妈难受哇……你说这一辈子过的，人这都是命呀，这年头你能指望谁去？我这么挣来挣去，不就是想给那兔崽子留点东西嘛……可说不定这小子长大了还不认我这个爹了……所以人呐还得自己好好活着……我容易嘛我，小曹，你说有他妈几个人理解我呀？啊？"

这话我一时还真不好回答，觉着要是我说理解他了是不是我也就是那"他妈的"了。

我看到他面前放着一包花生米，一瓶剩了小半斤的二锅头。

一条花白毛巾攥在他的手里，不时的凑到眼睛那抹两下。

第二天我才知道，原来是他的宝贝儿子向他要钱买个游戏机，一问要3000多元，老张刚好手头没有那么多现金，儿子小，不懂事，随口就说他老了没用，老张火往上涌，一巴掌把他儿子扇了个鲤鱼跃龙门，直接从房上顺着梯子摔倒了房下。而他自己是既生气又心疼，就回屋喝起了闷酒。

七

又一个雨季来临时,我要从老张那儿搬走了。

那天正好赶上街道居委会组织了一大帮子人在检查旧城区老房子的电路。

我正在和伙计们在店里捆扎货品,就听到一个居委会的老太太在后院跳着脚叫骂:"我说这两年,咱们这片怎么总是不明不白的丢电,原来是你张永生在偷啊,怪不得你租着这么多店面每个月才给街道交十块钱的电钱,你亏不亏心呀?让我们大家伙背黑锅。"

我哑然。笑了。

"好你个老张。"

2006.7.28 作于劲松

小元

一

北京。

说到北京我得感叹感叹,那叫一个大。那么大个城市,顶沈阳得几个大,顶俺老家西城得几千个大。记得刚到北京上学那年,压根就不知道北京有多大,就觉得哪哪都新鲜,虽然从内心来讲觉着这北京城灰突突的,人也穿得都不咋讲究,可首都人的那股子牛大发了的神气劲儿却是清清楚楚满大街摆着的,心想那总该是有原因的吧。

我们几个五湖四海的新同学初来乍到的,就想去看看天安门,于是周末大家相约走着去了,整个一上午,从樱花东街一气走到了金水桥,累得趴在栏杆上就像三伏天大太阳底下犁了半晌地的牛一样光剩喘气的劲了。

不过,天安门的"相貌"还是让我有些失望的,咋这么矮呢,来北京前的漫长岁月里我一直觉得天安门那咋地也得像个山似的才行啊,咋地也得让我仰着脖子看才行啊,结果却颇有点失望。不过还是终于见着从前只在照片上见过的真家伙了,也算没白来北京上回大学。

"你看看,全中国最大的大院,多气派。"

一个同学指着后面的故宫感慨着。

"那是,天安门不过就是人家的一个门楼而已。皇上一个人住这么大地方,唉,真比不了啊。"

"有什么比不了的?它现在还不是归人民了,再大它又能怎么样?你看今天我们不是说来看看就来了嘛。"

"得了吧你,光会在门口起哄,你说你是人民不?是吧。那你说是不是这大院也应该有你一份呢？应该吧。可你小子要去看看你那一份咋还得掏钱买门票呢？要不你出钱请我们去里面看看你那一份啥样子？"

"……得得，不跟你掰扯，别说兄弟我现在没钱，就是将来我有了钱，我也不想进去，我，回头发财了，在北京，盖一个比这大的，就我一个人住，我天天请你们几个来我家吃饭，绝对东北大米招待你们，咱不跟学校食堂似的净整那糙米糊弄人……猪肉炖粉条，那家伙，管饱，可劲造，晚上就住我家，每人一套房子，一套啊，保证不低于六十平方米的，够大吧……"

"你还知道你姓啥不？你知道这皇上家的大院有多大吗？你就开吹。"

"我当然知道我姓啥，这大院……六百平方米？！"

"死去吧你。"

……

二

1998年对我来说是个灾年，是一个重新让我变得一无所有的灾年。

1998年的春天我每天早晨没起床前做的第一件事就是对着在脚丫子底下悬挂着的窗帘子高声朗诵顾城的诗：

"黑夜给了我黑色的眼睛，我却用它寻找光明。"

就这么一句，然后脚丫子会"哗啦"一声拉开那厚实得几近密不透风的布帘子，早晨的光明便霎时闯进了我的眼睛里，我通常会在此时念叨一句"这他妈诗还真管用"，然后搓搓脸，上茅房水房刷牙洗脸洗黑眼睛。

我那时毕业也有两三年了，一直就住在一个过道里。其实我住的单身宿舍是单位的一套两居室，就在东三环边上的呼家楼。一间小卧由一位老员工单住，不过他很少回来，另外一间大卧住了两个比我早几年来单位的青工，不过这两年他们也陆续跳槽了，只是赖着还没搬走，我来这最晚，本来单位不肯给安排住宿的，可分管人事的领导经过近一个月的左询右问，前侦后察最后发现我在北京确实连半个亲戚都没有，才无奈把我安排在了这半是饭厅半是过道的地方住，六平方米的饭厅，拉上个布帘子，刚好放一张床，一张桌子。即使如此，我也算幸运的了，因为第二年分配到我们单位的同学就只能住办公室了。

  但这段时光也仅仅维持了两三年，公司领导们就想把我们搬到另外一个叫太阳宫的地方去了，太阳宫，乍一听还感觉挺不错的，毕竟太阳宫的"宫"比呼家楼的"楼"显得气派多啦。可后来才知道那时的太阳宫就是一个破破烂烂的蔬菜批发市场，而我们的宿舍就是菜市场边上一排由废旧仓库改造成的小平房，几乎所有的青工都不想去，谁都知道将来单位分房会越来越困难，如果今天从这里搬走了，就几乎不会再有住进楼房的机会了。而且，这个楼里明明还有空房可以安顿单身青工，为什么非要把我们安排到那么偏远，简陋的地方去，后来我们才知道，原来让我们这些单身青工腾出房间来是为了给我们单位大领导们完成厅局级干部每人四室两厅的住房指标。

  我们从心里期望着那一天不要到来，不要来。甚至期望着通过集体抗争能调到一间更好的房子，对我来说哪怕只有一间，我就可以考虑结婚了，因为那时我已经谈了一个女朋友接近一年多了，她是一个北京女孩，对我很好，希望能有房子和我结婚。

  那天终于到来了，像一幕大戏一样跌宕起伏地展开了。

  单位的中层领导来了五六个，大领导们据说提前两天都出差开会去了。我们几个房间的人立刻陷入了被动，因为大领导们的电话再也打不通了，而中层领导们又只说奉命行事，我们开始静默抗争，头半天就在这抗争中熬过去了。

  保卫处长姓柴，是一个五十多岁的刀条脸，他坐在我床边开始声音低低地跟我说：

  "小曹啊，我们都知道你在单位里表现最好，前途最大，前两天主任还在会上说你设计天分很好，将来看看是不是调到设计部做个设计总监呢。"

  "……"

"你看,这次搬家不是针对你的,主要是针对你们屋大卧的那俩人的,他们都离开咱们单位一年了,就是不搬,你说这不是占着茅坑不拉屎嘛,咱们那么多青工还没地方住呢。"

"……"

"所以呢我们想让你作个表率,先搬出来,这样把过道腾空,他们就没理由不从里屋往外搬了,等他们一搬出来,你就再搬回来,你们关于宿舍啊等的问题就都属于咱们单位内部的问题了,商量着来有什么解决不了的呢,你看行不行,就算配合我们的工作吧,我们几个领导都在这,你放心好了。"

我听了半天,觉得这样僵持下去也不是个办法,况且一会儿再搬上来,既帮领导解决了难题,同时自己的权益也能继续得到维护。于是我点头同意先搬我的东西到楼下,等一会儿里屋的搬走了再搬上来。

然而,当我还在犹豫这样做是否算背叛了其他几个兄弟的时候,顺着楼道里的窗户我向下望去,惊讶地发现我被搬到一楼的东西都已经被直接装上搬家公司的货车了,我向着空旷的大院大喊一声:

"你们干什么?为什么把我东西装车?"

半拉熟悉的刀条脸从驾驶室里探出来向我瞥了一眼,又马上缩了回去,紧跟着汽车发动机发动起来的轰鸣声传来。

我疯了一样向楼下跑去,从十六楼连蹦带跳一直跑到院子里,却发现货车早已经拐上了三环,远得光剩下车屁股的影了。

我立刻拦了一辆出租车追了出去,坐在出租车里,被人欺骗和玩弄的羞耻感憋得眼睛里冒火,我嘴里念经般不停地重复着三个字:"王八蛋,王八蛋……王八蛋……"

等我赶到太阳宫的时候,我的所有行李都已经被扔进了一个房间里,摊在地上,搬家公司的车早就跑得无影无踪了。

一下子,我感觉什么都完了。

这时,那几个领导刚好跟了过来,刀条脸还喜滋滋地走在前面,我一声不吭地跳起来,抬起右腿向刀条脸的身上踹去,顺便还甩过去一句经文。

"操你妈,王八蛋,你骗我……"

我像疯了一样向这个刚刚欺骗了我的人冲去，嘴里嚎叫着，痛骂着，如果不是其他几个人紧紧地抱住我，我肯定能让这个五十多岁的刀条脸从此拥有一个非常遗憾的后半生。

我哭了，泪水如泉涌般滚滚而下，我突然发现这个世界原来是如此得不公平，小心翼翼地活着的人却发现他活得其实最不安全，只求自保的人却会被别人更加得看扁，没有房子的人不但得不到有房子的人的可怜反而要被人家用房子作为条件来欺骗，而关键是当这些欺骗发生时，我却除了能看见自己的眼泪还算同情自己一点外，其他的什么也没看见。

那一晚，走廊里空荡荡的一个人也没有，屋里地上散落着我的书和行李。那个晚上我是呆坐在地上哭着度过的，在北京，一个人的感觉常常就是无助和绝望。

第二天，女朋友来看我，当她一踏进门的时候，我从她的眼睛里看到的就只有两个字"失望"。

我知道，天快亮了，梦差不多也该醒醒了。

果然，仅仅一个月之后，我的女友就向我提出了分手，理由很多，但大多都是她家里人不满意我的条件，她的压力也比较大，我能理解她的压力，作为一个男人不但不能给自己心爱的女人提供好的生活条件，还要让她为了自己的无能而背负那么大的压力，的确这足够她要求分手的了。

我也曾试图挽留这段感情，因为它的失去仿佛我心头被刀在剜绞。我曾害怕失去我身边仅有的那一点物质，但刚刚我失去了它，我更害怕失去我身边仅有的这一点点精神依靠，但看来我还是会失去它，如果稳定需要三个支点的话，那么我已经失去了两个，剩下的一个就如同一棵无根的杨柳那样随时都可能在一阵不知哪个方向吹来的小风中倒下。

终于，在1998年的夏天我又重新变得一无所有了，变成了光棍无产者。

三

太阳宫的生活从此开始了。

我每天早晨睁开黑眼睛后还要接着朗诵诗歌,不过不是顾城的诗了,因为听说这小子自杀了,更不地道的是他还先弄死了他老婆,我挺不欣赏这种作为的,觉得不够男人。我转而朗诵的是食指的诗:

"每当蛛网查封了我的炉台,
每当灰烬的余烟叹息着贫困的悲哀,
我要顽强地铺平
失望的灰烬,
用美丽的雪花写下——相信未来。"

十几年后我才知道,让我曾经十分景仰的诗人食指仍旧一个人落寞地住在北京西郊的一处简陋的不能再简陋的老房子里,他的未来也许只是个梦,但他认了。

我虽然就此住在了这个简陋的单身宿舍里,却每天都在想方设法把自己的小屋打扫得干干净净,收拾得温馨整洁,即使它只是个小贝壳,我也希望它是海滩上最靓丽的那一个,我可以被人抛弃,但我决不应该抛弃自己,只要有一丝可能,我都会让自己的人生色彩变得更斑斓一些。

两个月以后,我决定辞职下海了。

理性的男人做点什么事似乎都应该是先找点理由的,我作出这个决定的理由很简单,一是我把领导踹了,二是女朋友把我"踹"了。

那时在单位里,左右看看,像我这样的青工大致可以分为几类,要么是家底殷实,后台很硬,上面有人,再加上人也不赖,长袖善舞的,是不愁房子的,左右父母或老丈人给备好了;要么是在北京没着没落的,但工作几年了,羽翼已丰,翅膀硬了的,大多"孔雀东南飞"了;还有就是像俺这样的,没着没落的,可着北京四九城拿吸尘器都吸不出个灰尘大小的亲戚来,翅膀是长了,可是毛没长全,别说飞了,想着估计出窝就得摔死。

真是进退无方啊，进就意味着要舍弃这不容易得来的机关单位的悠闲自在的工作机会，虽说工资不高，可毕竟天天过得是品茶看报的日子啊，对女朋友的家长来说这起码也算个正儿八经的公务员，国家干部吧。退就意味着墨守成规，结局要么是等着哪天晴空万里，却"喀嚓"打下一个大霹雳来，中头彩喽！那霹雷刚好霹着我，因为，我，着了哪个大领导的青睐，谋了个一官半职啥的，说不定啥时候也能借机捞它三瓜两枣的；要么就是一辈子在单位里忍气吞声，熬到灯干油尽，用大半辈子的薪水终于买了套两室一厅，结果还没睡塌实两天，西天极乐世界那边就来函催我去报道了。

我其实已经用了近一年的时间来思考对这个问题的抉择，但女朋友仅用了一脚就帮我抉择好了。

我对进的忌惮就是女朋友家长的看法，退的犹豫就是单位里说不定哪天会来的"大霹雷"，可是现在女朋友吹了，你不进，人家父母一样看不上你个小公务员的，你退，更可笑了，中层领导被你踹了一脚，骂了万遍，高层领导的房子计划让你闹得整个单位沸沸扬扬，似乎领导在压榨你们这些青工似的，心里能爽得了吗？就算来个"大霹雷"那也是冲着劈死你去的啊。

所以下海就成了顺理成章的事了，但单位的宿舍老子还得住，除非你拆了它。

四

一天早晨起来后，我正在河边的早点摊子上吃豆腐脑，忽然就发现坐在桌子对面的一个胖子似乎很熟悉的样子，两个人对视了一下后，几乎同时叫出了声：

"老曹。"

"小元。"

小元是我大学时的同年级同学，只不过他读的是企业管理专业，可宿舍紧挨着，上大学时经常走动，毕业几年了，这还是头一次见面，我马上伸出手和他握在了一起，两个人寒暄了几句，就分头上班去了，临走约好，过几天他请我去他家做客，他用手朝河对岸的那片平房指了指，说：

"好找，就在紧里头那家。"

转眼周末到了，我找小元家时还真迷了路，那泥泞的小街拐来拐去，一直走了百十米远，才在巷子的尽头找到了一个没有门的小院，院子的通道上堆着废旧轮胎等杂物，我不太确定这是否就是小元家，小心翼翼地走进去，屋门开着，听见里面有"哗啦哗啦"炒菜的声音，我叫了声：

"小元，在家吗？"

"哎，你好，你是老曹吧。"

"是，你是小元的爱人吧。"

"叫我小茵吧，你先在屋里坐会儿，我正炒菜呢，小元刚出去买啤酒去了。"

"好，要不要我帮你做点什么？"

"不用，一会就好了。"

我一边应着，一边走进了他们的房间，房子朝南，却没有朝南的窗户，朝北倒是有一个小窗，不过小了些，因为屋子里阳光少些，所以略有些阴潮，不过这屋子倒是个套间，里面还有一间小屋做卧室，只是更阴暗了些，我扫了一眼，看见他们连被子都没叠，脏衣服随手就扔在了墙角，心想这两口子大概都不大爱收拾屋子。客厅大概有五六平方米吧，一个旧的折叠沙发靠在墙角，前面是个茶几，对面是一台 SONY 的 24 寸彩电。我随便坐了下来，抓了一把葵花子磕。

一会儿，果然小元拎着几瓶燕京回来了，见我站了起来，忙说：

"坐，坐，咱俩今天得好好喝点，好几年没见了，能碰上不容易呀！"

"是啊，没想到还住得这么近，成邻居了。"

"今天让你尝尝我的手艺，正经我们四川的味道。"

"哎，差不多就行了，我刚才看见弟妹做了不少菜了。"

"小茵，火候还差点，平常我们家可都是我做呢。"

一边说着，小元一边撸起袖子走了出去，小茵被换了下来，走进了屋子，我这时才仔细看清了她的模样，圆脸庞，大眼睛，皮肤细腻白皙，说起话来嘴角两侧时不时的凹出来两个小酒窝，头发略烫了一下，向后束在了一起，我和她闲聊了几句，问她学什么专业的："声乐。"

吃饭了，我和小元一边喝着酒，一边尝着一大盆的水煮鱼，说了好多好多的陈年旧事，直到半夜我才醉醺醺地回了宿舍，开了门，一头就扎到了被子上，啥也不知道了。

五

听小元说他和小茵的结识还颇有些传奇，两年前的春节时，他回四川老家看望父母，他们老家那个地方是在山里头的小县城，从成都坐汽车大概还要五个多小时的路程。

车行在川南山间的弯弯道上，不久就绕得整车的人都昏昏欲睡。忽然，开车的司机焦急地嚷了起来：

"龟儿子的，刹车咋子没的喽！"

"坏了，坏了，真的没的了！"

"……"

全车的人都惊醒了，看着司机紧张得快要变形了的脸，一种不祥的兆头把全车人的神经都拉了起来，栓在一起，绷得紧紧的。

小元就坐在司机背后的第一排座位上，由于连日的旅途奔波，他困倦地已经睡着了，所以他并不是最先感到不祥到来的人，迷迷糊糊中他忽然感到有什么东西在咬他的胳膊，疼得很，甚至"啊"地一声他叫了起来，睁眼看时，他发现不是什么东西在咬他，是旁边座位上一个女孩在用手死死地掐着他的胳膊。那个女孩紧张地盯着前面的车窗，分明根本就没意识到自己的手已经把他的胳膊勒出了红印。

等清醒过来的小元搞清楚已经发生了什么事，而且有可能会接着再发生点什么事的时候，他也顿时紧张了起来，不由自主地紧紧抱住了旁边座位上的女孩，虽然两人素昧平生，但在这危机时刻，是对死亡的恐惧，是对生命的渴望，是对求生的迫切让他们彼此在最快的时间内，最短的距离里寻找到了一个彼此可以依靠的坚石。

车子就在那崎岖的山路上一个劲得绕来绕去，人们开始咒骂，开始呼救,开始哭泣,终于随着"砰"的一声剧烈的撞击,车子撞在了路边的一棵粗大的树上,当人们惊恐万状地逃下车厢时,才发现更让人惊恐的是那棵大树的前面竟然是条五六十米深的山沟。还好全车就司机和小元受了点轻伤,小元在最后的关头一直紧紧把那女孩搂在怀里,结果他自己的头倒完全暴露在外面,借着撞击的惯性一下子撞到了司机座椅的后背上,当时鲜红的血就顺着额头流了下来,那女孩却一点都没事。

大家等警察和救援人员来了之后就坐着车分头走了,小元要了那个女孩子的电话,也算生死之交吧。

那个女孩就是小茵,她正在成都的音乐学院进修声乐,那天也刚好是回家探望父母和过节,两家虽然住在不同的县城里,其实离的满近。

后来的事就是小茵主动邀请小元去她家做客,小元人也活络,一来二去的,让小茵的父母对他刮目相看了许多,小茵是那出英雄救美戏里的女主角,自然对小元多生了许多好感,等到过了节,小元准备回京上班的时候,他就有意地劝小茵将来进修完了也和他一样来北京闯一闯。小茵认真地在小元面前点了点头,川妹子的点头可是金贵的,进修一结束,她连犹豫一下都没有,买了张火车票就来北京找她的英雄小元来了。

六

相比于川南那偏远山乡北京的繁华和硕大足以让人在一两年内都静不下心来去考虑所谓的现实和人生规划的。隔三差五的聚会和年轻人特有的忘记一切和藐视一切的乐观,以及因为年轻而有能力去储存大量酒精的五脏六腑,都常常让人在北京那华丽的斗篷的遮盖下,在黑漆漆中迷失了自己。

北京就仿佛是一个巨大的斗牛场,我们就是那一头头精力旺盛的公牛,酒精和年轻就好比斗牛士手中的斗篷,既挑逗着牛的血性,又隐藏着无限的杀机。

其实每一个来到北京的人都有一个共同的目的,那就是要证明自己，证明自己是否有能力在这个五光十色的斗牛场上成为胜利者，或者幸存者。北京的巨大魅力就在于它能给予每一个愿意上场应战的人同样的机会，或者生，或着死。如果命运就是那个跳着探戈式的优雅舞步，同时手里还藏了一把可以致斗牛于死地的尖刀的斗牛士的话，那么每一个敢于走上北京这个舞台的年轻人都会无愧于勇士这个称号，公牛的命运并不见得都会死去，挑战无情的命运，扭转乾坤，公牛也会成为斗牛场上的胜利者。

小茵初来北京，头两年里先去了几家私立小学应聘声乐教师，但辛苦的工作和相对较低的薪酬常常让她对于奔波在这个偌大城市里的意义感到困惑，闲暇来时她常常想起在成都学习时的悠闲和惬意。

小元已经是一家大型人寿保险公司北京分公司的经理了，但做保险这行是很辛苦的，几年下来，仍要没日没夜的去跑客户，尤其是在周末的时候更要时常地去拜访客户，他已经感到厌倦了，不满足了，何况他的身边还有了小茵，他要买房买车，要成家立业，然而，当每天他从睡梦中醒来的时候，他都感到很多很多的困惑在等着他。就像公牛的蹄子踩在沙土上，有些软绵绵的感觉。它开始思考了，不知道到底该把锋利的犄角捅向哪里。

如果目标变得模糊不清了，那么前进的动力自然也就变得似有若无的了。

小元忽然发现安利不错，首先它至少能常常给你无限激情澎湃的动力，而且会场上的欢呼，演讲时的豪迈都像酒精一样刺激着他松懒的蹄子开始发力。环球旅游，巴里岛度假，可以享受余生的源源不断的钱财，这一切似乎都在指引着他和小茵的人生方向。他因为暂时还不想完全放弃那已经日渐稳定的保险工作，就开始建议小茵有空去跑跑安利了。

安利的运做模式其实只是给了所有参与者一个完善而合理的管理，经营和利润分配体系，至于成功却是仍然要依靠每个个体的努力和机遇的，但小元和小茵还是那种愿意睡到太阳高高升起才起床的人，而且他们对于安利的参与更多的是因为它工作时间上的自由，一年多以后，他们就逐渐感到了创业的现实和环球旅游之间的差距还是很大很大的。

一个周末的晚上，小元等了小茵很久还没见她回来，他有些生气，打电话问小茵在哪里，小茵说在一个学生家做家教，小元郁闷的一个人蹲在巷口的树影里喝啤酒，十点多时，一辆黑色的花冠车停在了巷口，小茵从车里出来，开车的是个四十岁左右的男人，他殷勤地帮小茵拎过包来，看着小茵消失在了巷子深处才又转回身开车走了。

见此情景小元几乎气晕了过去，他质问小茵那人是谁，小茵说是家教学生的家长，那个学生几年前就没妈妈了，所以每次看见小茵就似乎看见妈妈一样，非要留小茵在他家吃晚饭，吃过饭后时间有些晚了，孩子的爸爸就主动送她回来了。

小元也许早就感觉到什么了，一直以来的困惑和压力让他莫名得哭了。

"你是不是不爱我了？"

"没有，我爱你……但我确实不想再这样下去了。"

"怎么了？现在不就是生活条件差点吗，过两年，咱们努力，肯定能过上好日子的。"

"两年前你也是这样对我说的，可我等了两年了，一切都没变！"

"我本来就是个麻雀，你认识我的时候就是这样，一下子让我变成个凤凰可能吗？"

"我压根就没想过让你变成个凤凰，可你得努力呀，总得让我有个盼头吧，你看看你现在，除了吸烟，喝酒，还有啥追求？"

"我也在帮你做安利呀。"

"帮我？你是在把我推倒前面挣钱去，我每天上班下班，还要去做安利，你知道我有多累吗？你自己为什么不去做呢？你是男人啊，你有责任养家啊。"

"你……"

一夜无眠，一大早小茵就依旧上班去了，小元干脆就没起床，他近乎摧残自己似的抽了一夜的烟。

傍晚时，小茵还是没有回来，小元给她打电话她也不接，最后索性关机了，小元来了气，一下子把塞满了烟头的可乐罐扔到了门

板上,

"当啷"一声,烟灰和烟头散了一地。

七

两个月以后,我听别的朋友说,小茵还真的和那个她做家教的孩子的爸爸好上了,那个男的自己开公司,也算有些实力吧。

又过了几个月,听朋友说,小茵和那个男的又分手了,原来两个人生活在一起了,她才发现那个男人还在同时交往着别的女孩,而且即使他们住到一起了,他也没断了和别的女孩的来往,这次小茵走的更加坚决,但却再也没回太阳宫来。

八

半年多后,小元跟我说他要离开北京了,他有些失落,有些伤感,毕业六年了啊,仍然一无所有。他要请我吃个饭,正儿八经的吃顿大餐,兴许以后就再没见面的机会了。

我们约的是三里屯的一家西餐馆子,据说是法国口味的。

"你下一步准备去哪?"我问。

"海南。"

"那么远,又热,能习惯吗?"

"咳,北京原来不是也不习惯嘛,几年下来不也适应了嘛。"

"做什么呢?"

"做什么不行,反正我就想离北京远远的,北京,他妈的,我的伤心地呀,六年里搬过七次窝,到了还是啥也没混成,老婆跑了,孩子也没了……"

"孩子?!"我惊讶的看着他。

"咳,小茵去年本来怀了孩子的,非要让我搬到个有阳光的楼房去住,可当时我他妈就觉得这不是能省俩房租钱嘛,先将就一下吧,可没想到,一天晚上她下班回来时赶上了下雨,路滑就不小心摔了一跤,结果把个孩子摔没了,两个多月了呀……"

"啊！还有这么档子事呐。"

"小茵伤心了……从此……咳，怪我啊。"

"……"

"反正我是不想在这混了，老子恨透了太阳宫了，恨透了北京了。兄弟，以后去海南找我，等我发财了，我买个海景别墅，前面那得是海滩，带白沙的，旁边就是一排排的椰子树，每天我都请你喝最新鲜的椰子汁，吃最好的鲍鱼，两个头的，两脑袋的啊……"

后来我才知道，两个头的鲍鱼并非是指有两个脑袋的鲍鱼，只是指个头比较大的而已，看来当时我那悲愤而可怜的兄弟也指定是没吃过什么鲍鱼的了，只不过喝多了酒跟我一起做做精神体操罢了。

这时服务员端上来一盘法式焗蜗牛，小元忽然冲我笑了笑，若有所思地说：

"兄弟，你说这些年下来我们过得怎么连这蜗牛都不如？"

"……？"

"蜗牛这哥们行啊，房子就一辈子背在身上，走哪哪是家，从来不为搬家啊，租房啊操心，也从来不担心风吹日晒，霜打雨淋，你看，临了都上盘子了人家还背着一套一居室呢。"

我无言。

2009.6.24 写于劲松
2009.7.6 修改

无心

一

每到春天来时,我们的校园就仿佛枕在了满冈的樱花上。

那冈起伏着身子东西向展开,像条由樱花织就的长龙一样游过喧哗的街市,跃过匆忙的车流,躲过岁月的沧桑,年复一年,日复一日,它的青春似乎是注定不老的,能年年在这花丛中绽放。而对于那许许多多曾经徜徉在它的身畔,曾经和它一样绽放,一样陶醉,一样昂扬的年轻学子们来说,这青春的美好却往往瞬间成昨。

二

我们的学校凹在了一条深巷里,从车水马龙的路口走到校门还要沿着这条深巷走上个十来分钟,不过这也恰好有些动中取静,大隐隐于市的幽静感。因为缺少路灯,每到夜深时这条为浓浓槐荫遮蔽着的小巷竟黑的有些让人不敢独行。

记得那年刚来北京上学时,暑热未消就又撞上了秋老虎。

一天晚上,宿舍楼都已经熄灯了,我和我的上铺仲文仍被闷热折磨地在床上闪转腾挪着,那滋味就仿佛置身于铁铛子里的烧麦,稍稍给撒些凉水都似乎能嗷嗷叫着的变成热汽一样,实在熬不住了,俩个人就商量着到学校外的瓜摊上买西瓜吃去。

瓜摊就摆在了那长长巷子的尽头。

那里零星地立着几盏身子还算硬朗的路灯,从外面往灯影里看,墨绿色的西瓜和打着盹儿的小贩身上都撒了些微微昏黄的灯光,仿佛是多年前的那种在照相馆拍完照后留下的底片,在里面每样东西都似乎朦朦胧胧地泛起一圈对比度调到极值的光晕。

就在我俩刚开始吃瓜的时候,从巷口外的夜色里又匆匆走来了一个女孩的身影,仲文嗫嚅着:

"这姑娘胆儿够大的呀,这老晚了还敢一个人在这黑咕隆咚的大街上走"。

那女孩逐渐走近时,似乎也有意的放缓了脚步。

终于,她停了下来,缓缓地停在了一旁的灯光里,捩了捩发丝,眼睛不经意地撒向了那巷子里。

这时,我才能够仔细得端详起她来,她留着一头黑色的长发,瀑布一样直洒在微微隆起的胸口,个子不高,有着一张瓷娃娃式的面庞,大大的杏仁似的眼睛,皮肤在昏黄的路灯下泛起层象牙白色的光晕,一条青蓝色的牛仔裙像只荷叶般舒展开来,在暗夜里更衬托的她面色如樱花般的水润。

认识的,好像是今年设计班里的新生,我心里暗暗思忖着。

"不错,算个……美……女!"

仲文已经顾不上咽完嘴里的西瓜了,捅捅我,在旁边喃喃地小声的感叹着。

我们俩下意识地开始注意起了自己的吃相,对待那已经被赤诚相见的西瓜不再像刨地似的猛啃,她也就默默地站在了旁边路灯下的荫影里,然而不时瞥过来的眼神还是被我捕捉到了,我用肩膀挤了挤旁边的仲文,向着小巷努努嘴,

"干什么?"仲文问。

"喏,估计是她不敢自己走哩。"

"……真的唉……"

"嗯,或许她在等着有人结伴走吧。"

……

"阿化,要不你先回宿舍?"在连着狠狠啃了几口西瓜之后,仲文对我说。

"为啥……?"我问。

"我觉着我们得帮帮她,当个使者吧,就是护花的那种,不过我感觉这活我一个人干就行。"

"咋？！…你就是这么对待兄弟的？"

差点，我就把一口的西瓜子喷在仲文的脸上。

我们故意放慢了速度，一边拿剩下的几块西瓜当烤肉筋似的啃，一边用眼角的余光来回扫着那女孩，又过了一会儿，她明显有些着急了，开始左顾右盼起来，似乎对我们俩已经失望，希望再碰到别的路过的同学。

深夜的巷口愈发冷清得很，终于她那不安的表情让我和仲文看得都有些不忍了。

我们把最后两块啃得无黑无红甚至也见不着一丁点白的绿色西瓜皮一扔，站起身来，大声嚷嚷着：

"走吧，瞧你吃的那叫一个干净，怎么不干脆把皮都吃了。"

"嘿，你自己少吃啦？走，走，赶紧回去睡觉。"

两个人一边互相拍打着，开着玩笑，一边就溜跶着走进了那条深深的槐荫小巷。

果然，她也跟了上来，就在后面离我们十几米远的地方，我和仲文故意放慢脚步时，她也便跟着放慢，我们故意加快些她也就跟着加快。

忽然，仲文站住了脚，顿了一顿，转过了身向那跟在我们后面的身影说：

"嘿，你要是害怕走夜路就离我们近点，要不然我们也害怕，你说后面老跟个黑影是不是也挺瘆人的？"

那女孩被他这突如其来的举动一下子唬住了神，竟怔怔地愣在了那里。

"……"

"怕什么呀？不都91 的嘛，我们是71 班的。""过来呀……"

她低着头，加快了脚步走了过来，有些不好意思得冲我们笑笑，暗夜里，她的眼睛像浸了泉水似的闪着光亮，我和仲文则像敞开了的两扇门一样把她夹在了两人中间。

"唉，你是设计班的吧？"

"嗯！"

"干嘛这么晚才回来？胆子够大的呀。"

"……我妈妈住院了，我下课后去照看她，回来就有些晚了。"

"哦？你是北京的啊。"

"嗯，算吧……不过我从小是在湖北长大的。"

"枕低（真的）呀？我也是夫孛（湖北）人，我们是唠想（老乡）吵。"仲文吃惊似得睁大了眼睛，用一口不知打哪里学来的南方强调夸张地近乎要告诉人家他其实是在撒谎似得说。

"枕低吗？"

"假的！听他胡说呢。"我乐了，看着从她那泉光里流露出的天真神情，我都不好意思让仲文继续忽悠下去了。

……

她说她叫无心，父亲几年前就病逝了，由于她母亲当年曾是从北京下乡的知青，所以她和姐姐在父亲去世后就随着母亲迁回了北京。

"无心，为什么叫无心？"

"哦，我爸爸年轻时是我们镇上中学的语文老师，很有文才，可惜那毕竟只是个小镇，再有才华也很难得到更多人的赏识，所以爸爸生前一直都有些郁郁不得志的样子，后来他索性就把自己人生的那些追求都寄托在了我和姐姐的身上了。姐姐刚出生时，爸爸还有些意气风发的样子，所以就从"燕雀安知鸿鹄之志"中取了"知鸿"二字给她做名字，可是到我出生时，爸爸已经对很多事变得淡然了，于是他从陶渊明的"云无心而出岫，鸟倦飞而归巢"中取了"无心"二字作为我的名字，乍一听"无心"就跟没心没肺似的，我虽然不喜欢，可想换也晚了，他不在了。"

……

我们送她到了女生宿舍楼下，看着她挥挥手轻快地跑上了楼。

月牙已经徘徊在楼梢上很久了。

听见门房阿姨的嗓音沿了那空旷的楼道汹涌而上：

"哪个宿舍的，怎么回来这么晚？"

我这扇门就此关了起来，而仲文的那扇门似乎还有点没开够。

他悄悄地对我说：

"我得追这女孩，我觉得她对我有意思，你瞧她刚才冲我笑得多甜。"

"甜个屁，黑灯瞎火的你能看见个啥？"

三

仲文的炽热有时似乎都可以拿来炼钢去，那温度保证能把啥钢都炼得特纯。

又过了几天的一个周末，刚在食堂吃完晚饭，他就托人约无心去了。无心还以为有什么事，匆匆跑下了宿舍楼，结果一见面仲文就塞给了人家一大束玫瑰花，据说有九十九朵之多，好几斤重，搞得无心在来来往往的同学们面前顿时羞红了脸，推脱不要，仲文却执意要让人家收着，无心只好抱着花，红着脸，扭头又跑回了宿舍。

事后，这件事的唯一结果就是为了省钱买这束很贵重的玫瑰花，仲文实实在在地挨了半个月的饿，三餐变两餐，两餐还皆半饱。

后来，无心在学校里见到我和班上别的同学时还打个招呼，但一见到仲文在就立刻躲着走了。仲文觉得也许是自己的做法还不够打动人心，不够真诚，于是他就每天快下晚自习时拿着一束玫瑰花在女生宿舍楼门口等无心下晚自习回来，一连十几天竟唬得无心连晚自习都不敢去上了。

转眼又两个月的时间过去了，仲文花买了不少，人也消瘦了很多，却再也没能搭上无心一句话。

仲文算是出名了，似乎整个学校的女生都在议论他是在等谁，或者是在卖花？

黄花峪的每个清晨都充盈着清新的空气和溪流奔涌的欢声。每年的清明节前学校都会组织大一的新生来这里的荒山上植树。虽然山村不大，只有几十户人家，不过村民们早已见惯了年年学生们的聒噪，折腾，从不以为意。

带队老师指导大家按男女分房间，睡大通铺，按班级分劳动组，两人一组，男女搭配。大家每天早晨八点吃早饭，然后一起上山植树，说是植树，却连个树枝子都没看见，原来树要等到谷雨节气时下了一场透雨后才能栽，现在，我们的工作仅是挖坑而已。

无心的班也来了，在北坡上，老远就能看见她那青蓝色的牛仔裙。

然而我们似乎都有些不愿让仲文再看见她了，因为即使是远远的一瞥也足以导致他在我们耳边纳罕半天。

"你说，她咋就对我没感觉呢？"

"你啊，烧得像一锅滚烫的开水，啥鱼搁进去都得烫地蹦出来。"

"水煮鱼那水就很烫，可鱼吃起来不挺香嘛。"

"你当追女孩儿是做水煮鱼呐？啥人呀你！"

"兄弟，别生气呀，我就打个比方，你帮我分析分析，她咋就对我没感觉呢？"

"你现在跟祥林嫂想孩子似的想疯了吧，我脑子让你得吧的跟糨糊似的，咋替你分析？"

"……"

在植树的最后一晚，校车从城里带来了成箱的啤酒和丰盛的伙食，所有的同学围聚在村口的河滩上会餐联欢，中间点起了篝火，上百人的歌声和嬉闹声，夹杂着像雪花一样飞舞的啤酒沫子拥挤在那通红的河滩上，盎然，迷离，沉醉，甚至些微的癫狂都写在了每个人的脸上。

我不大能喝酒，篝火也烤的脸上火辣辣的难受，于是一个人慢慢地从人群中走了出来，开始沿着月光下的河滩独自散步，那河水或深或浅的蜿蜒向前，月光也就或明或暗的在水面上跳跃闪烁，像一尾尾银鱼在河溪里或浮或潜。

忽然，眼前的河水被激起了一个水花，"噗"的一声。

我一惊，忙向四周看，发现一个身影正坐在不远处的岸边青石上，月光下依稀可以辨认出的那是无心。

"无心？！"

"过来啊，这边坐会吧"

我循着河岸走到了她的身边，发现她搭在膝前的一只手上还夹着一只香烟，一闪一闪的烟烬让我感到有些惊讶，虽说设计班同学里有不少女孩子私下聚会时也吸烟，但看见一个女孩独自吸烟的情况这毕竟还是第一次。

她像看一面镜子般地看着我。

"怎么一个人，那边热闹得很，不去看看？"

我没话找话，可刚说完，心里就有些后悔了，因为这不大像我的心里话，其实我是很想坐下来和她呆会儿的。

"……"

她摇摇头，没说话，几丝长发随着那刚刚路过的山风如云般漾了起来。

我也坐了下来。

"怎么吸烟了？"

"偶尔，你吸吗？"

"……不，我平时是……不吸的……不过今天，那我也吸一支吧。"

当第一口烟圈从我嘴里吐出来的时候，似乎它也把我们的话裹挟着跑到对面的空气里去了。好长的时间里，我们一句话也没有说，除了吸烟外，谁也不看谁，只是静静地看着那脚下的河水淙淙流过。

"嘿，你想什么呢？"她先打破了沉默。

"你想什么，我，就想什么呗。"

"你知道我在想什么？"

"当然……"

"什么呀？"

"你肯定在想——我想什么呢呗。"

"讨厌……"

她略略笑了一下，随手掸了一下膝盖上的烟灰。

"无心，说正经的，你到底觉得仲文怎么样啊？为了你他可害相思病很久了。"

"他呀……挺好的呀。"

"真的啊,那我得赶紧跟那小子说一声去,你这一句话,兴许就能让他的病好上一多半,从今往后我们宿舍那帮兄弟也省得受他折磨了。"

我一边说着,一边装作起身要走的样子,就在眼看要站起来的一瞬间,忽然,一只手从旁边伸了过来轻轻地握在了我的腕上,那细滑且有些微凉的手指虽然犹豫了一下,但还是拉我重又坐了下来。

"你听我说完啊。他人挺热情的,可我和他是不可能的。"

我一时还没从她的那一握中回过神来,心跳得竟如打鼓一样,过了好一会儿后我才愣柯柯地问她:

"那,那你想找啥样的呀?你眼光是不是太高了啊?"

"……"

好一会,她什么也没说。

"我有些累了,靠你肩上歇一会儿行吗?"

"……"

我有些迷糊了,从此什么也不再说。

她靠了过来,脸颊就枕在了我的肩头,发丝间的馨香徐徐袭来,依然瀑布般的长发已经扑撒下来遮住了她的眼睛,透过山风微微掀起的发丝,我隐隐看见了她鼻翼上有两滴闪光的水珠在向下滑动。

后来我才知道,那段时间她姐姐住院了,听说是因为感情的事,害得精神有些不正常了。

四

一切都还没来得及开始,就似乎又要结束了。

无心在植树回来后就向系里请了假,因为她母亲身体本来就不好,所以她要回家帮着母亲照顾生病的姐姐。

然而那夜留在我肩头的馨香似乎还一直没有散去,植树回来后,我就把那件她曾经偎靠过的外套叠了起来,放在床头,让肩头的位置恰好对着我靠在枕头上的脸,每天一睁眼,我就可以看见它,然后轻轻地呼吸一下它所散发出来的气息,那一瞬间时光就仿佛又回到了那个夜晚小河边的一刻。这是只有我自己知道的秘密,我没和任何人说过那一晚的事,更不可能让仲文知道。

其实我的心里也很矛盾,因为我知道自己同样对无心有些,不是有些,应该说是非常,喜欢,不,也许应该说是爱慕。或许我只是个胆小鬼,只愿缩在仲文的身后,觑看着并感慨着,或者说羡慕着他为了追求自己心爱的人而甘愿被人嘲笑却从来不退缩的壮举,而我呢,虽然谨慎地维护着自己面子上的虚荣,却成为了一个只能用心躲藏着去爱的懦夫,一个怕丢了房子而宁愿天天背着房子的蜗牛。当然仲文遭受的挫折也同样让我更加怀疑自己的能力和勇气,这样久了,竟让我逐渐从原来对仲文的旁观与乐祸中变的对仲文很同情了,在我的心里,无心似乎就应该是仲文的。

而当我猛然醒悟如果仲文那晚看见了她曾枕在我的肩头时,我真不知道,这算我送给这位睡在我上铺的兄弟的是什么,一大缸老陈醋呢?还是一大把传说中的能让人立马"熄火"的砒霜?

我开始失眠了。前半夜想想无心的馨香,后半夜想想仲文的疯狂,天快亮时,才能再搀和着想想自己,从宿舍到课堂,到处都是彷徨。

时间一天天地过去了,忙碌的课业已经让我应接不暇。

一天下晚自习回来,刚刚走进宿舍,就听见传音喇叭里传来一楼门房大爷的声音:

"523阿什么化,你电话,有人找,快点。"

我忙穿着拖鞋跑了下去,从五楼噼里啪啦的一直跑到一楼。

"喂,哪位?"

"……"

"喂,说话呀。"

"知道我是谁吗?"

我忽然愣住了,脑子像在坐过山车一样,感觉在忽忽的风声中翻着筋斗。

"是你吗？无心……你……在哪里？对了，你姐姐的身体怎么样了？"

"嗯，`还好。"

"有什么事，需要我帮你做什么吗？'

"没有……"

"……？"

"就是想跟你说说话……怎么这么久才下来？"

"我们宿舍在五楼呢，所以下来得慢些。"

"是嘛。那你……下次给我打电话吧，别让我等这么久，好不好？"

"嗯……那你告诉我一下你家里的电话吧。"

"……"

也许是当时有些紧张的缘故吧，两天后当我鼓起勇气准备给她打电话的时候，才发现所记的那个电话号码竟然是错误的。回想了一下，可能是因为那天没带笔，我是一边嘴里重复着号码一边兴奋地爬楼跑回宿舍的，在兴奋和激动之余竟不小心被楼梯绊了一跤，结果人没跌倒，记号码的那根神经却跌倒了。

从此后我再也没有接到过无心的电话，懊悔不已。

大学三年级的课业压力越来越大了，听说无心为了照顾虚弱的母亲和生病的姐姐请了近半个学期的假，等她回到学校里时已经对功课感到非常吃力了。我们也很少有机会再见面了，我隐隐能感觉到对她来说吃力的也许远远不止于功课吧。

五

大四下学期，同学们都面临着准备毕业论文，找接收单位等事情，大家已经很少聚在一起了，每个人都忙着自己的一摊事儿。仲文也早早地回了老家搞毕业课题的市场调研，我则大多数时间呆在图书馆里翻资料，准备论文。

一个周六的傍晚，忽然从设计班同学那里听到了一个不好的消息，原来昨天晚上一帮警察去长城饭店查房，抓到了两个女大学生和一个外国人，她们都是经常在周末去长城饭店里的夜总会陪客人喝酒的女孩，其中一个女孩是从那外国人的房间里发现的，当时她已经脱光了衣服，而另一个女孩则一直坐在楼下的大堂里吸着烟等她出来，警察似乎已经注意她们很久了。

吸烟的女孩听说就是无心。

当听到这个消息时，我的自责与悲伤远远盖过了我的惊讶，泪水一滴一滴地砸在心里的每一个角落，然后又随着血液流遍了我的全身。

再后来，学校开除了另一个女孩，无心因为家里确实困难，又没有被查出做过太出格的事，毕业前学校只给了她个记过的处分。

六

当冈上的樱花散去，小巷里又一次遮满了槐荫的时候，我们已经要离开这个生活了四年的学校了。记得那天我离开时，是仲文送我去火车站的，当我们再一次徐徐穿过这槐荫的时侯，仿佛又一次感到了身后有个熟悉的身影在默默跟来，我们无意间相隔开了一个缝隙，就好像不约而同地为无心留下了一个可以重新走进来的门。

"嘿，不想说点什么吗？"仲文问我。

"哦……我觉得这四年时间过的好快啊，有好些事还没来得及做，留下不少遗憾。"

"什么事？"

"嗯……就像作饭一样，打着了火柴，就得赶紧加把柴禾，才能让它变成一团火，不然火星就会一闪而过的。"

"哦，也许吧，可你得记着加柴禾一定要加干的啊，俗话说干柴烈火嘛，别跟我似的净加湿的啊，不然冒的那烟肯定能呛死你。"

……

那一夜，我在火车上没有睡好，耳畔常常回响着王菲的歌声：

"当清风，长夜里飞过

2012 写在另一个世界的前面

当天空,围着我一个
知不知,谁又再牵挂你
当深宵,无办法敲破
当漆黑,无力理解我
知不知,谁愿这刻有你
……"

故事纯属杜撰,如有雷同,请勿对号入座!

2009.3.10 初稿于百环
2009.3.16 修改
2009.5.20 再改
2010.1.18 再改
2010.6.28 再改
2011.3.19 再改

小青

一

呼市又称青城。

放眼北望，半围山倚城而起，刚刚好把整个城市搂在了它的臂弯中。

山的那边向北，向西，向上就渐入草原了，向南则多是相对低缓的丘峦，因而每到秋冬时节，凛凛然如群狼般席卷东下的西北风常常会兴奋地跑过了头，还来不及在这座城市上空踩上一脚就已经掠它而去了。

所以城虽卧在高原上，而城里的青色倒似乎四季都是新的。

二

从北京初到这青城时，心里颇有些戍边的体味。

毕竟这里的静谧比不了那里的喧哗，这里的喧哗比不了那里的浮躁，这里的时钟似乎都刻意比那里回拨了几个小时，城市里的一切就像从大青山上踱过的白云一样，静悄悄的，慢悠悠的，美滋滋的。

我们几个初来乍到者住的是单位给安排的集体宿舍，除了研发中心的王工年龄略长外，其他几个都是二十多岁刚出校门没多久的大学生，这中间还包括两个今年刚毕业分配来的女大学生，一个是内蒙古大学经济系毕业的小青，另一个是西北纺大服装系毕业的小婷，不过他们本来就都是呼市本地人，人事关系也还都在本地，和我们这帮"发配"来此工作的略有些不同。

小青，细高的个子，清秀的面庞，那细白细白的皮肤上面总是散发着柔和的蛋清样的浮光，不说话则已，一说起话来便总是带着微微的笑意，一副大家闺秀的模样，后来听说小青的父母亲还曾是呼市什么局的领导干部，因此才能托了某些关系在她毕业半年前就已经开始把她安排进入我们单位实习了，故而她自然也就比我们这些刚到的更了解些厂子里的情况。小婷则性格外向，一双叽里咕噜的好像那种从前猫头鹰式自鸣钟报时时才会左右眨动的大眼睛嵌在她红润但略有几个雀斑的面庞上，人虽然打扮得很前卫——烫了一头少见的氢弹爆炸式的卷发，并常常因此引得路人驻足瞩目，但相处没多久你就会发现其实她在专业上的能力才更应该得到大家的瞩目，不愧是纺大设计专业毕业的高材生，本来作为一个大学生能到北京，到我们这样衙门似的单位里工作是件好事，只可惜她出了大学校门后才知道今年我们衙门里能空出的那几个位子都早被一些关系生占满了，没办法她只好先从西安迁回到了她的老家——青城，人事处的领导对她说这里是集团的分部，刚好下基层锻炼的同时她又常能回家看看，等明年有了名额再招呼她进京。其实位子满了或许只是原因当中的一个，因为那位子是说多可多，说少可少的，全凭领导一句话而已，北京集团总部那边今年的效益预期实在不好，或许根本不好安排什么新人工作也是事实。

可是这边的环境也好不到哪里去啊，这两年整个纺织服装市场都不太好，老板就像个被关在玻璃窗里的苍蝇一样嗡嗡着一刻不停地在全国各地的国境线内飞，跑订单，寻原料，拓销售，偶尔回趟公司，还有那么多的人和事都等着他拿主意，哪里还能顾及如何安排我们这几个无关紧要的青工。至于各个部门的领导更是多一事不如少一事，他们大多都是本地人，心里清楚我们几个在这儿晃荡个一年半载后肯定还得被调回北京的，和我们之间保持一定距离敬而远之是为上策。

于是乎我们几个人便成了厂里最无所事事的"闲人"，每日里应卯完毕后就开始琢磨着怎么打发那剩余的大好时光，没多久我们就开始以互称"仙人"（闲人），"仙女"（闲女）彼此揶揄了。

先是研究吃，厂里食堂那就跟结了十几年婚后的老婆似的几乎每天都雷打不动要照上两次面的几种伙食着实让人乏了胃口，仙人们便常常为了换个伙食花样而打辆车绕着整个城去寻摸，今天去吃城西的莜面饺子，后天要吃城东的刘家烧麦。

然后是琢磨玩，开始仙人们说去打羽毛球，可这地方死活连个像样的室内羽毛球馆都找不到，那么去游泳吧，附近倒有两个星级宾馆，听说电力宾馆就有室内游泳池，于是几个人呼啸而去，还不错，除了池子小点外，水倒是蛮深的，尤其是我深有体会，摘了近视眼镜进场，也没看清深浅，一个猛子就扎了下去……良久之后，我发觉后背有些凉，胸口有些痛，睁开眼看时才发现自己正光溜溜地躺在泳池边的水泥地上，那几个差点吓丢了魂的仙人正急着给我做人工呼吸呢。

原来这池子太深，入水前我又没活动开，扎下去了，就怎么也上不来了，眼看着头顶上的水面粼粼的折射着灯光，却感觉这折射的距离是离我越来越远了，于是使出全身的力气去向下拨水，却始终没有一点向上浮的反应，既然挣扎无济于事心想那就等着触底反弹吧，在使出全力让自己的大脑尽量挤出一切恐惧的同时我放松了四肢任由着自己的身体向下面的黑暗沉去，然而在随着身体下沉了一段距离后，我又突然惊恐地发现，一直在试图触摸到什么的双脚似乎根本就触不到这他妈鬼池子的底，一瞬间，我那本来就不大好的眼神似乎已经看见了从明晃晃的天堂上向我投射来的道道光芒。

后来听说我是在释放完大量气泡泡式的求救信号后才被众仙人们七手八脚地捞出水的，真是庆幸我不是自己慢慢漂上来的。

事后一打听这池子竟然是用一个废弃多年的地下战备仓库改建的，不但深达三四米，而且给个氧气瓶还能练潜水，多呛两口水就能当水鬼。

环境如此，竟让我们这几个仙人一时不知道该去哪里了？

突然，一个周末的下午，老板刚好回到了厂里，不知他哪里来的兴致要带着我们几个人去K歌，嘿，这还不错。

我们先坐着老板的加长林肯去饱餐了一顿，然后去了呼市最好的歌厅K歌，本来几个仙人里面就属我唱的差，自然不好意思多张嘴了，再加上老板在场，更是得装得收敛一些，其他几个仙人也和我差不多的表现，不温不火的，一晚上几乎都是老板和那两个"仙女"唱了。

老板有些微醺，但唱的却相当投入，尤其是当唱到"爱拼才会赢"时，他站起身来，已经对什么音调不再管顾，涨红着脸嗷最后一滴奶似的地吼了起来：

人生可比是海上的波浪，
有时起有时落，
好运歹命，
拢嘛要照起工来行，
三分天注定，
七分靠打拼，
爱拼……

也许是腹肌用的"拼"劲儿过大了些，"才会赢"三个字还没被老板喊出来，"砰"的一声，坐在他侧后方的我就眼睁睁地瞅见老板那硕大的肚子挣脱开了腰带的羁绊，在它向前全力争取解放的同时，被它彻底撕裂的裤子像魔术师在舞台上大变活人时用的幕布一样"哗啦"就落了下来，只可惜变出来的不是美女，而是两条既健硕又毛茸茸的粗腿，和一条在粗腿中间肚子底下勒出形廓如同向下俯冲的B-2隐形轰炸机状的CK三角裤。

震惊，随后愕然，全体仙人仙女们。

两秒钟后，我和另外一个仙人猛扑了上去，帮着足足又持续反应了五六秒钟才透过那层密实实的黑色茸毛感觉到了些微凉意的老板提起来了裤子。

K歌只好草草收场了。

回宿舍的路上我们几个男的嘻嘻哈哈，不停地拿着老板那失控的腰带开玩笑，两个同行的女生开始时还羞红了脸，后来也被我们的热闹劲感染了，跟着也笑出了声。

我故作严肃地对小婷说：

"小婷，看把你乐的，咋这失控让你那么高兴呢？"

"得了吧，你们也就敢这会儿坏笑，小心明天老板知道噢。"

"哎呦，我怕，我怕，你该不会去老板那儿打我们的小报告吧？"

"我可没那闲心去打你们的小报告，不过你们要小心老板知道了会打你们屁股哦。"

……

小青始终是在一旁挽着小婷的胳膊走路的,她侧着脸庞,一边听着我们胡言乱语,一边微微得抿着嘴笑,在路灯的恍惚映衬下我能隐约看到她那青涩的两腮上泛着些的潮红,似乎晚饭时的那几杯红酒还盘旋在那里没有散去,我也略喝了几杯的,胆子似乎就有些像充了气,敢在几个人混乱的队形中时不时偷偷地向小青的身影瞄去,那颈,那肩,那胸,那屁,夜色虽然深沉,却总感觉有许多的小星星候在小青那里,吸引着我的视线向她投去,唉,如果这个世界上没有了光棍,估计也就没有了美女。

三

老板又回来了,还从总部带回来了一个激动人心的消息,原来总部决定由我们部门牵头,搞一场时装发布会,明年三月份要拿到美国的纽约去参加中美文化交流周的活动。

老板笑眯眯地说:"你们好好搞,争取搞出个名堂来,明年就都有机会去纽约。"

大家顿时喜气洋洋的,精神百倍,老板的话像磁石一样把几个仙人的魂给吸了回来。

王工首先站了起来,代表我们表了个态,说我们一定努力,争取圆满地完成老板交给的任务。

开会间隙,我还顺便关注了一下老板的腰带,换了条新的,BOSS,一看就知道是个真家伙,栓得挺紧,嘿嘿。

于是设计,选纱,染色,打样,加工,整理,试衣,走台,一系列的工作热火朝天的地展开了。

没过三个月,任务就已经完成了一多半。

眼看着马上要过春节了,我们几个外地人开始琢磨起回家过年的事,反正计划完成得不错,来年三月份前肯定能顺利结束。

一天晚上,我独自在办公室画完设计图,已经快十一点了,才决定回宿舍。青城的寒夜黢黑黢黑的,风也很大,冷得很。

快走到宿舍楼门口时，突然发现不远处门洞旁拐角边的暗影里有人影一晃，吓了我一跳，心想一路上都没见着几个人，怎么在这黑咕隆咚的地方还有人呢？

我大着胆子蹑手蹑脚地靠近过去，才隐约看见那是两个人在相拥着说话呢，人是看不大清模样，但声音却听得一些的，一个似乎就是住我隔壁宿舍的小青。

"你说过的嘛。"

"是，可那得时间啊，不是那么好办的。"

"不就是一个户口嘛。你就是不管"

"谁说我不管了，你没看见我一直和……王处……明年，明年再有了进京的指标，放心。"

"明年？你就那么肯定。"

"嘿，肯定。"

……

"那你和……怎么办？"

"哎，难办。不是那么……"

"我爸妈已经在给我张罗对象了，再这么下去，我怕……"

"我知道了。别哭了。"

……

黑暗的夜风中似乎传来了一阵低低的啜泣声，随着风势的逐渐转大，后面的话我也听不清了，担心被人发现我在这站壁脚偷听不好看，就扭身匆匆上楼回了宿舍。

那男人的声音似乎并不陌生，就像天天在耳边吹过的寒风一样熟悉。

四

春节假期过后的第三天，我就匆忙着赶回呼市开始忙活展品的事了。

人回来的不多，因为搞设计的主要就是王工，我和小婷等，小青学的是经济，又不参与设计这事，更可以在家多休息几天了，而我们得先赶回来忙活。

一天中午,我和小婷约好了去吃饭,在单位附近的一个家常菜馆子。

就俩人,所以只点了一个大烩菜,外加一盘焦溜肥肠,两瓶啤酒,小婷虽是个姑娘,但也许是内蒙人的缘故吧,颇敢喝几口。

"你说二月底我们能赶完吗?"

小婷忽闪着睫毛看着我问。

"应该没问题吧,咱们这么玩命……怎么?着急啦?"

"没有……"

小婷低下头,接着吃菜。

我想这小姑娘可能也在想着去美国的事吧,不过我私下盘算过,毕竟那是出国,刚刚毕业就能轮上出国的机会不大可能,而且我们几个设计师里,我是主要设计师,工作也有三年了,王工资历老,但毕竟更多地负责工艺那边,在设计上还不算挑头的,所以我觉得明摆着的事,怎么轮也该轮到我出去一回的。

不过,当着小姑娘的面我不好这样直说,怕伤了人家的面子,没了她的积极性,这后面还有不少工作等着她帮忙呢。

"别着急,这次名额多,出国你也应该有机会的。"

我宽慰着她,眼睛却有些胆怯似地躲闪着。

半晌儿,小婷抬起头,压低了声音对我说

"我真没想过,也真没着急,不过有点替你着急。"

"替我?什么意思?"

"小青现在不是在老板办公室当助理嘛,前天晚上她回宿舍时,说是过两天要去北京办一下这次赴美人员签证的事。"

我眼睛"霍"地就睁大了起来。

"你说啊,怎么啦?难道没有我的名字?"

"嗯……"

忽的,眼睛似乎已经失去了再睁大些的力量,但瞳孔却有了些大起来的迹象,心凉得很快,比桌上的那盆子烩菜凉得还快,它还在张牙舞爪地冒着热气,而我的心啊"嗖、嗖"得窜出来的已多是冰碴子。

半响后,我意识到还是要注意身份的,毕竟我比小婷年长了几岁，不能刚听了几句闲话就表现得过于失态不是，我喝了一口啤酒，稍微溶了溶已经在心里，胃里，骨子里到处滋生的冰碴子。

"那就是王工去喽，唉，他毕竟来单位那么些年了，也该出去看看。"

"不是……不是王工。"

"啊？不会吧，那会是谁？！"

我懵了，甚至有些气愤，领导怎么回事，说得好好的，弄好了有机会去美国，这马上要完成了，咋就没我呢，这不是卸磨杀驴嘛，再说了就算领导看不上我，我也不会拍领导的马屁，可王工辛辛苦苦，兢兢业业的在单位干了些年了，怎么好不容易有了这么个机会也不让去？

不明白，就是不明白。

难道是你小婷，凭什么呀，凭你年轻漂亮？这我也差不到哪去呀，出个国，我这长相也不至于给国人丢脸呀；凭你有能力？你才刚大学毕业不到半年，好多东西还都在跟我和王工学，能力能比我们高？凭你会拍马屁？不像啊，小婷这孩子很有个性，也不像那种人啊。

小婷一定看出了我心思。

"你别瞎想啊，我肯定是没机会的，我刚来，最多算个设计助理，又不会……"

她忽地意识到了什么，不再说下去了。

"是谁吧？你说，总不会就领导一个人到美国去自娱自乐吧？"

"……"

"你说呀，我绝对保密。"

"是小青，她上午出门时，我看见她落在我们屋客厅桌上的签证手续了，除了总部的人，咱们呼市这边就只有她和老板两个人去。"

"什么？小青，荒唐，她是学经济的，懂设计吗？这些服装怎么陈列，怎么表演，她懂吗？不可思议，不可思议，都TMD疯了。"

小婷倒似乎不以为然，她瞟了我一眼，继续挑捡着烩菜里煎得油滑的马铃薯块吃。

"……"

"你倒说说呀，这是怎么回事啊？"

我真有些着急了，同时也感觉到小婷应该还有好多话没有说。

"嗯。前些日子你注意到老板新买的那条腰带了吗？"

"BOSS啊，我们这些仙人都注意到了啊。"

我疑惑地点了点头，不知道这和去美国有什么关系。

"我跟你说了，你可千万别跟别人说去啊！"

"哎呀，我又不是小孩子，你放心吧，快说呀。"

"前些天，我偶然去小青房间里玩，发现了一个BOSS的腰带盒，看样子是刚买的，可是里面已经空了。"

……

我们都沉默了。

"噢……哎，也许人家拍老板马屁，看见老板腰带坏了就马上送上一条，人家会来事呗。"

知道了原因，我反而倒有些懊丧，气馁了，心里对自己这么没眼力劲儿而感到了灰心，竟然输给了一个刚毕业的小姑娘，输给了一条腰带，真是窝囊。

"也许吧！可是我还发现了两个男款CK三角裤的包装盒，那盒是透明的，里面也是空的。你明白我什么意思了吧。"

"啊？！天呐，小青？不会吧？！"

我大脑一片空白。

"不可能！不可能！怎么可能呢？老板都四十多岁的人了，有老婆有孩子的，小青今年才二十，差的也忒悬殊了吧。再说老板是我们集团正处级干部，能力不说，做人那是有目共睹的，义气，勤奋，雷厉风行，在总部那边也是蒸蒸日上，风头正健的实力派，怎么可能跟个刚毕业的女大学生闹绯闻呢？况且我们也都见过老板的爱人，人是温文尔雅，很贤惠的一个人啊，是听说近来他们夫妻间有些嫌隙，可也不至于……再说了，小青那么文静端庄的女孩子，平时和我们几个男同事说句话都常常脸红的一个人，怎么会和这种事沾上边呢？"

我怎么也不愿相信这是真的。

"你知道个啥？《卧虎藏龙》看过吗？"

"嗯，看过啊，这和小青有什么关系？"

"电影里最后碧眼狐狸是怎么评价她徒弟来的？"

"章子怡……？"

"什么章子怡，是玉娇龙。"

"哦，哦，那老太婆怎么说那妞儿来着？"

"'十年苦心，就是因为你一肚子的坏水，隐藏心诀，让我苦练不成，而你却剑艺精进，什么是毒？一个八岁的女孩子就有这种心机，这就是毒。'……"

小婷似乎有些不屑地说。

"脸红不见得是不好意思见人，有时候是因为见不得人。"

"唉，看来我们忙活半年，什么条件都不缺了，就是缺心眼啊。"

我放下手里的筷子，把嘴里的一节怎么嚼都嚼不烂的肥肠狠狠地吐了出来。

五

果然，在随后召开的公司赴美汇演筹备会上，领导说这次去美国由于经费紧张，就只好由他代表我们这个创作集体去美国辛苦一趟了，考虑到在与国际友人进行沟通时他的英语水平恐怕还不过关，决定再带一个翻译人员一起去，但咨询了一下北京集团总部那边的意见，外聘一名随团翻译花费过高，只好内部挖潜，刚好小青是经济系外贸英语专业毕业，虽然还没有什么外事经验但也实在是没办法只好将就着让她去应应急了，顺便也算一次对她专业对口的实习吧。

我们无言，既没人敢反对，也没人敢鼓掌。

六

后来，交流周活动结束了，我们却从此再也没有在青城见过小青。

先是听说她被领导留在北京总部工作了，据说在那边主要是忙活什么落北京户口的事，再后来听说，老板决定让她继续巩固上次在美国实习的成果，特意在纽约设立了一个集团驻纽约办事处，就由小青任负责人，从此她常驻纽约。

小婷很快就辞职离开了我们集团，当时走得匆忙，我们也没坐下来细聊。

  一年后,我也离开了青城,因为在那里心情越来越不好,总觉得心里有上次游泳被呛时的阴影,池子太深,脑袋上边明晃晃的,却怎么也挣扎不上去。

2009.12.21 首稿
2010.2.18 修改
2012.1.6 再改

老白

一

前些日子去乌镇,午餐时点了一盘当地的名小吃——臭豆腐,灰褐色的豆腐块,让热油煎得两面鼓鼓,旁边还点了一小撮红红的辣酱,仿佛丑小鸭的额头上顶了个白天鹅的红疙瘩,夹一块放在鼻子前闻一闻,还真说不出是什么味道,既不是香,也不算臭,反正从辞典里马上找出一个现成而贴切的词来形容它还真挺难。

猛然间,记起了当年刚上大学时隔壁宿舍的老白曾经对我形容过它的味道,

"叟(臭)豆腐,额(我)老家有滴(的),很好次(吃)的。"

套句佛家的话,色即是空,空即是色,那么臭豆腐能多少年来始终在大众食谱中占有一席之地,历经岁月沧桑而不倒也似乎真有些臭即是香,香即是臭的境界了。

二

老白,浙江嘉兴人氏,生得既气宇轩昂,又文质彬彬,也许因为是南方水土好因而滋养的人也皮薄肉细的缘故吧,一笑就在眼角两翼勒起来好几条细细的鱼尾纹。

当年的老白也算是个学校里的人物,不但人生的精神,身体素质那也叫一个超棒,这一点还是我听他同屋的那几个哥们说的。

那时学校里的宿舍管理不像现在这么严,那些上了年纪、脸上容易长痘痘的、火气比较大的师兄们就经常带女友来自己宿舍过夜,一般宿舍里都是并排四个上下铺,能睡七个人,到了晚上,布帘子

一拉,既可看书,也可谈情,灯一熄,那就谁爱干嘛干嘛了,可就属老白每次带女友回来时动静大,上下铺两米多高的床忽忽悠悠地像离了地,上了太平洋,晃得那叫一个厉害,睡在他上铺的兄弟可苦了,每次都心惊肉跳地双手紧紧抓住床帮子,生怕老白哪一下节奏掌握得不好,把个床给晃塌了,心里那叫一个痛苦哦,委屈吧,可还得忍着,实在忍不住了,他就咬着牙,"嗵,嗵"地砸两下床板,就好像晕船的乘客在发信号给船长。

"船长,您老慢点。别划太快了,我这都要吐了。"

这很快就成了我们课余饭后的笑谈,由于这笑话给大家的印象太深,老白的"船长"这个外号就真的传开了。

老白的这个"船长"可绝非浪得虚名,光数数他头两个学期换的那批"女大副"的数量就让人羡慕。要不是我们两个宿舍间隔的那堵墙太厚,我还真想来个凿壁偷光,去看看这小子成天在他那木板船上和女大副们都锻炼哪块肌肉呢。

大学的头两年,我和老白接触的并不多,到了大三的时候,他参加了一个全国性的设计比赛,比赛作品很庞杂,加工起来他一个人肯定完不成,到外面工厂里去加工吧肯定得不少钱,老白虽然有钱可花起来总犯心疼病,为了自己心脏的健康考虑,他就地选材约了我和我们班的老广帮他来做个义工,至于为什么他不找自己班的同学帮忙,听他说是因为怕他的创意被他们班那帮眼睛容易发红的人抄了去。

我们白天上课,下课后就去校外他租的一间民房里帮他加工制作,虽说是义工,但还是有个小小的条件的,就是保证我们那些天的晚饭顿顿得有肉吃。

要知道那时候在大学里我那一个月才一百多元的生活费可是保证不了我能常常吃到肉的哦,每个星期至多可以点一次红烧肉,每当好不容易下决心站到了食堂卖红烧肉的窗口,才刚看见玻璃窗口后面那大铁盆里红彤彤的小山似的猪肉眼睛立马就直了,口水是止不住地往自己个喉咙里流,厨师一勺子捅下去,注意哦,是"捅"下去,我以前喜欢研究点考古,知道考古队和盗墓的都有一种探墓用的工具叫洛阳铲，那玩意捅下去就能把地下几米甚至十几米深的不知道哪个朝代的土给带上来，那厨子祖上估计也是干盗墓的出身，传下来的手艺，一勺子下去，就看见带上来满满一勺子红烧肉底下一两尺深处的白白嫩嫩的大白菜，最多上面像顶了两疮似的摇摇欲坠得挂着两块红烧肉，这下我眼睛就更"直"了。

说起来惭愧呀，那时侯为了能吃上几顿肉我那一向自视很清高的文化人的架子真是散得一塌糊涂，碎得满地都是。

一起去帮忙的还有老白新交的女朋友小菁，她是低我们一个年级的师妹，北京人，人长得堪称俊俏，细高的个儿，大眼睛，听老白说那是他追了好久才搞定的妞，跟跑了一万米田径赛似的，累得呵哧带喘，不过他觉得值，这女孩是北京人，户口在北京，毕业时他要想留北京的话说不定她家还能帮上什么忙。

我和老广可是真羡慕人家呀，每天晚上做完了活，深更半夜的我们还得赶回学校宿舍扎营睡觉，而老白和小菁呢，人家打个哈欠，门一关，俩人就直接躺在那小屋里的大沙发上了。

红烧肉，香是香，可一想到人家老白每天晚上还能"嗅"着美人的肉香，什么TMD红烧肉，就算给我们炖只天鹅也不解馋啊。

好日子没延续多久，我和老广就觉得有点不大对头，记得刚开始干的那个晚上老白叫的外卖里送来的是一盆红烧肉，第二天肉菜就变成了宫保鸡丁，又过了两天端上来的成了木须肉，这几天倒好，上的肉菜都是蚂蚁上树了，而且还是典型的树多，蚂蚁少。我们有意见了，点着菜单子要吃宫保鸡丁，老白心情沉重地从挎包里拿出来一张报纸，特诚恳地跟我和老广说：

"兄弟，不是我不点宫保鸡丁啊，你们看看，现在广东正闹禽流感呢，吃鸡肉可是不安全啊，咱们也得小心点儿不是？！"

我哭笑不得，心想如果我们想点红烧肉的话，他包里是否还藏着张哪里正闹猪瘟的报纸呢。

一个多月以后比赛结束了，老白铩羽而归。

不过他似乎已经没心情和我们讨论讨论吃没吃着红烧肉在诸多比赛因素中是起了积极抑或消极作用的问题。因为没过多久小菁就闹着和老白分手了,他的心情正跌落在失恋和怎么更好筹划毕业分配等的迷局中。

他俩为啥分得手,开始时我们也搞不清,后来听说是小菁不小心怀了孕,做人流时老白不肯去近在咫尺的中日医院,觉得那价钱高,学校熟人多,非要带着小菁去十几里地外的一个小医院动手术,那是个不起眼的社区医院,这下子小菁可吃了苦头,由于大夫水平不高,手术时还差点出事。

再后来听说是老白过日子精细得有些出了格,连买保险套都算计着买最便宜的那种,结果他的身体条件又太好,动作又有型,总是把个保险套搞到最后变成了套袖,他又激动得什么都感觉不出来,结果害惨了小菁。

三

毕业几年了,一直再无老白的音讯,但知道他也留京了,听说单位还是个挺大的国企。

忽然就有那么一天,我接到了一个电话,是老广打来的:

"哥们,你猜谁找你呢?"

"谁?这么神秘?""船长!"

"不会吧,多少年没联系了,他找我干嘛,缺大副了?我没这资源啊。"

"放心,指定不是拉去你划船。我可把你手机号给他了,回头他会给你打电话的。"

果然,老白很快打了电话来约我见个面,多年不见了,我还真想看看当年学校里的风流人物而今如何。

我们约在学校附近的嵋洲酒楼见面,毕业后的同学聚会我们就常约在那里。电话里约的是两人见面,没想到老白来的时候还带来个"美女",听口音也是北京人,老白说是他女朋友,五官轮廓倒真和老白有点夫妻相。

客套了几句,我就开门见山。

"啥事？"

"我们单位有个订单，我跟甲方那边的哥们很熟，想这活谁做都一样，不如咱自己做了，给公家咱啥也捞不着，最多业绩上涨上一两个点，到最后一算奖金撑死块儿八毛的，实在没劲……一打听老同学里头还就你现在做这一块，这不马上就找你来了。不过我也不指着这个发财不是，主要觉得你开公司也不容易，能帮一下为啥不帮呢，老同学嘛，是不是，你们东北人讲话，兄弟嘛。"

"好啊，那我多谢老同学的关照了。"

我端起杯子和老白碰了一下，一饮而尽，老白也不犹豫，仰起脖就喝，他女朋友忙拦了下来，说他有些酒精过敏，喝不了太多，最后意思着喝了半杯。

这么我一杯，他半杯的又喝了五六杯，老白从他带来的包里拿出来了个样品递给我。

"对了，我都忘了，看见老同学高兴啊，你看看，就这东西，你先报个价吧，不过别太高了，那边也给不了几个钱，差不多就行，但你也别亏了，虽说是同学帮忙，该有的利润还是得有的。"

"那边什么客户？能做到多高的价啊？最后合同手续和税是不是都从我这出，我得心里有数呀。"

说实话，我是不大情愿我先报个价他再单加一部分酬佣的这种方式合作的，因为我这边报价没衡量，没比较，真有点摸石头过河的感觉，高了似乎不照顾朋友，低了自己又觉得没赚头，我正想着是否把我这顾虑给老白说一说的时候，他似乎早已经看出来我的犹豫了。

"兄弟，你放心，合同和账都从你这走，可我那部分提成款的税该多少就多少，还有什么公关费用等都从我那部分提成里出，关键这报价我现在也说不好能多少，你先给我报一个你这边的价位，我再找那边的哥们探探，看能报到什么样，不过你也知道这里头方方面面都得打点不是。"

我觉得既然老白这么说了，也有他的道理，抿了一口酒，我开始琢磨起这样品了，以我的经验这东西的成本五十打住，一般市面上的报价一百二算高的了,看老白的样子又听他这么一说也不像能报多高的单子,我也不能让他太为难,本着见面分一半的原则,利润取中再让一点,八十吧,不过即使如此我也有点担心地怕老白嫌高,你说俩老同学几年不见,刚见面就为点钱当面再砍起价来岂不有点太煞风景了。

所以我还是有些不好意思地问老白:

"你看八十行不?"

老白端起了酒杯

"行……"

他刚说了一个字就又住了口,我隐隐看见他女朋友用手在桌沿下面扯了一下他的衣服。

"先这么着,我先去和那边谈,要是那边实在给得价钱太低,兄弟你这边就再让点,要是那边给的还行,这事自然就按你说得办,你看怎么样?"

"行,老同学嘛,什么好办不好办的,商量着来呗。"

"没错,咱俩合作也不是头一回了,放心吧。上大学的时候我们就合作过,他和老广帮我做过比赛作品,那时合作得相当愉快了。"

老白这头半句是冲我说的,后半句是冲他旁边的女朋友说的,不过"相当愉快了"这句话倒是让我觉得很有点不是味儿。

那晚回家后,脑袋还是晕乎乎的,酒劲上来了,此后好几天都感觉飘着。

过了两天,老白来信,说单子快定下来了,让我抓紧联系准备原材料,安排工期计划,我心里还挺高兴,觉得老白办事还真靠谱,可这高兴劲很快就随着那份合同摆在了我的面前而变的烟消云散了,因为合同上的单价居然报的是二百八十元,这远远超出了我的想象,合着我连本带利也不过是这买卖里的一个零头罢了。可当初底价是我自己报给人家的,现在再后悔也来不及了呀,况且人家老白说了这里头还得打点不少人呢,得吃饭吧,得吃得好点吧,吃完饭得洗洗桑拿,捏捏脚吧,这里里外外都得他花钱不是。

我郁闷了,这算哪门子合作啊,整个我又给老白打了个短工,躺在办公室里的沙发上,想想当年没吃够的红烧肉,再看看如今手上这份合同上的报价,气得我脑袋像让52度二锅头泡了一样,更晕了,心想:难道二锅头喝多了就会让人变得"二"?

一个月过去了,订单顺利交货,可公司里上上下下都有些郁闷,因为大家都知道我这些天心情真是不太好。

老白拿了属于他的那份钱,笑嘻嘻地来电话说晚上想请我吃饭,我说这些天老吃红烧肉,胃口腻歪得很,改天吧。

四

时间过去地真快,一年就在忙碌中过去了。

一天晚上,手机来了一个电话,屏幕上显示的是"白船长",我知道是老白打来的。

"兄弟,想死你了……"老白的声音传了过来。

"呦,有日子没联系了,咋一张口就想我死呢?"

"你看,你嘴可真厉害,是'想死你了',是我想你想地快死了。"

"得,老同学一见面就得死一个,死谁都不合适。开个玩笑,啥事啊?"

"好事!一个是过些日子去年那单子还要补做,你看我多想着兄弟你,我也刚知道信,这不赶紧就通知你来了,准备着吧,我这边帮你盯着呢;另一个是我过几天要结婚了,今天和说你一下,就不单下请柬了啊。"

"呦,喜事啊,在哪办啊?"

"建国门外长富宫,里面有个燕翅鲍御膳坊,就在那包了十桌。"

"看来你是发财了,那地方,五星级,得多少钱啊?说啥我也得去开开眼,长这么大还没吃过燕翅鲍呢。"

"没多少钱,托朋友帮忙找的。"

"还有什么需要咱们这些老同学帮忙的吗?"

"没有。人来就行了,不过别忘了带红包哦,哈哈哈哈……开个玩笑。说实话,我知道兄弟你重感情,不过红包你可真别多给,给多了也不合适……别超过两千啊,咱俩感情可不在这上,对吧?"

"……对吧。"

我刚刚还满眼睛飘的是佳肴美味,一桌子的燕翅鲍,可听了老白这番话,顿时满眼飘得都换成了金星,我还纳闷呢,咋眼前这天一下子就变黑了。要知道,毕业几年了,参加了不少同学的婚礼,大家约定俗成的份子钱也就二百元啊。

婚礼,我还是参加了。

不管是出于关心老白那"两大好事"的哪一个吧,反正我是揣着红包准时赴约了,不过到了那里我才发现我并不孤单,因为基本上当时的场面可以概括为"群包赴会"了。

御膳坊的场面还真是颇具震撼力,一屋子的金光耀得每个置身其中的客人都有一种在天宫参加王母娘娘蟠桃宴的感觉,屋顶是五条盘龙衔着的水晶吊灯,桌上的筷子,勺子都镶着金丝银线,盘子,酒杯也有金边环绕,就连口布打开看时都用金线绣着富贵牡丹。

我挑了靠边把尾的一张桌子坐下,在热热闹闹的鼎沸人声中婚礼开始了,拜过天地,老白和穿了一身红缎面旗袍的新娘子开始一桌一桌的敬酒,新娘子果然就是一年前我见过的那个北京女孩,左臂上还挎了个红色的漆皮小挎包,每敬一个客人,就顺手把客人递上来的红包放进那挎包里,然后再给客人点上一只烟,倒上一杯酒表示感谢,刚过了五桌,新娘子就拉着老白去后台换装去了,老白似乎已经被灌了不少,我去洗手间时刚巧路过后台,看见老白红着脸,闭着眼,正歪躺在沙发上养神,新娘子已经换了装,不过她似乎没工夫和我打招呼,正一个人扭过身子偷偷地点小挎包里的红包呢。

从洗手间回来,我特意松了松腰带,心想既然银子要捐不少,怎么着也得吃饱些,要不然亏得慌。可刚坐下一会儿,我就有些后悔把腰带搞得过松了,菜上得很快,因为每个圆桌就上了六道热菜,四个凉菜,可每桌至少要坐十二个客人,那桌面一圈转下来,盘子就空了四个,再转两圈,几乎桌面上光剩下盘子了,还好,茶水是不停地给续的,一圈人也都互相不熟,只好一个个如庙里的泥胎蜡像般干坐在那面面相觑,默默品茶。

就在大家心里打鼓是否还会继续上菜充饥的时候，忽然满屋子里的灯一下子灭了，惊愕的头几秒过后，人声嘈杂起来，纷纷问出了什么事。

只见饭店的值班经理跑进来道歉，说电闸出了点问题，马上就会来电，新娘子却不答应了，抱怨着怎么会这样，多不吉利啊。

电是很快就来了，却发现新娘子和老白不见了，一屋子的人不知发生了什么事，又是议论纷纷。我忙走出去看，才发现他们俩就在宴席厅门外面和那个值班经理理论着什么，四周还围了一群人，原来刚才停电那会儿，新娘子把挎包放在了旁边的花桌上，灯亮时发现挎包里少了两个红包，新娘子说刚才只有几个服务员站在她周围，所以她怀疑是服务员刚才趁黑偷了她两个红包。经理也急了，说：

"你怎么那么肯定记得你挎包里装了多少红包？"

"咦，我自己收的钱我自己还不记得吗？二十六个，绝对没错，每桌谁给的我都能记得，现在这挎包里就二十四个，你说怎么解释？"

那个经理说什么也不承认他的手下会干出这种事。双方一时说不清，就找来了保安部经理，那个经理让大家先理智地回想一下刚才发生的事的细节，每个人都再翻翻自己的口袋，看看是否装错了，老白一翻自己的西服内袋，刚巧出现了两个红包，原来他刚才喝得有点晕了，新娘替他挡了两杯酒，他在旁边就顺手接过了红包放在自己的西服内袋里了。

事情总算搞清楚了，可双方闹得也很不愉快。

等轮到我把包了一把红票的红包交给新娘子的时候，酒宴也快结束了，我那桌上的人早走了大半，因为大家都比较饿，纷纷告退觅食去了。

其实我也巴不得赶快走，于是抽空儿紧了紧裤腰带，咽了口吐沫，走吧，总不能在这等着吃盘子吧。

临下楼时还看见老白和他媳妇正和刚才露面的那餐厅经理嚷嚷着什么，原来他们觉得婚礼中间停电这事太不吉利，非要餐厅给他们在餐费上打个五折不可，餐厅经理说最多只能打八折，双方各说各的理，将了起来，新娘子个子没人家高，可那嘴北京片话儿是真不白给，SBSB 的臊得我都脸红，她竟急得敢蹦起来去拍那经理的头，四周围满了一群嘻嘻哈哈看热闹，劝架和起哄的人，那经理一看势头不对，惊了新娘子是吃罪不起的，唬得围着满厅堂乱跑，好在这是在他自己的地盘上，交通熟络，不一会就钻没影了。

不过没影前他还是冲着他的手下们喊了几句口号："你们傻呀，愣着干啥？这娘们咱们可惹不起，快，快，报警啊，110！"

五

出了饭店的大门，已经是下午三四点钟了。

我肚子咕咕直叫，恰好不远处有个小吃摊，走近一看，是卖臭豆腐的，摊主是个老大爷，熟练得把一串串臭豆腐块放到油锅里炸，然后再捞出来儌上些作料和蒜泥。

我买了一串尝尝，觉得味道怪怪的。

"大爷，这味儿怎么怪怪的？"

"臭？"

"闻着倒不怎么臭啊！？"

"香？"

"开玩笑您，臭豆腐怎么能香呢？"

"哎，小伙子，这你就不懂了，这臭豆腐就是闻着臭，吃着香啊，香香臭臭，臭臭香香，有时侯其实就是一个味儿。"

我笑了，想一想，可也是，这世界上真的是啥人都有，啥味都有。

           2009.5.3 作于劲松
           2009.5.20 修改一次
           2010.1.17 再改
           2010.9.25 再删
           2012.1.6 再改

后记

  大学毕业至今,已十年有七,耙了些身后的文字,筐在一起,连缀成集。丫头阅毕,言:"还好,只是感觉文字里多了些灰色,颇让人觉得你有些怀才不遇。"听后心味杂陈,嘴角和心情一样不知是该向上还是向下弯起。

  怀里到底有些什么?是才还是草似乎并不重要,重要的是不遇,虽说不遇总比遇人不淑要强些,可终究还是让人心里感到有些寂寞和憋屈,毕竟自赏的芳再好也是孤的,自珍的帚再扛用也只能是扫扫地,那份眼界和心胸都高不到哪里去。

  十七年前,走出校门步入社会的那一刻我的确是携带了很多种颜色的画笔的,如此一边走着,一边便在人生的调色板上忽加一点红,忽加一点绿,忽加一点黄,忽加一点米,就这样在经意与不经意间抹来抹去,时间久了,竟把个原本清清爽爽的十七年抹成了灰蒙蒙的过去。看来年轻时不怕你拥有多姿多彩的生活,就怕你把它们囫囵地搅在了一起,不然,估计再多加上几种颜色,也许那灰已不再是灰,而是直接变成了黑。

  怎么办?只好拿到水池里去洗洗,重拾画笔。

  事实或许已经证明了过去的我并不是一个出色的画者,但事实或许还将证明只要我肯坚持不懈地画下去,我终将能有机会去完成一幅没有灰色的人生佳作的。

  2012年的秋天,我决定赶在另一个世界的到来前去冲洗一下自己手中的那块已经堆积了各种厚厚颜料的调色板,在清晨一缕阳光的照射下,从水龙头里哗哗流出的清水在把颜料冲走的同时也把阳光的快乐折射在了我和丫头的脸上,我们相视一笑,说:"洗白白了,真好看。"